接近于无限透明

朱苏进 著

江苏凤凰文艺出版社
JIANGSU PHOENIX LITERATURE AND
ART PUBLISHING, LTD

图书在版编目（CIP）数据

接近于无限透明 / 朱苏进著. — 南京：江苏凤凰文艺出版社，2019.1
ISBN 978-7-5594-3026-7

Ⅰ. ①接… Ⅱ. ①朱… Ⅲ. ①中篇小说－小说集－中国－当代 Ⅳ.①I247.5

中国版本图书馆 CIP 数据核字(2018)第 229010 号

书　　　名	接近于无限透明
著　　　者	朱苏进
责 任 编 辑	黄孝阳　孙建兵
出 版 发 行	江苏凤凰文艺出版社
出版社地址	南京市中央路 165 号，邮编：210009
出版社网址	http://www.jswenyi.com
印　　　刷	江苏凤凰新华印务有限公司
开　　　本	880×1230 毫米 1/32
印　　　张	7.785
字　　　数	215 千字
版　　　次	2019 年 1 月第 1 版　2019 年 1 月第 1 次印刷
标 准 书 号	ISBN 978-7-5594-3026-7
定　　　价	45.00 元

（江苏凤凰文艺版图书凡印刷、装订错误可随时向承印厂调换）

目 录

接近于无限透明…………………………………… 001
轻轻地说…………………………………………… 067
两颗露珠…………………………………………… 093
金色叶片…………………………………………… 116
清晰度……………………………………………… 164
孤独的炮手………………………………………… 223

接近于无限透明

1

李言之所长从医院里带话来，说他想见见我。

自从他患了不治之症之后，我忽然觉得他是个非常好非常好的人。而在此之前，我憎恶他，小心翼翼地憎恶他，不给人发现。其小心翼翼已到了这样一个程度：连我自己也差点把心中那种憎恶之情给忽略过去。现在，他快要死了，此事突然升华了我对他的感情，他像团棉花一样变得软和起来，非常温软地涨满我心。现在，我知道，死亡对于人类是何等必需的了。不仅对于人类的生态调整是必需的，而且对于人类精神美化也是必需的，甚至对于满足人的忏悔欲望也是必需的。

他是在机关年度体检中给查出来的。那天我俩都笑呵呵地进了生化室，一位从衣服里头飘出法国香水味的女护士走过来，白皙的手上拈着一管银针，眼睛里满是职业性无聊。她在我们手上各抽去了一小管血，注入器皿，什么也没说，而我们都意识到了她的无言即是一句语言："走吧你们。"我们就走了。

当时他的血和我的血挨得那么近，看上去一管血几乎是另一管的重复。我们都把此事忘了，直到医院通知他立刻入院，他才悚然道："你们没搞错吗？"

我理解他那句话的意思是：会不会把我的病栽到他身上去了。我原谅他那句话，我俩血液确曾挨得那么近嘛。

那句话也无情地暴露出：人是渴望侥幸的动物。虽然他已是五十余岁的负责领导，应当具有相当强的理性了，但渴望侥幸的心理仍然深藏在他的下意识中。每当他不慎流露出来的时候，一刹那间他就像个惶恐的孩子，令人可怜又可爱。唉，我真希望他永远保持这样，为此，不惜把他永远存留在惶恐状态中。

他患病的消息刚传出来时，人们唏嘘不已，一哄而起去看他，那时人们的感情最新鲜，具有最浓郁的惋惜。到他那儿去的人，跟领工资一样齐。听说他病房壁橱里的各种营养品，已经堆得高高的，都塞不下了。随着他病情稳定下来，人们对他的热情也就淡漠了，每天只有妻子定时陪伴他。人们似乎在等待一个什么迹象，比如说"病危通知"，一旦知道他临终，人们又会跟开头一样密集地奔去看他，因为人们心里已经有了个暗示：不去看他就再也看不到他了。对这种人潮现象站远些看，比置身其中更有魅力。站远些就不是被人们看了，而是看人们。看人们的善良之心多么相似，一群人在重复一个人。或者说，每一位个人都在重复人群的感情。人就真的那么渴望被裹挟吗？

一股针尖那样的异样扎了我一下：同样的病症，搁他身上和搁在普通人身上，得出的痛苦是不是一样多呢？我可以肯定，同样的病症，搁在每个人身上，痛苦都是不一样的。那么，每个人去探望他时，不是该有自己的看望吗？也就是说，看望的不仅是他，而且是自己的他。

不知道李言之能否看透这一切,他接近于死亡高峰,应该看得比寻常时刻多得多,应该"会当凌绝顶,一览众山小"。当天意赐死亡予他时,他应当品味出死亡意境和种种死亡意蕴,这才叫活到了最后一刻。

他不该在怕死中去死,也不该在盲目中去死,应当以拒绝死的姿势去死……我想。

死有死的质量。死亡对于每个人来讲,在数量上完全一样(只有一次),那么剩下的就只能是个质量问题了。当我抚摸到这个问题时,觉得亲切,觉得李言之也亲切了。

我去看我的李言之。至于李言之自己承不承认他是我的李言之,那并不重要。

于是,他替我笑了一下,我也替他笑了一下。我们笑得多么从容呵。

总医院内三科病房,是一幢外表可人的建筑物。如果在它旁边放一片大海,那它就是发亮的岛屿;如果拿掉它的躯体,那它就是本无躯体的月光;如果看它一眼后紧跟着再看别处,那么处处都带上了它的韵味。设计这幢楼的人真了不起,像做梦那样设计了它,醒来之后,居然还给他捉住了自己的梦。

我沿着一条花廊似的吊道走了进去,初时恍如飘入,几乎足不点地。走着走着,猛地嗅出不谐。这些玫瑰,这些玉兰,这些芬芳,这些灿烂,都是被囚禁在这里的,都是为掩盖死亡气息设置的,它们因囚禁而蓬蓬勃勃地咆哮,昂扬着初生兵团那样的气势。我从它们身边走过时,感觉到它们的浪头击溅,花香的每一次颤动都滴落下阳光,叶脉丝丝清晰轻灵无比,明亮之处亮得大胆,晦暗之处又暗得含蓄。它们站的离死亡那么近，却不失优美。一刹那我明白了，它们是死神的情侣，所以人们总将鲜花奉献给死者。两个意境重叠起来（鲜花与死亡），便堆出一个无边的梦。

一副担架从花丛中推过，担架上的人被布单遮盖住了，来往人流纷纷让道，目光惊疑不定，嘈杂声骤失。人们眼睛都盯在白布单中央，那里搁着一枝红润欲滴的玫瑰。

它是由一位年轻护士搁上去的。她先用白布单覆盖住他的躯体，然后，顺手从床头柜上的花瓶里取出一枝玫瑰，搁在他不再跳动的心口上。当时，她只是下意识那么做的，没有任何深刻念头。她出自天然率真。

而此时，人们之所以被震慑，不是由于死者，正是由于那枝玫瑰。

玫瑰花儿卧在心口上……虽然那处心口已不再跳动，却使得所有正在跳动的心口跳得更激烈了。

2

我先到内三科医务室，询问李言之的床号和病情。

值班女医生对探访人员挺热情。但那种热情里，更多的是为了迅速结束谈话才采取的干脆果断。当我结结巴巴、拐弯抹角地问一个很艰难的问题：李言之还能活多久？没等我将问题表达清楚，她已经明白了，"你是想问李所长还能活多久吧？……早点说不就行了，真是的！告诉你，他是我的病人，说实话我也不知道他还能生存多久。也许三个月，也许一星期，也许打一个喷嚏就把肝脏震裂开了。总之，他不会走出医院了。这是昨天的化验结果，他身体状况已不能承受化疗了。我准备停下来，采取保守疗法，不再给他增加痛苦。"

"会不会有什么奇迹？"

"到目前为止，还没有什么迹象。"

"他的精神状态怎么样？"

"相当不错。"医生微笑着，"你可以为他自豪。他不是强作乐观，也没有什么过不去的悲伤，每天都挺安静。一个人在凉台上坐着，经常在笑。所以，我隐隐约约觉得……"她欲言又止。

"哦，请说下去。"

"他很愿意死去。这样的病员说实话我很喜欢。"她真诚地说。

"愿意去死？"我愕然。

"某一类人的正常感情。"她解释了一句。

我离开她，朝李言之所在的病房走去。四周药水味道十分浓郁，来往病员步伐缓慢，看得出都是患病的高级干部。可是，他们脸上出现的不是痛苦神色，大都是一种深思的表情，像正在为某项工作苦恼。也许，他们正思索着自己的癌肿，甚至不相信自己会得这样的病，至今仍觉得不可理解，仍呆在惊愕之中。这里，几乎每个病员都有家属陪伴，因为陪伴很久了，已无话可说，妻子像影子那样沉默地挨在身边，呈现出令人感动的忠诚。阳光已被茶色玻璃滤掉锋芒，再稀薄地一块块掉到走廊上，看上去不是阳光，而是可用笤帚扫掉的炭灰余烬。

李言之的病房在走廊尽头，此刻他一个人独坐在沙发里。我很高兴他夫人不在，因为他夫人非常饶舌，常常用母牛那样的韧劲述说芝麻点的话题，说时又上劲又动情，双手还交替比划。假如你按住她的手，那么她舌头也动不了，反之亦然，她说话是一种全身运动,因此倾听她说话就使你全身劳累。李言之穿一套质地很高级的西装,通身纤尘不染,虽然他不会再走出医院了,脚上仍然穿着那双出国访问时购置的皮鞋,并不穿医院配发的拖鞋。他给我的感觉是:正准备出国,或等待外宾来访。他察觉有人进屋,慢慢转头看我一眼,笑了。笑容不大,笑意却宽广无边。

"我还以为你不会来了呐,嘀嘀嘀……握握手吧,我这个病有一大好处,不传染。"

他神情有点异常,靠在沙发里,像忍受着什么。显然是体内病痛发作了,他在等待它过去。我不忍心看他这副样子,转眼看屋里的盆花:吊兰、玫瑰、海棠、一品红,还有几种可能十分珍贵但我叫不出名的花。它们摆满了窗台以及茶几,芬芳之气飘逸。

李言之无力地说:"都是租来的,从院里养花的老头那儿租。他死不同意,说药气会伤花,怎么求也没用。我听说他喜欢瓷器,就拿了一尊明成化窑的滴水观音壶去,请他观赏。他翻来覆去地看,眼珠子都要掉下来了。我拿过滴水观音壶往地上一摔,那壶'哐啷'一声成了碎片。老头傻了,面孔死白,蹲在地上盯着那些碎片发呆。我说:'老兄呵,我是快死的人,家里还有几样瓷器,留着全然无用。我只想向你借几盆花摆一摆。死后归还不误,如有损坏,按价赔偿嘛……'我偏偏不说要送他一两样,偏偏不说!他憋了好久才出声:你叫人来拿吧。我搬了他十二盆花,租金小小不然,跟白用他的差不多。"李言之伸手抚摸身边那盆叶片翠绿、花蕾金红的植物——其实手指距花蕾还有半寸,他只是在感觉中抚摸着它。"认识它吧,它叫南洋溢金,生长在南半球,玫瑰的变种之一,天知道他是怎么培育出来的,了不起,确实了不起。大概除我以外,没人知道他多了不起。因为这花啊,初看不显眼,要到凌晨三四点钟的时候才发疯似的开放,哦,异香满室。而我每天也只有那时刻最为清醒,身子也不疼了。只我和它默然相对,太阳一出,它缩回花瓣,我也就又开始疼了。"

"你的疼痛有审美价值。如果人非疼不可的话,这差不多是最理想的疼了。"

李言之大笑,薄薄的红晕浮上他双颊,说:"我就喜欢你来看我,敢于胡说八道。他们不行,他们不知道拿患了绝症的人怎么办。"

我们又聊所里的事。我有意把牢骚带到这里来抒发,好让他批评教育我,让他觉得舒服,我实际上是把牢骚变成礼物赠送给他。我还有意拿一些早已明了的俗事求教于他,无非是想让他觉得高于我,也就是把俗事变成瓜果一样的东西供他享用。看见他惬意了,我也随之惬意——真的。我的惬意甚至比他还多一倍!因为我的惬意原本就是我的,而他的惬意则是我偷偷摸摸传递给他的。迄今为止,他还没有让我感到意外。这场谈话从一开始我就看见了尽头,谈话只是重复内心构思,只是内心印象的复制品。为了掩盖平淡,我好几次装作欣赏南洋溢金的样子把头扭开。大概这盆溢金花都窥视出我心思了,而他始终没看出来。

溢金花蕾含蓄着,高贵地沉默着。那一刻我真感谢植物们从不出声——尽管它们太像一个个念头昂首翘立。

"……我看过你的档案,是在调你进所部工作的时候。我恍惚记得,你少年时住过很长一段时间医院,对吧?"

"是的。"我开始感到意义了,他问这些干什么?

"在哪个医院?"

我告诉他医院的名字,离这里很远。李言之马上说出了那所医院的有关情况，某某市、某某街道、某某某号。然后告诉我，那所医院已经改为医学院，人员建筑设施……当然还有医疗档案都已全部更换。他对那所医院如此熟悉，使我惊骇，"你在那儿住过？"

李言之摇头："不是我。"

"哦。"我想这个话题已经结束了，正欲告别，忽发觉李言之并没有说完，话题仍然悬挂在我俩之间的某个地方，神秘地晃动着。李言之双眼像盲人那样蒙眬，整个人正被念头推走，他低语着："院墙拐角处，好像有一片三角梅……下头盖着一块大理石墓碑，缺了个角儿，只有等花儿都谢掉了，才能看见它……"

我大叫："你肯定在那儿待过！平常人们注意不到它。每年秋天，那小墓碑都给花儿染红了，夜里有许多蟋蟀叫。嘿，你在那待多久？什么时候？"

李言之摇头："不是我。"

我很失望，也很疑惑。李言之又说："还有个印象，每天早上，太阳都沿着教堂尖塔爬上来，远远看去好像戳在塔尖上似的，是吗？"

"不错，那景象只有在医院二病区五楼才可以看见，令人过目难忘。你确实在那里待过，否则不可能知道这些呀？"我的语气简直是提醒他：要么承认；要么赶紧换种说法吧。

李言之断然道："不是我。"

他的固执迫使我沉默了，他不作任何解释，对沉默似乎感到惬意，我们在沉默中拉开距离，又在这距离两端对峙着，彼此窥探着。

李言之很吃力地说："哎，你能不能给我说说……你那时的事，在医院的事。随便什么事都行。"

"为什么？"

"不为什么,确实不为什么,随便聊聊嘛,我余日无多……"

"你告诉我原因,我就聊给你听。否则就不太公道,那毕竟是我个人的隐私。"我心想:你拿死来当理由,提过分的要求,就像向那位养花的老头借花一样。

"对对,不容侵犯的。我不能强求。"李言之很遗憾的样子。我们又聊了些所里的事——那只是为告别作点铺垫,李言之明白这一点,所以他渐显惆怅。未了,他起身走到壁橱那儿,打开橱门,掏出几盒花旗参、龙眼之类的补品,塞进一只塑料袋,递给我:"你拿去吃。"

"这怎么行?别人给你治病用的……"

"唉,实话告诉你,我吃不了这么多。不信你看!"李言之打开橱门,又无奈又自豪地让我看。果然,里面装满各种营养品,瓶、罐、盒堆得有几尺高。

我叹道:"到底还是当官好啊。不过,这些东西恐怕都是人家用公款送你的,而我送你的东西是我用自己的工资买的。"

"我明白。所以,请你拿点去,算是帮我吃了它。别谢我,它们本不是我的东西。"

我有点儿感动,一般人并不能像李言之这样,敢于把橱门敞开。我说:"我可以替你送给那个养花的老头吗?"说完,我才意识到此话太刻薄了。

李言之沉吟着:"随你意思吧,但不是我送他的,是你。"

3

花房在医院北边一个角落里。我寻到那里时,养花的老头不在,花房门锁着。

我认为：李言之实际上讹诈了养花老头。他通过毁灭一件别人心爱、但是又不能拥有的东西来讹诈别人。他撕裂了别人心中的一种珍贵感觉，以迫使别人向他屈服。养花老头实际上并不贪图李言之死后的古董，他只是受不了古董被那样无情地毁灭。更令我惊叹的是，李言之自己也酷爱他亲手砸碎的东西，但他之所以砸，恰恰因为他从毁灭中获得了更大的快感。当时他肯定也痛楚，但只要有人比他更痛楚，那么他的痛楚就变为快感了。这一切像什么？说绝了，就像一个父亲提着自己的儿子去见一个感情丰富的仇敌，跟仇敌说："你要是不答应，我就杀了我儿子。"当然，他俩并没有透彻地认出自己的感情性质，双方都顺乎本性地做了。透彻本身很可怕，像通过显微镜看自己心爱女人的脸，这时看到的绝不是花容月貌，而是跟猪皮、跟月球表面一样坑坑洼洼。

就在这间花房里，李言之使用过一种十分精致的精神暴力。

在对方配合下，优美地毁灭了一件优美的作品，痛楚地完成了一次痛楚的抗争。

我凝望花房，阵阵芬芳正透过玻璃墙壁飘来。尽管花房完整无缺，但浓郁的芬芳已把花房胀裂了。那只锁挂在门扉当中，虽然小却死叼着杀戮之气。我走近花房，透过玻璃朝里看。一排排花架凌空跃起，无数盆花相互簇拥着，鼓噪成色彩斑斓的浪头，大团温势朝我喷涌，里面像关闭一片火海，同时它们又无比宁静。巨大的反差令人惊骇，花们竟有这样宽阔的气质。我基本不知道花们的名字，即使告诉我我也记不住。那些名字是人类硬栽到花们头上去的，以便从它们那里汲取一些自己没有的东西——用一种看上去似乎是"给予"的方式来汲取，比如说培植或起名。一个君王可能与另一个君王为敌，但他会与一盆花为敌么？不会！花们是一种意境，而仇敌是具体的人。我们何时才能学会不被具体人所缚，而与一种意境誓不两立呢？

花房掳掠着花的意境，看到这些优美的掳掠我才胡思乱想，并在胡思乱想中获得了比严谨思索更多的快活。我想：我或许太久没有放肆自己那点可怜的精神了，所以稍一打开笼门它们就蹿出来享受放肆。

有一缕枝叶动了几下，影影绰绰地像有精灵匍匐在那里。呵，是养花老头，他几乎化进花丛中了，不留神根本看不见。他双手沾满乳白色灰浆，面前有个小木架，架上搁着那尊滴水观音壶。它大部分碎片已经被粘在一起，呈现出壶的原形，壶身遍布细微的白色斑纹。原来，养花老头把自己锁在花房里，独自在复原它。

从壶身斑纹的密度判断，它曾经被摔成无数碎片。养花老头全靠着对每颗碎片的理解，来再生滴水观音壶，实际上他必须将无数个细碎念头一一拾起，一一辨认，一一对接。这是浩大的意念工程，所以他必须从世上逃出那么远，才可能进入境界。观音身披彩衣，站在红色鱼头上，轻妙地探出一只臂膀，手中握着小小的金色葫芦。观音的全部神韵、全部魅力最后都落实到那只小葫芦上，一滴滴圣水将从葫芦口洒落人间……尽管它现在空空荡荡，但我们一看就怦然心动，从它的造型中明白它的意思。它失去了水，反而拥有水晶般情致。

裂纹在观音壶上刻下无数道深意，并且渗透到底色里，它像树根那样有了年轮，看上去更古朴更幽幽然。观音欲言又止，微笑成了含悲不露的微笑，身段里含蓄着疲劳，衣襟像一片诗意那样弯曲着，手指停留在似动非动中，它如同跨涉了千万年才来到我们面前，且只为了——欲言又止。如果，它被摔碎前并不是杰作的话，那么正是粉碎，竟使它成为杰作了。

我盯着养花老头的背影，我觉得他并不知道他有多么杰出。他同花们相互渗透那么久，已经到了能够视美如视平淡的程度，也就是到了能从一切平淡中看出美的程度。假如任何人把他的杰出之处指给他看，那就是扼杀他。我宁愿他死去，却不愿意他被扼杀。

李言之和李言之们，每每一靠近他（他只有他个人，而绝不会有他们），就不禁作态。而作态仍是被掩饰着的失态。我想，那是由于他们在内心使劲提拔自己，才导致的失态。

4

要不要把我那一段生活说给李言之听呢？而我，要说给他听的话，还得全然不问他为什么要听。这个苦恼把我给憋住了。对我而言，就要死了的人比活生生的人更难拒绝，也比已经死去的人更难拒绝。所以，我老是觉得就要死了的人反而具有死者与生者的双重精力，干脆说是双重权力吧。仅仅由于他站在死亡边上，我们就感到对不住他，就李言之本人来说呢，我隐约觉得，他很可能把他此刻所占的优势弄得清清楚楚——花房便是一例，所以他才放纵自己的愿望。果真如此的话，这接近于可怕了，他岂不是在要挟我们的情感么？被要挟的情感能不因此而变质么？

不过，坦率地讲，我渴望诉说。我从他身上嗅出了一股气息，我嗅出他是我的知音。

心里老搁着一团隐秘，搁久了，会搁馊掉的。这团隐秘多年来一直顶得我腹中难受，真想呕出它来，说给某人听听，与另一颗心灵相碰。在说的过程当中，把自己换掉。可是，我既怕说出去暴露了自己的丑陋，也怕搁久了变馊。我还怕，将一团本该永远蕴蓄于心的、类似隐痛那样的东西失散掉了，使我像失重那样找不到自己的巢穴。以往，我们正是凭借那种东西才把自己和别人区分开的，它跟酵母一样藏在身心深处，却膨胀出我们的全部生活。二十岁时回味起它来，就有青年人的风味境界。四十岁时回味起它来，就有中年人的风味境界。六十岁时回味起它来，就有人之老者的风味境界。它使你在人生各个阶段都有半人半仙的时刻，都能达到应有的巅峰，都有一份浓郁的醉意。

我看过太多太多的人，心里没有这种东西，所以总在模仿中生活。偶然抗拒一下周围环境，也是为了使他人模仿自己，以安抚一下心情。唉，我喜欢猴子，因为它太像人。我也讨厌猴子，因为人像它。我曾经在一只猴子身上认出过好多人来，包括著名人物。我渐渐习惯了与人式的猴子，或者猴子式的人相处，甚至相亲相爱。我知道，人是人的未来；而任何一个我，却只能是此刻的我了。我坚守着我。

我也看过，一些人心里由于没有这些东西，因而不停地倾诉。整日里开会、议论、指示、商讨……人跟一面大鼓一样不停地发出声响，正因为腹中空空洞洞。其实那不是他的心儿在鼓噪，而是变了质的才华在鼓噪不休。埋在才华下面的，则是坚硬的权力意识。

现在，我又看到一个人因为濒临死亡，因为靠近天意才泄露出来的亲情，和很隐蔽的欲望。我终于知道了，他心里也有那些东西，只是封闭得太久而已。我熟悉那东西发出的呻吟，我嗅到了那些东西飘来的气息。所以，我认出他是我的同类。我们都很珍视心中那一片隐痛、一点酵母、一种心爱的丑陋、一缕敏锐羞怯之情、一种欲言又止的难堪……总之，把我的终生钉住的那个东西。

　　我想，就当自己在对自己倾诉吧，就当自己在抚摸自己。我不是经常只和自己待在一块么？为了能够和自己待在一块，不是付出过好多代价么？其实，在李言之所医院里，当我浸在几乎把人融掉的药水气氛中时，我已经呼吸到了我的少年。

5

　　一阵抽搐，把我从梦中抖醒。病房天花板上爬着一只大壁虎，我躺在床上，隔着蚊帐仰面望它，就像天花板上出现了一条大裂缝。猛想到：整整一夜我都是在这么个怪物肚皮下睡过来的，不禁骇然收缩，我不明白，为什么壁虎趴在墙上不掉下来？为什么它的尾巴脱离身体后，还狂跳不止，而拖在它身后时，却是规规矩矩的一条尾巴？还有，为什么这里的病毒传染了我们，却没有传染壁虎？……由于不明白，事情就显得那么神秘，事情就尖刺般扎在我心里。漂亮护士对我们的恐惧者是感到厌烦，却不会消除我们的恐惧。有一次，她干脆用拖把杆捅下一只胖壁虎，再狠狠一脚踩上去。啪！她脚下像炸开一只气球。"怎么样，不会咬人吧？"她得意地看着我们，一个个追问："你现在还怕不怕？……还有你？……你？"我们被迫说不怕。她提起脚，抖了抖穿丝光袜的小腿，去找簸箕扫除残骸。在她轻盈地走开时，我看到一段细小的尾巴正粘在她脚后跟上，噼噼叭叭地甩动着，而她丝毫没有察觉……是呵,当时我们被迫说"不怕",因为她比踩烂的壁虎更可怕呵!久之,我们不相信她了。而我,则暗暗伤心,她那么漂亮,我真舍不得讨厌她。当同病房的伙伴们恨她时,我抗拒着他们的恨,独自偷偷地喜爱她。她脸庞上总戴着一只洁白的口罩,两只美丽的大眼蹲在口罩边上忽闪着,眸子里窝藏一口深井,只要她的眸子一转向我,我就感到喜悦。她说话时,口罩里面微微努动,努得我心头痒痒的,漾起甜蜜涟漪。

"不要趴在地上,都是病毒!"她说。

我们觉得锃亮的木板地十分干净,护理员每天都打扫。她见我们不听,提高嗓门叹气:"每平方毫米上万个病毒,每个病毒要在沸水里煮半小时才会死亡。你们听到了吗?"见我们仍然不听,她就一阵风似的飘开,好像这里的混乱和她没关系。我从地上爬起来,希望让她满意,但她根本没有注意到我……

四楼有些悸动,位置正在我们这间病房下面。从地板传上来的声音沉闷恐怖,把我揉来揉去,令人缩成针尖那么点儿,并产生无边的想象。我和这整幢楼都微微发抖,福尔马林药水的味儿,正顺着每条缝隙漫过来,它能杀死病毒,也能把人皮肉烧焦。楼房外头,冬青树丛中传出一阵阵狗吠,大约三条。我能从它们的吠叫声中认出它们是谁,它们也认识我。呵,原来,我是给它们叫醒的。四楼死人了!

入院的时候,伙伴们就告诉我:夜里狗们在哪幢楼前叫,哪幢楼就要死人。医院里的狗可有灵气了,它们是做试验用的,每一条都将死在手术台上。所以,它们能嗅出死亡先兆。兰兰证明道:"我妈就是这么死的,要不是狗叫了,我还不知道哩。"过了一会,她才想起悲伤,于是安静下来。她的安静就是悲伤,只是看上去安静。

兰兰的病,是被她妈妈传染的。妈妈就死在这所医院里,兰兰来和妈妈遗体告别时,被留下住院了。伙伴们都十分敬畏她,凡是和医院有关的事,兰兰说了就最有权威。"你懂什么呀,知道我妈吗?……"只要这句话一出口,比她大的孩子也怯缩了。兰兰一点也不害怕自己死在这里,她指着太平间方向告诉我:"我妈是被他们推进那幢黄房子里去的,总有一天,我要去把她救出来。"

我爬到高高的窗台上,抓着铁栏杆往外看。医院怕我们从窗口摔下去,五楼所有窗户都镶上了铁棍,两根铁棍之间仅有十公分空间。我们为了往外看——更多地看,总是拼命地把头扎进两根铁棍之间,即使这样,永远也只能侧着探出半边脸。我们脸上总是留下铁棍的深痕,漂亮护士一看我们的脸,就知道谁又上窗了。"呀呀!你看你,今天是探视日,你爸妈来看到你时,还不以为我搞虐待了吗?今天谁也不许靠近窗台。"……夜里的铁棍湿漉漉的,手抓上去,它就吱吱地叫。在我脚下,四楼六号病房灯光雪亮,把几十米外的冬青树烫得颤抖。狗们吠成一片,眼睛绿幽幽,随着每一次吠叫,牙齿都闪出玉色微光。六号病房里,氧气瓶咕咕响,器械声叮叮当当。我耳朵倾听脚下的动静,眼望着影影绰绰的狗们,恐惧地想象六号病房里的一切,心头一次又一次地裂开——虽然听不见手术刀割破皮肉,但是传上来的疼痛已把我割裂。我越是害怕就越是钉在窗台上,跟死人那样执拗,如果回到病床,孤独会使我更加害怕。我一遍遍哀求楼下那人不要死,否则下次就轮到我们楼上的人死啦……蓦然,楼下传上来哭叫,那声音一听就是亲人的。我明白了:被抢救的人终于死去。

这时，我身体似乎轻松些了。我仍然抓着铁栏杆不放，过一会儿，听见丁丁串串的声音进入楼道，像一股潮水淌下去了，最后淌到楼外。几个医护人员推着担架车，在歪来歪去的灯泡照耀下，消失在冬青树小道里。狗们散尽了，楼下的灯光也熄灭了。只有我们这房里的夜灯，把我的身影投入到黑黝黝的草坪上。光是我半边头颅的黑影，就比一座山坡还要大！

我害怕那黑乎乎的巨影，转手关掉灯。一条狗突然朝我汪汪嗥叫，顿时我被铁栏卡住，几乎拔不出头。原来，当我不动时，狗不以为我是一个人，只把我看成是窗台上的一盆植物。我稍一动，它看见了我，要把我从黑夜中剔出来！我熟悉正在吠叫的那条狗，它是三条腿。白天，它看见我挺亲切，为什么夜里就对我这么凶恶呢？

我明白了，它也感到害怕。它为了抗拒害怕才吠叫。

我刚刚把灯关掉，就听见兰兰在床上喊："不要关灯！"我吓了一跳，原来她一直醒着。我把灯重新打开，准备让它亮到天亮。兰兰说她睡不着，我说我也是。兰兰说我们说说话吧。我说："好，你先说。"我打算在她说话时偷偷地睡过去，因为有一个亲切声音在边上摇动时，四周就比较安全，就容易睡去。

兰兰说："你把头伸出来，让我看见你。"

我只好从蚊帐里探出头，看见兰兰也从蚊帐里伸出头，用蚊帐边儿绕着脖子，身体其他部分仍缩在蚊帐里。这时如果值班护士进来，准会惊骇不已，她会看到两个孩子的头跟砍下来似的，悬挂在蚊帐壁上，咕咕说着话。但我们自己相互瞅着，都觉得对方亲切无比。许多话儿只有这时候才可能说出，其他任何时候连想也不会想到。我们因恐惧而结成一种恋情，声音微微颤抖。兰兰告诉我，六号病房里的人被推进黄色房子里去了，过几天，那人将在里面消失。她问，你敢不敢去看看他？

我说："要去就一块去。"

我们约定，第二天中午乘大家都睡午觉时，溜出病房去太平间。这天夜里，兰兰梦见了妈妈，我尿了床。我们两个人的脑袋整夜搁在蚊帐外头，被蚊子叮肿了。我在梦中意识到蚊子呐喊，它们叮了我又去叮她。漂亮护士跺足叫："你们俩正在交叉感染，活着会一块活着，死也会一块死的。"……

6

通往太平间的小径十分美丽，宽度恰可容一辆救护车驶过，也就是可容我和兰兰手牵手走过。两旁有好多牵牛花与美人蕉，由于人迹罕至，它们把花朵都伸到路面上来了，像一只只颤悠悠的小胳膊挡着我们。再往前走，小径便给花枝叶挤得更窄，金黄色的小蜜蜂不用飞就可以从一朵花爬到另一朵花上去，它们的薄翅儿把花粉扇到空气中，花粉随即在阳光下融化了。我们在药水味中生活惯了，突然嗅到那么浓郁的芬芳，几乎快被熏糊涂了。呵，天空真的是从这一边完整地延伸到那一边，没被任何东西切断。草啊树啊花啊全都拥抱在一起，这里没有病员的斑马服，也没有血红的"十"字标志，土壤在草坪下面散发出它那特有的气息，我们兴奋地走上去，发觉我们几乎不会在真实的地面上走路了，脚步老是歪斜，拽得心也歪来歪去……我和兰兰吱吱笑，眼睛里有幸福的泪光。她那热烘烘的小手紧紧抓着我不放，像怕我飞掉似的。她脸颊从来没有涌出这么多红晕，她整个人几乎给心跳顶起来。

"看，三条腿！"兰兰叫。

一条金黄狗儿卧在小径上，它早已听见动静，正支棱着耳朵注视我们。它只有三条腿，右后腿在一次骨科医学试验中给人拿掉了。按照医院的常规，试验完成后，它应该死去，免遭更多痛苦。没想到，它竟从手术室里的笼子中跑出来了，人们没捉住它。过了很久一段时间，它才敢出来觅食，但只能用三条腿趑趄了。它对所有医护人员都非常敏感，看见穿白衣的人就跑，当跑不开时，它就张大嘴，露出尖利的牙齿咆哮，浑身发抖，那一条后腿抖得几乎要断掉……说也奇怪，它那既凶猛又绝望的样子，每次都使要打死它的人下不了手。那条孤独的后腿看上去太可怜了，它以一种奇异姿态站立着，简直充满神秘。而且，它还不到一岁呀。没人愿意朝它下手。所以，它才侥幸活到今天。三条腿只在夜里才出来觅食，而且它只到我们孩子的泔水缸来觅食。我在深夜解手时见到过它，被它的怪样子吓坏了。后来我问漂亮护士它怎么了，漂亮护士随口说："还不是为了给你们治病吗？"我才意识到一个异常残酷的现实：它是为了我们才被人弄成这样的；它的一条腿拿去给我们造药用了；我们为了治病需要它的腿，这说明我们的病比它更可怕……

所以，三条腿出现在我们面前时，我们都非常敬畏地看着它。渐渐地，我们就看懂了它。

每当它盯人的时候，它眼睛后面还隐藏着一双眼睛，乌幽幽的。一只眼里含着恳求，另一只眼里含着警告；每当它吠叫的时候，喉咙下面似乎还埋着一条喉咙，粗哑悠长而且滚烫，像掷来一根烧红的铁棍。它是用全部身体来倾泻一个低吠。从它的声音中，我们一下子就可以听出它少了一条腿；还有，在它奔跑的时候，不像其他狗那样充满自信，它如同旱地上的鱼那样挣扎蹦跳，它的每次跳动都属于万不得已、身体内充满绝望；还有，它内心里非常渴望亲近人：这可以从它的尾巴上看出来，它有时远远地、微微地朝我们摇尾巴，并且到我们走过的地方去嗅我们的足迹，然后再远远地、亲切地看我们。需知它摇一下尾巴也比其他狗困难，由于失去了一条腿，它得时时将尾巴歪斜到身体的另一边，才能保持平衡。它那么小心翼翼地摇尾巴，我猜它知道自己很丑陋，不敢随便做狗们应有的动作。它老是躲避其他的狗，不全是因为怕它们，主要是因为知道自己丑陋。它卧下时，做的第一件事就是将光秃秃的断肢藏起来，然后再抬头看四周。

我和兰兰慢慢地走向它，三条腿嘴里垂着粉色小舌头，一直注视我们，动也不动。待我们走到距它很近的地方，它微微摇了下尾巴，我们太高兴了！它不恨我们。我们必须从它身边经过，因为它就在路当中卧着。我们走到它跟前才停步，带一点请求的意思看它。它慢慢起身离开，钻到冬青树丛中去了。我们走过去后，偶尔扭头一看，啊，三条腿又回到原先的地方卧下了，姿态和刚才一样。

太平间出现了，它是一幢黄色的平房，每扇窗子上都贴着米字形白纸条，后面垂挂黑布幅，不漏一丝缝儿。我们站在它前面的空旷地上不动，盯着太平间的正门。门前不是阶梯而是一段斜坡，这样才可以用担架车把死者推进去。我们不敢再往前一步，因为门上正挂着一把大铜锁，差不多有我们的头颅那么大。我们诧异极了：为什么要上锁呢？难道死人还会跑出来么？后来我和兰兰说定：上前去的时候我走前面，退回来的时候她走在后面，无论有什么东西追来，谁都不许跑。接着，我走上了台阶，兰兰跟在我后头。我踮起脚扒着窗台，拼命朝里看，什么也看不见。这下，我反而放心了。

"没人，我们走吧。"

兰兰默然无语，怯怯地跟我走。走出不远，她站住了，细声说："我、我还没看呢……我想看看妈妈还在不在里面。"

"什么都看不见。"

"求求你，陪我看一眼。我把那本邮票送给你。还不行吗？"

我又陪她回到太平间的窗跟前，抱她上去。她猛地打了个喷嚏，惊道："好呛人！"

她是说里面的药水味儿，那味儿正从房子的所有缝隙渗出来，仿佛里面正在燃烧。这时，她的头撞到窗玻璃上，太平间里面发出回响。我抬起头，清清楚楚地看见：窗后的黑色布幔正在缓缓摆动。

我们趴到地上，吓得发抖，兰兰的脸色修白。我们互相抱着起来，谁都不敢哭。两人紧紧抓着对方的手，慢慢地往回走。我们没有跑，我们下意识地感觉到：只要一跑就完蛋了：一跑就会有东西追出来。我们是一步步走回来的——这是唯一值得我们终生自豪的事。

三条腿又一次给我们让路。我们走上了那鲜花拥立的小径，蜜蜂从耳边飞过，花瓣不时碰到我们脸颊……现在，对于弥漫在堆积在融化在小径两旁的"美"，我有了刻骨铭心的感受，就是从这小径上，我产生了终生不灭的隐痛。接近我们病区时，我们才活转过来。无意中——不知道这是否是一种古怪的暗示，我抬头看了一下六号病房。我看见，窗后面站着一个男人。

我被钉在当地,受惊的兰兰到处看,马上也看见他了,是一个真真切切的活人。她受惊地低叫起来,我马上大声说:"他是刚入院的病号。"她才沉默。我们看着窗后那人,那人也似乎在看我们。少顷,我发现他不是看我们,而是看摆在他面前的、窗台上的一盆海棠花。他猛地推了一下,海棠从四楼那高高的窗台上掉下来,瓷花盆在阳光下划出一道白光,"啪"的落到水泥地面上,白瓷碎片飞溅,海棠的浓汁把墙根都染红了……后来我们知道,他确实是刚入院的人,患我们同样的病,他名叫李觉。六号房从推走遗体到住进新人,其间不到十小时。

回到病房,伙伴们还在午睡。我们悄悄地爬到床上躺好,久久不出声,直到听见漂亮护士的脚步声,兰兰才大哭起来。漂亮护士急忙赶来问她怎么了,她断断续续地交代了我们的行为。原来,她在太平间时,在黑色布幔掀起的一刹那,竟然看见了我没看见的情景:屋里有两只木榻,上面睡了两个人,从头到脚蒙着白布,其中一个动了一下,千真万确动了一下。她凄惨地哭着问:"死人怎么会动呢?"

漂亮护士搂住她,同时瞪着我:"你们好大胆子哇,敢跑到那个地方去!我要告诉你父母。噢噢噢……别哭了,兰兰。我告诉你,是这么回事。有时候哇,人死了,他的亲人舍不得他走,会来陪一陪他,和他住在一间房子里,怕他孤独。你刚才看到的呀,不是死人活过来了,而是死者的亲属。她爱他呀,她来陪伴他……"

我们当时都听呆了,爱,多么奇怪的爱,又是多么恐怖的爱呀。我至今不知漂亮护士讲的是不是实话,也不知兰兰讲的是不是实话。漂亮护士已把我们深深地迷住了。哦,爱!……她罕见地使用一种轻柔声调,将我们的恐惧转化为幸福。

这天夜里，病房灯光熄灭以后，我头一次以近乎诗人的目光注视到，窗外有一个月亮。我想，它是死去的人们的太阳。每当他们的"太阳"升起来时，我们就躺下来，而他们也就起床了，走出他们的房门，开始他们的生活。当我们的太阳升起时，他们就躺下来，该到我们起床生活。所以这个世界是一半对一半平分着的，我们活人占一半，他们死人占另一半。假如我沿着月光走上去，一直走进月亮，再从月亮的另一边下去，就可以进入他们的世界了，马上可以看见好多好多亲人。

窗帘微微摆动，因为月光正撩拨着它。我把一只手伸到月光下，看见手快要融化了。我急忙抓了一把月光进来，像握着一块冰，感觉到它在我手心慢慢地化开，无数幻想从手心那儿延伸到全身。我偷偷吻一下天空月亮，相信我已和另一个世界的人建立默契，得到了他们的允许才生活在这个世界中。

床边有物訇訇乱动，我吓了一跳。兰兰嗖地爬到我床上，她害怕，不敢一个人待在自己床上。她嗫嚅着："我不会传染你的……"紧紧缩进我怀里，抖得跟叶片那样。我天然地升起了做一个男子汉的勇气，由于有人比我更弱小更可怜，所以我更强大更自豪。我给她讲故事，她给我讲她妈妈。我们肌体相依气息交融，忘记了恐惧，快活得不知如何是好，最后在呢喃私语中睡着了。

这以后，每当兰兰害怕时，她就爬到我床上来，渐渐成了习惯。我们不知道这违反院方规定，也不知道男女之秘。我们只是偷偷享受一种默契，一种为抵抗恐惧而生成的少年私情。但是，我们交叉感染着，病老不见好。医生巡诊时常常奇怪，自言自语：怎么回事，疗效一般嘛。

终于有一天凌晨，漂亮护士来给我们抽血化验。她像往常那样，双手端着一个堆满针管的白瓷盘，扯开每一个人的被子，从梦中拽出一条孩子胳膊，扎上橡皮胶带，摸索臂弯处的静脉血管，轻轻刺入，总是一针见血：漂亮护士医疗技术是很棒的。她掀开我的被子，看见我和兰兰睡在一起，呀地叫起来，手中的托盘都差点翻掉。"你们干什么呀你们！……"漂亮护士眼睛睁得老大，白口罩外面的脸颊火红，连耳朵都羞红了。"你们知道自己在干什么吗？谁叫你们睡到一起的，哎？还搂着……快分开！"

我从来没见过她如此恼怒，吓得说不出话。突然，她弯下腰背过脸嘎嘎笑，笑声尖利刺耳。不时转过头来，轻蔑地扫我一眼，又掉过头笑。她总算笑完了，而我们还不知道她笑的原因。她放下托盘走了。不一会儿，她领着护士长进入我们病房。一看见护士长，我才意识到灾难临头。在我印象中，病区只有发生了重大事件，比如病危、病故、伤亡或者医疗事故，她才抵达现场。虽然医师们或主任医师也到场，但他们并不次次都来，次次都在场的只有她一个。漂亮护士没跟护士长说话，看上去她们已经把该说的话说完了，两人已形成了默契。护士长约五十岁了，很有奶奶风度，护士们都怕她，我们都很喜欢她。我们觉得她比护士们好说话，尽管她从没答应过我们什么。

护士长坐到我床边，先让漂亮护士将兰兰带走，再摸着我头发，问一些奇怪问题：你们睡在一起有多久啦？是怎么睡的呀？你们为什么要睡在一起呀？你们知不知道，还有谁和谁一起睡过？……

当天，兰兰就被换到另一间病房去了。在我床对面，来了一个和我差不多大、但傻乎乎的男孩。而且不久，我也被换了病区，搬到楼下去了。从此，我很难见到兰兰了。我们没有再被追究，可是我听说兰兰曾经到妇科检查过身体，她事后很惊奇地告诉我，那里都是要生孩子的人。还有，护士们看我时的眼神也不一样了，总有淡淡的、意味不明的微笑，甚至叹息着："唉，你这个老病号哇，怎么还不快好。"我嗅出种种不祥，活得更谨慎更敏感了。现在，我为遭人嫌而羞愧，也为那件事羞愧，还要为身上的病老是不好而感到羞愧……这些羞愧摞在心里，使我整日沉默无语。病毒趁机肆虐，我的病况更沉重了。一想起漂亮护士刺耳的笑声，我就胆战心惊。以至于，护士们的高跟鞋在水泥地上刮起一道尖啸，我听了也感到害怕，那声音太相像了。直到认识六号病房的李觉，才被他拯救。

7

六号病房就在我的病房斜对面，透过门上那巨大的观察窗，我现在经常能看见李觉身影了。我很敬畏他。首先，他敢住进一间刚死过人的房间；其次，他扔过一只那么大的花盆！说实在的，那天那盆海棠迸裂时，我心里曾爆裂出一丝痛快。直到后来好久，只要想起在那雾一般的阳光里，有一只白色花盆飘然下落，那精致，那韵味，那崩溃前的战栗……我仍然浑身来劲。但我没有想到，他自己竟是一个十分胆小的人。我好几次看见，他出房门前都先把头伸出门外张望，看一看走廊里有些什么人，然后才走出来。其实，不管走廊里有什么人，他都会走出房门（我从没看见他张望之后再缩回去），所以他的张望只是他出门前的习惯。问题在于，他怎么会养成这种不体面习惯的？一旦出门以后，他又昂首挺胸谁都不看了，尽量少跟人说话。他差不多是跟壁虎那样贴着墙根走路。步履轻快无声，怎么看怎么不自然。事情一办完他立刻回房，好像魂还搁在屋里。他从来不进入病员们的群体中去。

我从大人们那里感觉到：李觉是个怪人，大人们讨厌他。他们路过六号病房时总要好奇地往里头瞟一眼，返回时再瞟一眼，但从来不进去。有时，我觉得他们纯粹是为了"瞟一眼"才走过去走过来的。他们还经常向医生打听李觉的来历，什么病啊？从哪儿来的呀？级别多少现任何职？……噢！我忽然明白了，原来，他们是对李觉住单人病房不满，不是真讨厌他的个性。

在我们这所医院，床位历来紧张。处长教授工程师一级的患者，得两三人住一间房，只有市长厅长地委一级的领导，才能一人住一间房。那李觉看上去最多二十几岁，门口又没有亮起"病危特护"的红灯，凭什么也住单间？！大家都是公费医疗嘛，竟然明目张胆地厚此薄彼！十二号病房的宁处长几次想告到院长那里去，又怕人疑心他自己想换单间，所以冲动了几次终究没动窝。而其他人呢，见宁处长都忍了，也就得到了安慰。因为他们比宁处长的资历还差一截哩。我发现，大人们由于太寂寞了所以都爱嘟嘟囔囔，并不真的想去得罪人，尤其是在没摸清他的底细之前，毕竟那只是一个暂时住住的单间，不是什么生死攸关的东西，即使把李觉迁出去了，叫谁住呢？能轮到自己住么？再说哩，他们的病员怕动肝火，一火，血象就不正常，所以他们即使在生气的时候，也是将手按在腹部小心翼翼地生气，满脸软绵绵的愤怒。他们窃窃议论：六号房里的，是省里某人的公子，上头特别交代过的，没办法呀……于是，他们背地里就叫李觉"衙内"。是一个大家都很敬重的副处长最先叫起来的。

我不知道这是个恶心人的称呼，只觉得这两字念在口里滑溜溜的，挺逗。于是，有次大人们又在窃窃议论他时，我就大摇大摆走过去，冲着他的面叫了一声："李衙内！"我以为能博得大人们的欣赏。说穿了，我就是为了讨他们喜欢才跳出去显示自己的。

李觉正独自站在阳台另一端想心事，双手跟老头似的捧着一杯茶。听到我声音，猛一震，抬头看阳台那一头的大人们，眼里闪动着跟残废狗三条腿同样的光芒。我有点慌，也随之望去，大人们竟一个也不见了。而刚才，他们还兴致勃勃注视我呢。现在，我隐约猜知，"衙内"是一个恶毒的词。我正要逃开，李觉忽然拽住我，另一只手伸进口袋，慢慢地掏出一大块巧克力，递到我鼻子下面。

巧克力用金箔那样的纸包着，上面印制一个童话场景，阳光在上面流淌，浓郁的甜香味儿一阵阵透出来。我们家生活一直窘困，我从来没有吃过巧克力，但我认识那是一块巧克力，而且正由于我从来不曾拥有过它，所以它一出现就撞疼我的心。它比我在电影上、在橱窗里、在其他伙伴手上看过的都要高级得多，它是一块非凡的巧克力！李觉看见我激动的样儿，高兴地连连说："拿着拿着。"

后来李觉告诉我，那块巧克力他放在兜里两天了，一直找不到机会送给我。虽然我那声"衙内"让他气得要命，但他仍然稀里糊涂地把巧克力掏出来了。他说他最初看见我时就"胡乱喜欢"上我了，说我比那些大人懂事得多，说孩子一长大就变坏，所以还是又懂事又不长大最好。李觉昂着头对空无一人的阳台说："我不叫李衙内，我名叫李觉，男，二十一岁，共青团员、大学助教……"最后他对已经消失的他们道声再见，将我领进六号病房。

为了感谢他，我一进去就告诉他：这间屋子几天前死过人。他呆立着，看看病床，面色惨白。"是个女的吧？"他颤声问。

"男的,一个老头。"

"什么病啊?"

"和我们一样,不过不要紧,屋里所有东西都消毒过了。"

"我不怕,我不怕,我说不怕就不怕!……你也别怕,有我在这呢。"李觉目光一寸寸扫过地面,忽然发现阳光把自己身影投在墙角落。他立刻移动身体,让影子从角落里出来。"死亡是人类生活的方程式,恐惧是多情的表现。嘿嘿嘿,我有点孤独。哦,你长得真像我弟弟,他是我继母生的。你在这医院住多久了,孤独么?"

"我想家。"

"孤独。"他满意地点头,"你应该相信,家也在想你。你上学上到几年级了?"

"如果不生病的话,我就该上五年级了。"

李觉摇摇头,"你正在看什么书?"

"《毛泽东选集》第四卷。"

那是我从病区图书室找来的,那里除了几册政治书籍没别的了。我看这本书时,备受大人夸奖。

"为什么?"李觉吃惊了。

"因为,前三卷我已经看完了。"

"不不,我问你为什么看它,不看别的书?"

"没有。"

"你看得懂吗?"

"看得懂。"

"哈哈哈……比我厉害,我看不懂。老挨父亲骂。"

"我告诉你,你不要看正文,光看注释就够了。每篇文章后面都有一大堆注释,每个注释都是一个小故事。大多数是打仗的,你光看它就行了。你想要的话我可以借给你。"

李觉沉默好久,说:"你吃糖吧。"

我一直在等他这句话,巧克力抓在手上太诱惑了。我问:"你呢?"他摇摇头。我就站在他面前吃起来。吃完,把糖纸叠好收进衣袋,准备送给兰兰,她收集各种美丽的糖纸,并把它们夹在书本里。

李觉说:"从明天开始,我教你学习吧?文学、数学、物理、历史我都懂。我教你绰绰有余。每天两小时,上午一小时,下午一小时。我李觉以人格保证,不出三个月,我让你的实际水平超过高中。我要打开你的脑袋,让你思维爆炸!我要启发你的心智,让你这几个月过得像做梦一样。你知道我是谁吧,我是大学里走白专道路的典型,我有好多好多思考,在讲台上不能讲,现在,我将毫无保留地赠送给你!啊!你可能听不懂。不要紧不要紧,往往半懂不懂的东西才使人产生更深刻的疑问。你可以问我呀,我们可以讨论呀,你有你的直觉呀,你应当凭你的直觉来理解我的讲授。你今年多大了?……唔,这年龄正是最关键的年龄,是少年到青年的转折点。你的某些心智,这时再不开发,就可能永远沉睡下去。在你现在年龄段,可塑性最高,挥发性最强,心灵嫩得跟一团奶油似的,谁要是不当心碰一下你的灵魂,他的指纹就会永久留在你的灵魂上。我的意思是说:你的一生,很大程度上就看这几年的精神质量,就看你这几年练就的本事如何,剩下的只是实现它。此外,我们都太孤独了,到处被驱逐。不过,被驱逐的狗才会变成狼,而且世界上原本没有狗,只有狼。狗们是狼向人类投降的结果,为人所驱使。嘿,就像医院里做试验的狗一样。啊，要学习，要思考，尤其是要善于思考……"

李觉兴奋极了，兀自滔滔不绝地说。他的神采迷住了我，而不是语言。我忍不住打断他："可我没有课本啊。"

李觉非常沮丧地看着我。他的思维已经飘入那么高妙的领域中去了，而我居然提出这么粗俗的问题。他说："记住，以后经过我同意再发问。"

"我们俩都没有课本啊。"

"你是指教科书。"李觉先纠正了我一下，再按住自己的胸口说，"都在我心里，你所学过的一切我全学过。当然，我的记忆已经把它们淘汰掉了相当一部分，凡是没淘汰掉的，才是最有用的部分。我准备教你的，正是那些最有用的东西。而最有用的东西，往往又没有那种吓人的严肃面孔，最有用的东西往往最好学，最有趣，最能培养人的创造力和欣赏力。最有用的东西遍地是教材，你看这幅地图。"他指着墙上挂着的世界地图，旋之起身走过去，"就够我们讲上个三五天了。你看过它几百次了吧？……但我敢肯定：你认真思考过它的次数，绝不超过三次以上。你先把它当一幅画来看，它有几种颜色？……对了，四色。颜色种类越少，地图越醒目。但最少不能少于四色，只要给我四种颜色，我就能使所有的相邻国家和地区的色彩不重复，即使一个国家和一万个国家接壤，彼此色彩也不会重复。这里就涉及一个非常有趣的题目：四色定理。它涉及数学美学心理学多方面知识，够我们讲几天的。假如我本事大的话，光这一个题目就够我讲半辈子！我没什么本事，所以只能讲几天。要是叫我的导师黄老先生来讲，他能讲一个天翻地覆。就这么讲，我们还没挨近地球形成、板块漂移等等地学常识呢。再讲这只药罐，又涉及一个圆周率问题，3.1415926……

至 3.1415927……之间，尾数永远无穷尽。假如把自然看作是优美的圆周，把真理看作是简洁的直径，那么自然和真理的关系就像圆周率所暗示的：真理只能接近自然，但永远不能完全吻合自然。这个道理在古希腊就明确了，而我们直到今天还为真理与自然的关系争吵不休，恐怕还得一代代吵下去。有些架吵得实在无聊，从旧无聊中延伸出新无聊，渐渐地连吵架本身也成为一门学科了……哎，我这样讲，你听得懂吗？"

"听得懂。"我壮胆道。

"不，你听不懂。要是听得懂你就是一个天才了，你只是听得浑身来劲、似懂非懂而已。对不对？……唔，有这样的感受就不错。我从你眼睛里看出来一点灵气。我不该问你听得懂听不懂，我应该这么问：你愿意听下去吗？"

"太、太愿意了！"

"其实我在讲授时，得到的愉快不比你少，跟做一遍精神体操似的。我好久没这么跟人谈话了，再不谈一谈，我肚里的话也要变质了。"李觉静静地盯住我，仿佛思考什么。半晌，他断然道，"我不能这么随随便便教你，我还要看看你是不是值得我教。这样吧，我出几道题，你带回去解，能解出来的话，我就继续教你。一道也解不出的话，我就掐死心中的灵感，不教你了。因为硬教人，对人也没好处。那就是化神奇为腐朽，无聊！"

8

李觉给我出了三道题，限我二十四小时内独自解出来，绝对不允许同人研究，更不允许询问同病房的大人。这三道题是：1、有十二只铁球，其中一只或者轻了或者重了，但外表上看不出来。给你一架天平，要求称三次将那只铁球称出来，并且知道是轻了还是重了；2、给你六根火柴杆儿，摆出四个等边三角形；3、一头老母猪率八头小猪过河，等过完河之后一看，竟有九头小猪跟着它。问：这是怎么回事？

太刺激啦！我拿着那张神秘的小纸片回到病房，兴奋得难以自持。我又恢复了在学校临考时的那种激动，渴望着一鸣惊人……呵，好久没有这种感觉了，舒服得简直令人心酸。同病房的大人奇怪地问我："你哭啦，出什么事啦？"他们看见我眼睛有泪水，以为是谁欺侮我了。那一瞬间，我非常厌恶他们的关心，好像是我的爱物被他们碰脏了。

我躲进被窝里，偷偷地看纸片上的试题，全身每个细胞都在颤抖。那些题目，在今天看来，纯粹是趣味性的小智慧。但在我那个年龄，就像星空那样玄妙而迷人。它们的特点都是：乍一看上去很容易，越用心想却越难。令人久久地在答案边上兜圈，都能闻到它味道了，就是捉不住它。我决心将它们全部解出来，非解出不可：如果一辈子只能成功一件事，那么我希望就是这件事能让我成功。整整一天，我像求生那样寻求答案，在被窝里画个不停。有无数次，我觉得已经解出来了，一写到纸上就成了谬误。李觉在窗外徘徊。过会儿消失了，再过会儿，他又在窗外徘徊。他是在窥探我有没有询问旁人。一看见他的身影，我就高度亢奋。同房间的大人们都惊愕了，一会看我，一会看看窗外的李觉。他们认为，我从来没有这样发疯，而李觉也从来没有这么公开地缀步，肯定是出什么事了……我无休无止地想呵算呵，渐渐地进入半昏迷状态。傍晚，值班大夫得到别人的报告，前来给我检查身体，他远远一看见我，脸色就变了。一量体温，我早就在发高烧。

夜里，我醒来，乳白色灯光把屋里照得非常静谧，我床前立着输液架，正在给我进行静脉滴注。我凝视着滴管里的液体一滴滴落下，脑中极为洁净。外面凉台有轻轻的脚步声，我看不见他，但我猜是他。过一会儿，脚步声消失。我仍然心净如洗，一直盯着那椭圆形滴管。一颗滴珠慢慢出现、再慢慢增大、最后掉下来，接着又一颗满珠出现……我从那无休止的滴珠中获得一种旋律，身心飘飘然。忽地，我的念头跃起，扑到一个答案了：那是第一道题的答案。我还没来得及兴奋，呼地又扑住第二道题的答案。我高兴得叫起来，苦思十几个小时不得解的问题，在几分钟里豁然呈现。呵，我差不多要陶醉了！就因为大喜过度，我再也得不到第三道题的答案了。不过，我已经很满意了。

翌日上午，我到李觉屋里去。他不在，接受理疗去了。我挺扫兴的，回到病房，大人们问我昨天是怎么了。我再也按捺不住，得意洋洋地将三道题说给他们听，让他们猜。

和我同病房的共有五位：两位工农出身的处级干部；一位经理，一位技术员；还有一位大学文科副教授。我的题目一出来，他们兴奋片刻，马上被难住了。那四人不约而同地直瞟副教授，而副教授则佯作没在意的样儿低头看报。他们只好胡乱猜起来，东一句西一句，甚至连题意也理解错了。到后来，他们反而说我"瞎编"。我则突然意识到：原来，我比他们都强！我解出来了，他们根本解不出来。我兴奋地大叫道："你们全错了，正确答案是这样……"我把答案说出来，他们都呆住了，像看鬼似的看我。那位副教授脸红彤彤的，说："是李觉告诉你答案的吧？"顿时，他们都恍然大悟："对！你早就知道答案了。"

我呆了，从出生到现在，我还从没见过这么无耻的大人。我咬牙切齿地哭了，什么话都说不出来……

当我到李觉屋里去时，喜悦已经损耗了大半。我把答案讲给他听。那第一道，是一种复杂的逻辑推理，每一程序都涉及几种选择，只要思考得精深些，就能够解答。第二道则要奇妙得多，打破人的思维常规。在平面上用六根火柴永远也拼不出四个等边三角形，只能立体化，构置一个立体三角，裹粽子那样。第三道题，我承认无能了。

李觉听完，面无半点喜色，愤愤地说："这不是你独自解出来的。你欺骗了我！"

"不！都是我做的……"

"别狡辩了，再狡辩我会更生气。我……在窗外听见了你们在商量答案。"

我不知该说什么。我刚刚从一场误解中出来，又落入更大的误解。我张口结舌，气得要发疯。李觉根本不在乎我的表情，依然愤愤地道："我们刚开始，就该结束了。我讨厌别人欺骗我，即使不是欺骗我，也讨厌人们相互欺骗。我原来以为，你即使解不出来，起码也该尊重我的要求——独立思考。不懂就承认不懂，问了他们，就承认问了他们。你没有独立思考问题的毅力，而且虚荣心太重。算了，你走吧。"

我脑袋里轰轰乱叫，又悲又恨，想骂人想咬人，想砸碎整个世界！就是哭不出来……

正在这时，通往凉台的门被推开了，副教授小心翼翼地走了进来，两只手如同女人那样搭在腹前，呐呐地说："老李同志啊（其实李觉足足比他小二十岁），我方才在外头散步，啊、啊，是随便走走。我不当心听见了屋里几句话,啊、啊,不当心听见的。好像是讲几道什么题?……啊,我可以作证,那几道题确确实实是这孩子自己做出来的。他做出来之后,又叫我们做。惭愧呀,我们……没在意,也没怎么去做。几个同志开他玩笑,说答案是你告诉他的,不是他自己解答出来的。现在看来,确确实实是这孩子自己做出来的。这孩子很了不起呀,我们委屈他了……"

副教授搓搓手,无声地出门走了。我终于低声啜泣。但这次哭得更久,怎么也止不住。李觉慌乱地劝我,言语中不时带出一些外语词汇,像是责骂自己。我想停止哭泣,偏偏停不下来。李觉起身站到我面前,深深地弯腰鞠躬,一下,又一下……我大惊,忍不住笑了。李觉也嘿嘿地笑,手抚摸我的头,许久无言。后来,他低声说:"你小小年纪,已经有几根白头发了。唉,你是少白头呵。"

我看一眼他的乌发,细密而柔软,天然弯曲着,十分好看。额头白净而饱满,鼻梁高耸,眼睛幽幽生光。啊,他本是个英俊的男子,病魔把他折磨得太疲惫了,以至于看上去有点儿怪怪的味道。他的手触到我的脸,像一块冰凌滑过。他的手纤细而寒冷。

李觉告诉我,那三道题,是大学校园里流传的智力测验题,几乎没有一个大学生能迅速把它们全部正确地解答出来。他们或者解出一道,或者解出两道,就不行了。当然,只除了一人,就是他自己,他在大学三年级的时候,只用了十九分钟就全部解答,他对这一类事物有着天生的敏感,一碰就着迷。而且,只要有几个月碰不到此类事物,他就好像没命似的难受,当我在病房苦思冥想的时候,他非常担心我坚持不住了,偷偷去问旁人,那我就犯了不可宽恕的错误:无毅力,不自信,投机取巧。其实,只要我能解出一道，他就很满意了。在我用心过度发烧时，他非常感动，已经暗暗决定：只要我能坚持到最后而不去问旁人，那么，不管我是否解得出来，他都会收下我教导我。他说他不知怎么搞的，就是讨厌他们，不愿意他们介入我们之间（他说此话时，两眼跟刀刃似的朝外头闪了一下）。我把前两道题完全解对了，后一道题更简单，答案是：老母猪不识数。正因为它太简单了，人们才想不到它。它的目的是检验人能否从思维惯性中跳出来——尤其是前两道题已经形成了颇有魅力的思维惯性，正是那种思路使我获得了成功，也正是那种思路使我在第三题上失败。这种思维变调对于一个孩子来讲太过分了，接近于折磨。但我终究没有问任何人，并且独自解出两道。他为我感到骄傲，他说我有超出常人的异禀，只要稍加点化，前程难以限量。

我还从来没听人用这么深奥的语言夸奖我。当时，我根本听不甚懂这种夸奖，又因为听不甚懂，才模模糊糊觉得自己了不起得要命。我对自己的本事十分吃惊，飘然不知身在何处了。

9

就在这天，李觉就着地面上的一片三角形阳光，跟我描述（而不是讲述）了三角函数的基本定理。他将"正弦余弦、正切余切、正割余割"等等要素，描述得像情人那样多情善变，那种奇妙关系让我都听呆掉了。在我一生当中，后来所学到的知识，再没有使我达到那天那种快活程度。后来在各种各样的学堂，人们所教我的知识只使我兴奋、使我智慧，但那一天，我深深地被地上那片三角形阳光陶醉。我感到太阳是宇宙中的一棵大树，地面上躺着一片专为我掉下的温暖的叶子，我把它捡起来看呀看不停，嗅出了自然生命的气味，感受着它的弯曲与律动。我不觉得自己是在学习什么——因为根本没有学习的艰苦性，倒像是和亲爱的兰兰搂在一起，幸福地嬉戏着。呵，少年时沾染到一点知识就跟沾染到阳光那样幸福，为什么成年后拥有更多知识了，却没有少年时那种陶醉呢？正是这种缺憾，使我长时间感慨：也许我真正的生命在结束少年时也随之结束了，后来只是在世俗轨道上进行一种惯性滑行。我渴望能够重返少年天真。

阳光在地面上移动，像一片小小的海洋。有好几次，李觉自己也呆住，情不自禁地用手抚摸那片阳光。他的手刚伸入阳光，阳光就照在他手上。于是，他又用另一只手去抚摸先前那只手。结果，总是阳光在抚摸他，而他永远抚摸不到阳光……我瞧着他样儿觉得很好玩，并没有察觉其中有什么异样。也就是在这一天，他跟我讲了太阳系，讲了阳光从太阳照到地球的距离，讲了我们都是宇宙的灰尘变的，将来还会再变成灰尘。他还用极其宽容的口吻谈到隔壁那些大人们："他们都是挂在某个正数后头的一连串的零，他们必须挂在某个正数后面才有价值。而他们的真正价值，却只有前面的'正数'知道，他们自己并不知道。特别有趣的是，他们大都还不想知道，一旦知道会吓坏了他们。哈哈哈……"李觉已全然不在乎我是否听得懂，他自己在叙说中获得巨大愉快，他就是为了那种愉快才叙说的。而我，却感到巨大惊奇：原来，我身边的一切都跟神话那样无边无沿。

从那一天开始，我渐渐明白：任何一样东西，任何一件事物，任何一句最平俗的话儿……其中都潜藏着神话性质。

每天上午九点半，在医生查房之后，我都到李觉那儿去听他讲课。这时候他总还在吃中药，床头柜上搁着一只冒热气的药罐，黑乎乎的药汁散发苦香。李觉特别怕苦，每次服药前都需要鼓足勇气。他先剥出一颗糖放在边上，再端起药罐，闭上眼睛，猛地将药倒进喉咙，赶紧把糖塞进口里，才敢睁开眼。所以，我每次去他那儿时，都看见他口角上挂着一缕棕色药汁，每次他都忘了将它揩掉，药汁干涸后闪耀金属片的光芒。我为此常感到，他那些话儿是从一块金属中分裂出来的。

我们的窗外就是横贯全楼的长凉台，我们说话的声音能透过窗子传到凉台上去。李觉高谈阔论时，凉台上常有人踱来踱去，作出一副没有听的样子在听。李觉全然不在乎他们，用后背朝着他们，继续高谈阔论。下课后，我回到屋里，大人们纷纷问我李觉讲什么，我就把听到的东西跟他们复述一遍。他们听了，或者呆滞，或者惊愕，或者轻蔑，或者连连摇头……都说六号房的那家伙犯神经病。我就和他们争辩，笨拙地抵抗他们，卫护自己和李觉。最后大人们总是大度地笑笑，不屑于和我争辩了。

我从他们的笑容中嗅到一股恨意，他们似乎在暗暗地恨着李觉，并且竟是以一种瞧不起他的姿态来掩饰着内心的恨。而我，却从中受益无限。一方面，我在接受李觉的教育；另一方面，我又在承受别人对李觉的打击。这两种相反的力量竟然没有将我压垮，反而使我激励出一颗强大的心灵。呵，这才是我毕生最大的侥幸。

副教授对此一直处之泰然，从来也不问我什么。当我在病房里转述李觉的话时，他总把那份《光明日报》翻得哗哗响，就像要从报纸上抖掉灰尘。整个病区只有那一份报，不知怎的，他有看报的优先权，得等他看完了，病房里其他人才能看。等我们这个病房的人看完了，才轮到其他病房的人看。而且，他不许别人看报时读出声音来，只许默默地看。他说呀，好文章一读就糟蹋掉了，必须细细地看。一旦读出声来，即使自己的声音也会吵得自己不得安宁，更别提别人的声音了。由于他这个习惯是那样的深奥，仅仅为此，病友们也都非常尊敬他。大家感叹着：得有多少学问才能养成这种习惯啊。所以，副教授读报时，他的口舌从不出声，只有他的报纸出声——被他翻得哗哗响。

这天我又通过长凉台到李觉屋里去，半道上碰见副教授。他用一句话儿挡住我："x乘以y的3次方，'根'是多少？怎么求？"

我愣住了。他首先看看我是不是真的愣住了，然后才温和地说："听不懂是吧？昨天你还给我们讲趣味三角呢，它是三角函数中最有趣味的东西。你听不懂不要紧，用我的原话去问问李老师，看看他知道不知道。"说完，他笑笑走开了。

哦，原来这些天他一直在倾听我的话，也就是我所复述的李觉的话……我为此高兴了一小会儿，想不到我也能引起一个大教授的注意，他装作不注意装得那么像，毕竟还是暗暗注意了。这种暗暗的注意岂不比同病房那些人惊谅诧诧的注意更带劲么？！……我还猜着点缘故，副教授叫我带给李觉的问题，恐怕是一个挑战。于是，我预先已激动得发抖了。

李觉看见我，劈头就问："刚才他拦住你干什么？"

我又一愣，难道李觉也在注意他？我一字不漏地复述了副教授的问题，同时小心翼翼地看着李觉，等待聆听一场火热的答辩。说实在的，我渴望他们之间有一场唇枪舌剑。那样，我就能够目睹一场双方大展才学的奇观了。

李觉想了一会，说："这无聊的问题和我有什么关系？"

"前天你跟我讲过趣味三角函数呀……"

"不！我没有讲过。"

"你说过的。x 和 y 游离关系，c 角和 b 角的向心性，你都说过。虽然我听不懂，但我就是听不懂，也觉得有意思得要命！你肯定说过。"

"我没说过。"李觉有点不耐烦了，"我从来不注意烦琐函数。那些破烂东西是他们以及他们之类的人们的事儿。"

我惊愕极了，李觉分明对我讲授过，为什么不承认呢？

李觉在屋里踱来踱去，兴奋地低语着："看来他们很关心咱们呀，看来他们是在悄悄地关心咱们啊。我的课绝对不止你一个人在听，影响已经扩散出去了。好好好，很好很好。咱们再接着讲，咱们不但要讲历史，还要讲天文地理，就是不讲烦琐函数！今天我们接着谈奇石怪木。你看见那株柏树了么？"李觉指着山坡上一棵身姿怪异的老树，说，"它足有三百岁了，这是指它的生理年龄。我看它的精神气质不下于一万年。你好好看看，你把它看懂了，你就很了不起。"

这一天，李觉完全是在海阔天空地大谈历史趣闻，谈一些大才子的沉沦。是的，他对一些沦丧的才华特别敏感，对一些无情的帝王特别动情。他的思维太奇特了。现在回想起来我才理解：其实他不是在运用思维而是在运用感觉，他仿佛根本不属于思维。我听得津津有味，好几次忍不住眼泪。我看见副教授在窗外伫立，分明也在听。李觉对他的倾听毫无反应，兀自激动地抒情展志。我知道李觉是佯作不见，其实内心肯定很得意。

几小时之后，李觉骤然中止声音，坠入沉默。这意味着：今天结束了。每次他都是以这种方式结束授课。我从李觉屋里出来，半道上又碰见副教授。他问我:"那个问题,李觉是怎么回答你的。"

我讷讷地:"他没有回答。"

副教授一愣:"不肯回答?"

"怎么了?"

"他用另一种方式回答我。今天大段大段的高谈阔论,就是对我的回答嘛。"副教授努力向我宽容地笑笑,然后愤愤地走开。

这以后,副教授常常到我们窗外附近倾听。李觉已经把他迷住了,在病区里,也只有李觉能迷住他。其他病友们都是工农干部,副教授对他们一团和气,然而除了和气之外,也就再没有什么了。他一直在被尊敬中孤守着寂寞。一天,李觉正在大谈秦始皇。副教授终于不请自入,劈头道:"说得好说得好!始皇高绝处,在于为之始。始皇不尽意,难以为之继。我以前有个观点,恰可就教于你,拙作《先秦阡陌考》,大约你也是读过的,内中有半句话:'是谓非为尚为之不为,是谓何为不为而为之……'哎,可能有些费解。这半句话的意思——真是难为我了,当时写到此处,不敢全说,也舍不得不说,所以只成半句。它的意思是:……"

李觉听罢,豪情大发,和副教授辩论起来。副教授也精神倍长,本来只说一个观点半句话的,竟然从一衍化为三,三三衍化为九,滔滔不绝了。两人谈得痛快淋漓,我只干瞧着,一点也听不懂。但我心里说不出的快活。

副教授说着说着,就在李觉床上坐下了,李觉也随之坐下,两人又说。蓦然,李觉在一句话讲到半截处不作声了,死盯住副教授:"我什么时候请你进来的?"

"我、我,这个……自己来的。"

"请你出去!"李觉手指着门外,和刚才模样判若水火。

副教授脸色由红变青，镇定地站起身来，一言不发地走了。

我大惊，李觉怎么啦？他们谈得那么亲切，横空劈了一刀似的，立刻就崩，从交谈中没有任何迹象，他好像瞬间变了个人。

李觉盯着我，追问："他是怎么进来的？你说！"

10

……李言之入神地倾听着，不时唏嘘喟叹，我看出他颇感动，并且因为感动而身体舒服些了。他脸上的神采，是那种介入了使自己醉心的工作才可能有的神采。他的左手也不再微微颤抖，而过去，那只手即使在睡梦中也抖个不停。他说过：那只手臂能把他整个人从梦中抖醒过来。现在，他跟一汪静水卧在水潭里那么从容，微微放光，生机盎然。

由于我如此动情地述说，渐渐地我对这个倾听我诉说的人，也充满亲情了。原先，是他要我回忆。但我讲到半截，性质变了。我已经不再是为他而说，而是我自己要倾诉，我被自己的意念燃烧了。燃烧得如此猛烈而痛快！我真没有想到，压抑太久的东西，一旦奔涌出来，竟能将人拽那么远。这是不是表明：某种不可思议的势头一直埋藏在我们每个人的心底，像埋藏火那样。当它听到另一个火种的呼唤时才啸然而出，几乎把我们身心冲裂掉。啊，我忽然想到，此刻，我对李言之的情感，竟仿佛是我当年对兰兰的温情。他们一个是垂危老人，一个是如花般少女，截然不同的对象居然都能够唤起我那样清新的爱。也许，这都是由于我们身心受损太过的缘故吧。当年，兰兰患有重病；今天，李言之面临死亡……难道，爱与被爱，竟是人类特有的呼救与拯救？！

我确信，李言之就是当年的李觉！

尽管时光已逝去三十多年，尽管他已改掉名字，尽管容颜全非恍若两世……但"李觉"只要在世上一露头我就能朝他奔涌而去。我能够凭借一股独特的气息嗅到他。

李言之说："你的少年时代与人不同，身心方面受过那么多创伤，只要顶住了，就能使人受益无限，炼出一些不平凡的素质。天之骄子在少年嘛，你有一个值得自豪的少年时代。那个李觉，怪人哪异人哪。他对你的启蒙方式有巨大风险，要么造就你，要么毁掉你。我熟悉那类人，也欣赏那类人。他呀，一大堆灵感都会叫人拾了去，自己做不出一桩事。他那种人天生就不是做事的人，是编织幻想的人，是个终日钻弄诗意而又不写诗的人。他每一个灵感哪意念哪，在正常人看来都带有了不得的异见，沾上一点就大受启发，别人拿去就能闹出大动静来，偏他自己不行。他是满得溢出来了，像棵挂满果子的苹果树，非叫人摘掉几个才舒服。哈哈哈……我说得对不对？"

我点点头，掩饰着深深的失望。李言之是用科研语言在和我说话。这语言虽然准确，但距我的心境太遥远了，远得近乎于失真，近乎于虚假。

李言之伸出一根手指制止我出声，自己歇息了片刻，然后又说："至于你么，你是人才呵，你的才华太过于锋利。你是一把窝藏在别人裤兜里的锥子，怎么讲？第一，非出头不可。第二，出头就要伤人。你到所里来工作以后，我仔细看过你写的全部论文，乖乖，简直是我青年时候的翻版么，一个选题就是一个伤口，一个选题就足以把全室研究员捆进去还填不满，哈哈哈……兼有深不见底和大气磅礴双重特性。我对你很有兴趣，很有兴趣。我老在想呀，此人的异禀是从哪儿来的？现在我多少明白了，你少年时代受过创伤。你把那个那个……叫李觉吧？对了，李觉的风味带进来了。你的心灵被他狠狠地冲撞过，呈现着畸形开放状态，像这朵玫瑰花一样，开得这样暴烈。它之所以如此，是由于那花匠刀剪相向的缘故。我们看它是美，它自己则是疼！你疼么？哈哈哈……"

李言之仿佛没有意识到：我是把他当作李觉来相认的。否则，他就是在公开地轻蔑我。我耐心等他笑罢，说："能不能请你不要再笑了？或者非笑不可的时候，请给我打个招呼，让我出去后你再笑？……那时候我非常孤独，又身患重病。我们贫乏到了把'毛选'四卷当小说看的程度。和兰兰的纯情之恋，又给我带来了那么大的污辱。我们给恐惧逼得走投无路了，医院里到处是死亡气息，我们都快要给这气息熏呆掉了。要知道，我们在很稚嫩的年龄时就被掐进那气息里了，接受治疗的是我们的身体，而我们的心几乎成了一块腌肉！只有在李觉那里，我才感到安全，感到欢乐，还感到放肆。我们多久不曾放肆过了呀，快成了一株盆栽植物！我根本不是为了增长知识才华什么的，才去听讲学习。李觉也根本不是为了培养我教育我才天天讲授，不！我们都是由于恐惧、由于孤独、由于空虚才投靠到一起。您今天也许可以用审美眼光看待这一切，也许这样看十分精确，也许从中还能提炼出什么选题出来。但是对我们来说，"我停顿了一下，盯着他低声道，"是二十年前污辱的继续。"

"对不起。"李言之咕噜着，"不知怎么搞的，想到我快要死了，就有了胡言乱语的权利。要是不得病，我想我不会这么坏。唉，平生正经如一，到头来才觉得欠自己太多。"

我有点心酸,这位老人样样都看得太清楚了。即使想用手遮住双眼,他也能透过自己手掌看出去。"多年来,我一直在打听李觉的消息,真想见见他。但我一直没找到他,天南海北的,谁知道他飘逸何方呢?而且,此事想多了反而有点怕相见。我这人理想色彩太重,见了面也许会对他失望,还不如就将他作为一段回忆搁在心里。你说呢?"

"我不同意。如有可能,当然是见面好。"李言之断然道。

"真的么?"

李言之奇怪地看我一眼:"当然是真的。"

"好吧,你就是当年的李觉!"我说出这句话后,惊讶地发现自己并不激动,这和我几十年来所预期的情境相去甚远。我平静得很,自信得很,就跟把自己的脚插进自己鞋里那样,轻松得近乎于无意为之。

"你的容貌变化太大,你改了名字,要不是你问我当年的事,我绝对认不出你来。"

李言之摇摇头,同情地道:"真抱歉,我不是李觉。刚才,我已料到你以为我就是李觉,但我确实不是他。你寻找他寻找得太久了,已经形成欲罢不能的潜意识。所以你看见我就觉得像。我理解你,连我自己也觉得挺像他。"

我顿时浑身发烫,声音都变了:"那你怎么会知道那所医院的细节?那座被三角梅染红的小墓碑,太阳的独特位置等等,不是在那儿住过的人,不可能知道。"

"我没有在那里住过院!"李言之正色重申。

"我给你搞糊涂了。"我暗想,是什么缘故使他不愿意承认呢?

"我住进这所医院的当天夜里,忽然梦到自己只有二十几岁,到了一个和这里相似的地方，院墙上的三角梅呀，戳在塔尖的夕阳呀，小孤山呀……都是在梦里想到的。睁眼醒来后，相似的氛围立刻涌上心来，就好像时光倒转，往事历历在目。我以为只是个梦罢了，忽然想到：我在梦里所见的那所医院名字，曾在你档案里见到过。我不明白这是怎么回事，想和你聊聊，挺可笑是吧？"

我点点头。我明白这是怎么回事了，但我不能说。

"哦，我恐怕不能从这所医院出去了，真没想到会在这里结束一辈子。我总觉得，人无法选择出生，无法决定自己在何时何地被何人生下来；但是人总应该能够选择死法吧？能够选择在何时何地以何种方式结束生命吧，这是每个人的基本人权吧。坦率说，我希望的是猝死，在死之前最后一分钟还饱满地活着，丝毫不受死神打扰。然后，突然从写字台边上倒下，没气了。一分钱医疗费也不花，一个字的遗嘱也不留，亲朋好友们吓一跳……多干净？千万别藕断丝连，像我现在这样尴尬。告诉你，我要求不住院，一直工作到死的那一天，领导不同意。我要求在救治无望时主动结束生命，也就是安乐死，他们更不同意。我不属于自己，我有社会影响，也有点政治影响，我要按照别人的愿望生存或者死去。你看有趣吧，我自己都快完蛋了，还没法把自己收归己有。还得说服自己相信：这样才最有价值。"

我沉默着，直到李言之问："在想什么哪？"

我说："在想李觉。你这番话，很像是他的气味。"

"对喽，你还没把他谈完呢。后来你们怎么样了？"

"你真的想听？"

"当然。你老是把我和他联系在一起，我觉得有义务弄明白。"李言之微笑，并且鼓励地看着我，气色很好。

我轻轻地，一字一句地说："他是个疯子。"

李言之脸色忽变："疯子？你这是什么意思？"

"病区里的人都这么说他。实际上，他也确实是个疯子，患过精神分裂症。他在说什么，自己并不知道；他住在哪里，自己也不知道；他的才华已经变质，自己仍然不知道。我甚至觉得，他整天和我在一起，可是连我是谁都不会知道……"

李言之眼里有了可怕的神情，涩声说："我懂了。你以为我是他……以为我曾经疯过。只是在恢复正常之后，又遗忘了自己。唛？"

我沉默片刻，不回答他的话，问："现在你还想听他的事吗？"

李言之颔首不语，许久才道："谢谢……想听。"

真是一种奇怪的句式：先道谢，再接受。纯粹李觉味儿。

11

也许我这么做太残忍了——对一个垂死老人讲述他自己所不知道的以往。

他一无所知，因而可以十分从容地死去，为什么要给他临终前增添痛苦呢？

是什么人，能够将他的以往成功地隐瞒了几十年不让他知道？仅此就令人惊愕。这种隐瞒近乎于壮举。

他自己不是一贯表现得非常开明，非常深刻么？那他敢不敢正视遗忘的自己呢？

他自己一直自视为不凡的人，那他敢不敢承认：他曾经有一段时间是非人？

我觉得，他有权知道自己的一切。即使他听了后会崩溃，也不该拿走他了解真实自己的权利。何况，也许他还会深深地激动呢，生命为此而大放异彩。坦率地讲，如果李言之就是李觉的话，那么我认为："李觉"可能是李言之一生当中一个奇异而幸福的时刻。那种状态下的李言之多么透明，多么美妙，多么可爱，多么天然随意……

当然，我不会刻薄地以为人都要变成李觉。我只是以为，即使是那样的人，也能显示出异常状态下的"人"的美！甚至能够将正常状态下的人们抛得更远。哦，——我多想将这些告诉李言之。我这么多年寻找李觉，就是为了告诉他这些念头，以消除我毕生最大的悔恨。

我曾经参与他们——也即：和正常的人们，一起谋害了李觉。

12

……李觉低声哼起外文歌，那歌挟带着一股芬芳从大草原飘来。我听出是一支俄罗斯民歌，优美的曲调从李觉几乎破碎掉的胸膛里涌出，更有动人心魄的力量。哼着哼着，李觉滑到另一支歌曲上，哼上一气，再滑到下一支歌曲上。他就这么随意滑来滑去，不带词儿，也从不把一支歌哼完，每次滑动都十分自然，仿佛他的歌就是他的呼吸，就是一种漫步，就是轻抛妙掷，我听得好舒服呵。此时，阳光正照在他脸上，他面颊随即浮起一片红晕。过一会儿，阳光隐去，他面颊的红晕也慢慢消失。哦，正在消失的红晕真是最美的红晕！他将阳光挽留到自己脸上，像一束攀援墙头的三角梅。

蓦地，我看见科主任站在门口，默然注视着我们。科主任是一位六十余岁的老专家，我们每周只能见到他一次。每个病员见到他时，都恨不能将自己全部症状捧给他，以换取他的几句话，或者一个处方。他朝我招招手，示意我不要惊动李觉，让我悄悄地过去。

"他怎么样？"科主任低声问。

"挺好的呀。"

"你们相处得很亲密嘛，这样好这样好，保持乐观很重要。知道吧，最近的化验结果表明，你们俩的治疗效果最为理想，血象基本上正常了！再有两三个星期，我看你们就可以出院了。你们忘记了病，病就好得快。就这样保持下去吧，连你的学习也天天进步……"老头儿笑呵呵的。

"我去告诉他！"

科主任一把拽住我："别告诉他，这是咱俩之间的秘密，好么？让他蒙在鼓里，到最后一起告诉他，让他狠狠高兴一下，好么？你是个小大人了，我只告诉你，有些病友一听说自己的病就要好了，反而担起心来了，生怕再坏下去。咱们别让他担这个心，好么？"

我非常高兴地接受了科主任的嘱托。

李觉仍在阳光下哼歌儿，半闭着眼，一碗中药搁在小茶几上，散发浓浓的香味。这一天我们没有讲授，只是散漫地沉浸在歌曲与阳光带来的醉意中。并且，把歌曲与阳光都拨弄得碎碎的，使它们变得更为可人。

我左右瞧着李觉，偷偷地用一个个念头去戳他，他依旧岿然不动，肯定正在酝酿什么深奥想法。我忽然觉得他真是了不起，跟童话故事中的闹海哪吒一样，玩着玩着就闹得天翻地覆了。在我那年纪不知道什么叫崇拜,心里却已经对他崇拜到家了。虽然世上有许多许多英雄或神灵,但他们都远在天外,挨我最近的只有李觉,独独属于我的也只有李觉。所以,只有李觉才是高踞云端又允许我随便亲近的神,我每一次靠近都被他提拔了不少。跟着他,常生出飞翔的感觉。在那一刻,我对他的依恋超出世上任何人。我整个心都叫他垄断了。

突然,我想带他去看看太平间,向他展示那个秘密去处。那地方把我压抑了那么久,我又怕它又难以割舍。我一直是把那地方,当作我私人秘藏的、恐怖的爱物,现在我要奉献给他。此外,在这个白森森的医院里,我还有什么值得奉献给他的东西呢?而我又是多么渴望奉献呀。我犹如拿出一个宝贝似的,将那神秘去处拿给他看。我还有个奇怪预感:李觉肯定会对那里大大兴奋。别人感到恐怖,他不会。哪吒不是喜爱深深的海底么?

我被这念头烧得又疼痛又快活。

中午,病区里就和夜里一样寂静。我走进李觉房间突然地说:"跟我来。咱们去看个秘密地方。"

我们溜出病区大楼,沿着那条花径直奔医院西北角。越往里走,花木越是灿烂,越是拥挤。即使是一朵小小的玉兰,在这里也能开放出脸盆那么大的气概来。即使它们拥挤在一起,每一朵也都保持那么自信。由于我知道前面暗藏着什么,所以我能比较平静地观赏它们,不觉得它们有多么神秘。与上次相比,花们更加凝重,似乎连阳光也扛不动,静悄悄的,这是由于它们都已经认识我的缘故。至于芬芳、清新、奇妙……则还和从前一样。李觉兴奋得都有点儿摇摇晃晃了,几乎每一处都要驻留。

"太奢侈了!太奢侈了!这点点地方有这么多花儿……"

"奢侈是什么意思？"

"就是、就是贵重的东西多得过头了……"

"你不喜欢这个地方吗？"

"太喜欢了。为什么没有早点带我来？……哎，这个地方好像没人。"他站住了。

我顺着他的目光朝前看：三条腿仍然卧在花径当中，以上次那样的眼神注视着我们。在它所卧的位置也和上次一样。

"你要带我到哪去？"

"不要紧，三条腿最可怜了，不会咬人。你跟着我就行。其实呀，我们挨着它越近，它越高兴。它一眼就能瞧出人是不是要害它……"

"你要带我到哪去？"

"太平间。"

"什么？！"李觉直愣愣地看着我。

我一下子慌了，讷讷地："要不，咱们回去吧。"

13

李觉站立不动，目视被花木掩盖着的前方，木然呆立。

我乱糟糟地解释："兰兰的妈妈被送进那里面了，我和兰兰去看过她。窗帘动了一下，吓坏我们了……谁死了就把谁送到这里来，还有爱他的人陪着他……"

李觉又沉默半晌，慢慢伸出一只手来，握住了我的手，牵着我朝前走，脸上已是视死如归的神情。我捏着他的手指，像捏着一块发抖的冰，滑溜溜的。我非常恐惧地感到：李觉害怕了。我本以为是领了一尊神来到这可怕的地方，可以借助他的力量战胜自己的恐惧。现在,我发现他比我还要恐惧。我好伤心。

李觉木然地朝前走着,像是被一股磁力拽过去的。也许,越是可怕的地方,对他越有吸引力。也许,可怕——本身就是巨大荡力。

三条腿卧在路当中,在这里它像个贵族。虽然低低的趴在地上,但目光很高傲,分明是拥有这片领地的神气。我们走到它身边,畏畏缩缩地取得了它的同意,然后越过它前去,它仍然卧在原处,只动了几下颈毛,连头也没回一下,李觉呻吟了一声。

太平间出现在我们面前:月白色的墙壁,淡绿色门窗,黑色窗帘……不知怎的,看到它人就立刻栗然沉重。

李觉站在距离它十几米远的地方,目光直直地投向它,好久好久不出声。

太阳暖洋洋的。由于静极了,便可以听见阳光的波动声。

终于,李觉深深地叹口气。这声叹息使我顿时轻松:"走吧。"

"那是什么地方?"李觉指着一座浅黄色平房问我。

"不知道。"

那座平房已爬满藤蔓,绿茸茸的,与太平间毗连,看上去很神秘。在我们脚下,并没有路通到那里,面前草坪却有一行隐隐约约的足迹蜿蜒而去。那是种暗示。

"太美了,真像童话。"李觉说。

我们朝它走去,浓郁的苦藤味儿涌来。地上的草们直挺挺的,踩它一脚,脚刚拿开,它们仿佛跳动般又站直了。平房门上挂着锁,锁扣儿却没有铰死。我们推门进去,悚然心惊:这是一间废弃的仓库,距我们很近的地方,站立着一具人体骨架,两只光秃秃的臂骨前伸着,黑洞洞的眼窝黑洞洞的口。一根细细的铁丝拴在他的肋骨上，挂着个圆圆的铝牌，上面有他的编号。他站立的姿势非常奇怪，像一株被嫁接过的植物。

我们静悄悄地离开了他，一言不发，心都要跳碎了！待回到阳光下，回到那条芬芳的小径，我才战战兢兢地问："是塑料做的吧？"

"不，是真人的骨架。"李觉脚步很快，"我看出了骨质纹理，是人的标本。"

"人还要做人的标本？！"

"没办法，人对自己了解得太少了。"

"他站的姿势太可怕了。"

"他是为医学站在那的，那个姿势让人便于了解骨骼构造。"

我们再也没说话，回到楼内后，也不愿意进屋。我们站在凉台上晒着太阳，李觉硬邦邦的纹丝不动，蓦然说："他们不该让他站着，应该让他坐下。让一个人永远那么站着，不累么？……"

直到我长大成人，直到我死去了第一个亲人之后才理解李觉话中的情感。

14

就从这天开始，李觉有点异样了。

他絮絮叨叨地跟我谈草本植物和木本植物，其中，总要提到那条花径。说它们"无所扰而美，无所欲而静"，当亲人们送死者进去的时候，走在那条道上就是一种安慰。那条道容易使人产生幻想，心儿会为自己奏乐，使死亡变得美丽多了。有一次他甚至站在屋子当中，模拟那具骨架的站立姿势，"这不仅是一个奇妙的姿势，也是一个奇妙的念头站在这儿。"对于我，他也更加苛刻了，布置的一些思考题完全超出我的智力范畴。当我解答不出时，他好像十分高兴，换一道更难的题目让我做……当我连着失败三次以上，他才快快活活地、轻松自如地、一口气儿将三道题解给我看，问我："怎么样？"我说了几句表示敬慕的话儿，以为说完了，没想到，他要求我"再说一遍"。我只好将敬慕的话重复一遍，这一遍只能是干巴巴的了，他修正我话中的几个字眼，使它们听起来美妙无比，让我按照他修正过的话再说一遍。这一遍，我干脆就是一只鹦鹉了。我发现，他非常渴望被人崇拜，非常喜欢我用热烈的辞藻夸奖他。这使我大吃一惊：他怎么会把我这个孩子的崇拜之情，看得如此重要？！他以前可从不是这样，以前他甚至连副教授的敬慕也不屑一顾……李觉的才华也变得锋利了，显示出精神暴力的特征。他指给我看："隔壁的那些人多么庸俗，几个暖水瓶也争来争去；要是想治他们，一句话就够了：'你的血象拿到病理科去了！'一句话就把他吓趴下。哈哈哈……"当夜空明朗时，他要求我死死盯着仙后星座看。"多看看，再看看，一定要看出立体感来！……别以为那两颗星挨在一起，它们相距几十万光年呢。为什么人们老在心里把它们捏作一团？"还有一次，我有一个简单问题没回答出来，李觉竟用恶毒的语言诅咒我，说我"低劣的素质具有传染性，跟病毒一样四处蔓延"，把他也给传染坏了。说他"尽管在学术方面比大科学家稍逊一筹，但内心所拥有的创造力已经达到临界面了，只差那么一点儿机遇。"他坚定地认为，"那些人害怕我作出巨大成就才把我冷藏在这儿，弄你这么一个小把戏来搪塞我。"……

　　李觉在抨击别人的时候，表情也十分平静，思维清晰言语精妙，一点也看不出病态，所以我感觉，即使他的抨击、他的诅咒、他的恨意……也是怪好听的。假如谱上曲的话，立刻就是一支歌儿。里面有那么多的象征和比喻，有那么多平日难得与闻的意境，他跟喷泉那样闪闪夺目地站在那儿，优美地咆哮着。

直到我成人以后，那深刻印象才化作我人格的一部分。每当我读到或听到一些质量低劣的咒骂时，不免想起李觉来。唉，你们也许能够骂得像李觉一样深刻，但你们能够骂得像李觉那样优美么？如果不能，那么为什么不能呢？

当时，我经常惊叹地站在发怒的李觉面前，完全着迷了，犹如接受他的灌溉。李觉怒放一气之后，看看我，很奇怪的样子，然后吃吃笑开来，轻轻拍拍我肩，"好啦好啦……"仿佛刚才发火的不是他而是我。他这种陡然涌出的温暖使我分外舒适，我们两个人眼睛都潮湿了。

李觉由愤恨转向柔情，其间并没有过渡状态，一瞬间他就是另一个李觉了。跟掐去了一朵花那么自如。他从来不是：先熄灭掉一种情感，再燃起另一种情感。他是一团能随意改变颜色的火，两种情感之间有彩虹那样宽阔的跨度。当年我只觉得带劲，要到十几年之后，到我足以理解过去的时候，我才为当年的事吃惊。

哦，一位被别人称作"疯子"的人，一位精神病患者使我终生受用不尽！

他给予我的，比许多正常人给予我的合起来还要多。

……好久没有见到兰兰了，我差不多已经忘了兰兰。直到有天中午，我照例在楼内瞎逛，转悠到楼梯背后时，看见一行用铅笔写在墙上的小字：李觉是个疯子。

字迹暗淡，不留神看不出来。我认出是兰兰的笔迹。以前，这地方是我和兰兰经常秘密相会的地方，与李觉相处之后，我再没到过这里。此刻，看见兰兰的字儿，我忽然想她想得要命。瞅一个空儿，我溜过护士的目光，跑到楼上找兰兰。

兰兰在屋里对我做个"小心"的手势，悄悄地出来了。"找我干吗？"她淡淡地说。

"你干吗要骂李觉呢？"

"没有呀。"

"我看见你写在楼梯背后的字了。"

"哎呀，你现在才看见？我以为你早就知道了。"

"知道什么呀？"

"你别碰我！"兰兰害怕地朝后缩了缩，上下打量着我，"你真的不知道？"

"我什么都不知道。"

"嘘，那我到外面去告诉你。"

我们到了阳光地里，兰兰胆子大了些，说："有好久啦，我早就知道啦。他是个疯子，本该住精神病院的，可是他现在的病呢，又必须住咱这医院。所以，就让他住进来了，给他一人一间房，不叫他受别人打扰……"

"你瞎说，他好好的，每天给我讲课。"

"不是我说的，那天科主任跟护士长说话，我偷偷听见了。他们说，你们这种师生关系，对李觉是精神疗法呢。说因为你天天去听课什么的，李觉再不犯病了。说要让你们就这样保持下去。"

我大惊，原来我天天跟一个疯子待在一块！

兰兰见我面色剧变，连忙安慰我："他现在不会害人的，医生说他是一阵一阵的。可是你想呵，谁知道是哪一阵呢？你千万离开他吧,别再到他那儿去了。真的,我气得都不想理你了,你情愿和一个疯子在一块,也不肯和我在一块。"

我头脑中已经轰轰乱响,几近于神智错乱。我又害怕又愤恨。

李觉是一个疯子,竟然没有人告诉我!

为了使他不犯病,才让我天天到他那儿去的。我岂不是成了他的一片药片么?

全世界都在欺骗我,利用我,谋害我……除了兰兰。当时,要不是兰兰站在我面前,那么亲切那么焦急地看着我,让我感觉到人的柔情,我肯定会变成疯子,像爆米花那样炸开。

这时候,漂亮护士走了过来。打老远就说:"哎呀呀,你们俩又偷跑出来了,说说你们这是第几次啦?怎么老讲老讲就是不听呀。明天探视日,我要告诉你爸妈了。"她走到我们跟前,指着路边那个小小的花蕾,"我问问你们,知道是哪个孩子把花糟蹋成这样?瞧那些三角梅、鸡冠花,成什么了,跟狗啃过似的。"

路边的小花圃,我们散步时常见它。它里面的花木栽种得十分规矩,只要稍有点损坏,就可以看出来。现在,好几朵最艳丽的花冠被撕裂了,地上掉落着残破的花瓣儿。

我猛然想起李觉口角上的汁痕。这几天早晨,我到他屋里去的时候,都看见他嘴边挂着一线暗红色汁痕,我以为那是他吃中药留下的痕迹,现在猛想起,当时那碗中药搁在床头柜上根本没动,还在冒热气。

我恐惧地大叫:"是他吃掉的!他夜里偷跑出来吃掉的!他是个疯子……"我訇然大哭。兰兰也吓得大哭。

漂亮护士开始不信,继之脸色也变了。她走开了一会,再出现时,带着几个老医生走来。他们问了我许多问题,又凑到花跟前去看；我说了些什么，连我自己也弄不清了。总之我不停地说着说着，只感到说得越多就越安全。

后来，他们到李觉病房里去了。漂亮护士带我回屋，给我服用了两片很小的药片，我深深地睡去。不知道后来发生的事。

15

我苏醒时已是第二天中午，病房里非常寂静。

蓦地，楼内传来一声长呼，是李觉的声音。他在喊我的名字，"你们把他弄到哪儿去了？让他来，让他来！我们刚讲到水的分子结构，还没讲水的三种基本形态呢。喂，你来呀！……别管他们的事。也别让他们管我们的事。你走开，出去……"

李觉一遍遍呼唤我的名字，忽而高亢，忽而低微，嗓音热烈而焦急。他一遍遍地呼唤我，就是不肯停歇。病房里的大人们替我把门窗关上，声音仍然透过缝隙传进来。我缩成一团，怕极了，浑身发抖。副教授几次走到我身边，欲言又止，表情十分复杂。我恨他们，包括他在内的全体人们，都知道李觉是疯子，可就是不告诉我。他们全体大人合起来欺骗我一人，我万万想不到人有这么坏。我恐惧极了，愤恨极了。

李觉还在喊我的名字。我怎么也逃不开他的声音。他要再这么喊下去，我一定会发疯的……终于，李觉不喊了，开始像通常那样给我讲授，语调清晰明净，吐字发声都十分有条理，我隐隐约约听出他正在讲趣味三角函数，正是他第一天给我讲过的东西。现在，他以为我正坐在他的面前，正兴致勃勃地听他讲授呢。实际上，他是在对着一只空荡荡的小板凳说话，他真的开始疯了。

我受不了，我再也受不了，他将我的魂掳去了。我把头蒙进被窝里流泪，整个人缩得只有针尖那么一点大。

夜里，我从梦中醒来，又听见李觉在喊我的名字，一遍遍的不停。然后，他又开始对面前的"我"讲授着，直到天明。第二天中午，李觉再次喊我的名字……

我从床上跳起来，冲出病区，跑出大楼，直朝那条花径奔去，一直跑到无人处，才藏进一丛三角梅下面哭泣。我不敢回去，我也不知道自己哭了多久，三条腿慢慢地朝我走来，歪着脖子看我，然后，它卧下了，一动不动，它在陪着我，它半闭着眼睛，颈毛微颤。

兰兰来了，只有她能找到我。她一声不吭，站在我身边，把她的小手伸到我头上，轻轻抚摸着。突然，她低声说："哎呀，你有白头发了。一根，两根，三根……这还有半根，一共三根半。"

16

李觉是东南某大学青年讲师，在校时，他就才华超群，目无下尘。他天生敏感而多思，经常发表一些大胆过人的创见。他讲课时，阶梯教室里塞满人，几乎半个大学的学生都跑到他这来了。他屡屡讲得十分过瘾。他因为讲，而学生们因为听，双方都着迷了。大学的老教授们并非缺乏学识，他们只是不敢像李觉那样恣意讲学。李觉的父亲是中央委员、省内著名领导，李觉无论说什么有他这个背景在，谁也不会从政治是非方面挑剔。一次，他坠入一个艰深的研究课题，不能自拔。待他论文大致完成之后，忽然在他的稿堆上出现了一本书，一本半个世纪以前某外国教授论该课题的书，李觉的所有论点，无一不在该书中出现。而那本书内的论点与论述，比一打李觉加起来还要深刻得多，精彩得多！

当时，李觉就失常了。他不明白：

为什么从没有人告诉他这些呢？

为什么人们都在暗中看着他的蠢举而不点拨他呢？

为什么这校内藏龙卧虎，偏偏不闻龙吟虎啸，只有他这只蠢鸭夸夸其谈呢？……

他受到巨大的刺激，被送进精神病院诊治。刚刚好些的时候，不幸又得了重病，只好转入我们这所医院。院方开始不愿意收治，怕一个疯子闹得病员们不安。他父亲亲自到院长家恳求，说他儿子没有疯，也绝不会疯，他儿子是用功过度累垮了。

李觉终于住进六号病房，医院里除了三五人之外，无人知道他的真实情况。李觉曾患精神病的事，被彻底封锁起来。何况，他看上去和正常人一样。他只有一项不正常的欲望：好向人授课。

天缘有定，李觉找上我了。而我正处于孤独寂寞中，立刻投向了他。

在我们全然无知时，医院方面密切注意着我们。他们发现，我们这种关系对双方都大有好处，所以，他们不但不制止，反而暗中给予我们方便。比如，我到李觉那儿去过无数次，就一次也没有遇到医护人员的阻拦……假如，我和李觉就这么下去的话，我肯定永远不会知道内情——哦，那该多好呵。但是，人们太敏感了。生病的人，因为病因的奇妙作用更加敏感。很快有人瞧出异常，然后病区里传遍了"李觉是疯子"的故事。只有我和李觉茫然不知。我们，仍然在温馨的讲授中双双着迷。

这一天，病房里来了一位老者。我从众人的目光里，看出他是个大首长。他左边站着院长，右边站着科主任。再往后，站着一小群干部样的人。他走进我所在的病房，朝病员们拱拱手，非常客气地请他们："不要起来，快休息快休息……"然后，他的睛睛转向我，看了好久，点点头："是个聪明孩子啊！"背转身，走了。

混乱中，我隐约听人低声说："李觉被抬走了。"

我跑出楼道，看见一副担架，李觉躺在上面，像是睡着了，两条结实的皮带捆在他身上。他被抬进一辆救护车。他终于"出院"了。

大首长面色阴沉，朝四周望望，似在与这里告别。三条腿从他跟前不远处跑过去，他惊愕地看着它，然后生气地跟在场的人说："你们看，这像什么话？在一所救死扶伤的医院里，居然让一条残废狗跑来跑去，病员们看了，能不受刺激么？来探视的人看了，还敢把患者往这里送么？……人们会联想的呀。我建议：尽快把它处理掉！"

院长和主任连忙答应。大首长又客气地朝在场的人们拱拱手，上车走了。

院长待车影消失，回头朝一位干部叹道："听见了吧，不要再拖了，把它处理掉吧。"

院长和主任们也走了。那位干部对另一个粗大汉子吆喝："吴头，你不是好吃狗肉么，交给你了。立刻办掉！"

吴头朝花径那里走去几步，牢骚满腹地："这东西少条腿呢，味道肯定不正……"

我流着泪跑回楼里，不敢听三条腿的嗥叫声。在楼内，我确实听不见外面动静。但是，我清晰如见地感觉到：它正在用三条腿发疯般的蹦跳，它一头钻进花丛，拼命躲藏，棍棒如雨点击下，把花丛全打烂了。它的惨叫声在我心里轰响，就像……就像我在替它嗥叫。从此，我再没看见过它。

我走进六号病房，里面已经空空荡荡。病床被剥掉床单，展出刺目的床垫。遍地是各种各样的碎片，都是李觉发病时砸的。阳光投入进来，阳光也显得坑坑洼洼。我站在屋子当中发呆，李觉的音容恍惚就在面前。副教授踱进来，一言不发，把我牵出去了。

半个月后，我也出院了。漂亮护士把我送出楼，她头一次没有戴口罩，弄得我几乎认不出她来。以前，她的大半张脸是藏在口罩里的，我已经适应那副样子，我以为那副样子最美。现在她取掉了口罩，我简直受不了她真实的容貌。我呆呆地看着她，直到她叫我的名字，才相信是她。虽然她还是很美，在微笑。可我恐惧地朝后退，她的脸她的笑，如同一块优美的生铁在微笑。

我在医院大门口碰见了副教授，我猜他是有意在这儿等我的。他送了我一支钢笔做礼物。他犹疑了好久才跟我说："孩子，要再见了。我有一句话，你现在可能还不明白，但是你记住就行，将来会明白的。李觉是个非常可爱的人哪，当他呼喊你的时候，你应该去他那里，应该勇敢地去！只要你一去，他就会好的。你一去，他就不会生病。唉……"

副教授几乎落泪。

我忽然猜到：原来，他多次到我床头，就是想叫我到李觉那儿去，但他说不出口来。那样做，对我太残酷了。

17

这是我一生当中最大的悔恨。

副教授说得对，在李觉呼喊我的时候，我应该到他身边去，倾听他那些奇妙的讲授。只要我在他身边，他的感情、欲望、才华都得到伸张，于是他也就感到了强大，感到了安全，他就不会发疯。偏偏在李觉最需要我的时候，我因为恐惧而背叛了他。同时，我还将他视作妖魔，痛恨着他。

其实，在那所医院里，最孤独的不是我，而是他。

后来我无数次回想，李觉真是个疯子么？当我们不以为他是疯子时，他好端端的。

当我们都把他当作疯子时，他就真的疯了。

那么，我们凭什么认为他是疯子呢？我们据以判断疯狂的标准，就那么确定无误么？也许，我们内心正藏着一头妖魔。所以，我们总在别人身上看见它。

李觉是我的人生启蒙导师。如今，我身上的每一个细胞都因为他的刺激，而充满生命活力。我将终生不出声地感激他。

18

……李言之入神地倾听，没有一句评价。直到我说完，他也还静静地坐在那儿。从他脸上看，他内心很感动。我瞧不出，他是因为这个故事而感动，还是因为他就是李觉而感动。这可是两种全然不同的感动呀。我一直在期待他与我相认，但我不能逼他。我不能直截了当地唤他"李觉"！因为，此刻他是我的所长，是一位垂死的老人。几个小时之前，我们仍然有上下尊卑，我们仍然恪守着世俗礼节，我们仍然深深收藏自己。即使他就是李觉，"李觉"也只是他一生中的一个片段。甚至可能是他终生隐晦着的一个片段。他的一生已经完成，能为了一个片段来推翻一生么？再说，万一他不是李觉呢？万一他是李觉又从来不知道自己是李觉呢？他完全可能根本不知道自己曾经是谁。他还完全可能：被后来的、李言之的生存现实彻底改造过去了，已经全然成为另外一个人。他需要权衡利弊，需要考虑各种后果。需要把自己暂时搁到一边，先从组织、从大局出发考虑考虑，像他在位时经常做的那样。

李言之客气地说："啊，谢谢你呀……"

我如棍击顶，呆了一霎，明白我该告辞了。我站起身来，李言之朝我拱拱手……我忽然想起了二十多年前，来医院的李觉父亲。一瞬间他们何等相似呵。

在门口，我碰到了他的夫人，她虽然满面愁容，但还是有规有矩地，甚至是不失风度地，主动朝我伸出手来，和我轻轻地、轻轻地握了一下手。唉，他和她，几十年如此，他们把自己控制得这么好，已经不会失态了。再痛苦也不会失去应当有的礼节。

由于他们如此平稳，如此正常，我一下子变得拘谨。我想使自己也冷若冰霜，想使自己也不失从容，但我怎么也做不到，我甚至怀疑自己是不是疯了，而他们才是正常人。对呀，你敢说你毕生当中从来没有心理失常的时刻么？敢么？！假如真的没有失常，那么你正常的时刻在哪里？

我又嗅到了那遥远的，从李觉那里飘来的精神暴力的气息。当时，那也正是李觉的精神能力。但我已经不再流泪，我不是以前的我了。

下了楼，沿着一条花径步出院区。在一丛玫瑰面前，我站住了脚，我和它们很近很近。我在想李觉，他正藏在花丛中。我们曾那么接近于相认，最终并没有相认。莫非人和人永远不可能完全沟通，一旦沟通了，一个人也就成了另一个人的重复。

哦，我相信李言之不再是李觉了。李觉是唯一的，而李言之和李觉之间，则挤满了这个世界。

回到单位，书记仍在办公室忙碌，面前有一大堆材料，他握着一管笔苦思冥想。我路过他门口，他叫住我，说："医院来病危通知了，老李怕是不成了……唉，明天你一早就去守着他，有情况随时告诉我。我一空下来，立刻就赶去。"

"下午我在他那里，他还蛮好的呀。"

"是的，就是现在他也神智清醒，坐在沙发上，但是医院讲，他说不行就不行了，快得很。电话是刚刚来的。"

我看见他正在起草悼辞，是上头让他"做点准备工作"。面前放着李觉的简历，从组织部借来的。我拿过它细细看着：

李言之，1932年5月生于江西赣州，男，共产党员；1945年9月至1950年3月在某某学校入学；1950年3月至1958年7月在某某中学入学，1958年7月至1962年10月在某某大学入学，1962年10月至1965年8月在某某大学任教；1965年8月至1979年4月在某某研究所工作，历任：……

简历精确而细密地列出了李言之每一个足迹。但是，没有任何生病入院的记载。也许是什么人拿掉了，也许他根本没住过院。他的一生被浓缩成薄薄的两页纸，我想起来，我所见过的、摆满整整一面墙的铁皮档案柜里，放着无数这样的档案，切削得这样整齐划一……我蓦地想起二十多年前，在一间小屋里看见过的骷髅，他也被缩减成骨架了。啊，关于人的两页薄薄的纸，绝不是人！

凌晨，我赶到医院，李言之已经去世了。担架车从病房里推出来，将他送到我早已熟悉的地方去。一面雪白的布单盖住了他，只有头发露在外面。那位护士说："他一根白发也没有呢……"

我看去，果然，李言之满头乌发，如同青年人一样。我不由地想起，二十多年前，兰兰就惊叫过："你有白头发了。"

　　我跟随在担架车后面，走过长长走道，继而来到楼外花径上。在清晨冰凉的空气中，在闪烁着滴滴露珠的花丛跟前，我猛烈地想念李觉，我呼吸到我的少年时代。李觉说过，生命不灭，它只是散失掉而已……此刻，他也正像他说的那样，正在散失。我从每一片花瓣上，从优美弯曲着的屋檐上，从骤然飞过的小鸟身影上，甚至从正在梦中的、小女儿颤动的眼睫上……都认出了李觉的生命。

　　呵，人是人的未来……

　　而我，只能是此刻的我了。

轻轻地说

妻子被抬上产床，软弱得像片羽毛。她眼睛惊惧地大睁着，直视我：都是你，都是你！她鼻孔往外喷出透明的火苗。一进入产房，她就忍着不叫了。而在此之前，她一个劲地叫，不管疼得凶不凶她都人口小口地叫。她全身挺直，两手欲罢不能地按着隆起的蠕动的腹部，用一条喉咙替两个生命叫。她觉得叫着好过，她用叫声向全家人撒娇、抗议，好让人们什么都别干，全围着她。但是姥姥总把人们赶开，说：别理这个葫芦瓜，早着哩。又训我：你睡去，快快睡去，有你熬的。此刻，妻子冰凉的手指抓住我不放，护士把她手指一下子掰开，极有技巧，甚至连句话都不说就用下颏撵我出去。这位护士一连串地准备药盘棉纱器械，没有半点多余动作。连掰开妻子手指也是顺道完成的，显出一派不凡。我极想向她恳求点什么，告诉她：我妻子和别人不一样，她的心脏……请千万……但是护士的下颏——那微翘的能把人挑上半空的下颏儿，使人敬畏交集。其实她个头并不高，但只要她把下颏儿稍微一翘，我就觉得她比我高。

你别走……妻子异样地唤我。

于是我看见一张垂死者的面孔。对死的恐惧和对生的恐惧使妻子脸那样凄清，竟成了张什么也无的白纸。她到这里来，不是为了死而是为了生。但我见过垂死者，那面孔就和妻子一模一样。生和死居然贴得这么紧，紧得让人辨不出谁是谁。门旁有一副带滚轮的担架，帆布垫上有暗色血渍，不知干透没有，也不知还沾过其他什么东西，不灰不黄的。哪里有血，哪里总该沾染些别的，不是么？它真丑真脏，又停在我身旁，用它的模样逼我烤我噬我。我强迫自己久久注视它，并不知道这种注视有什么意义。注视，注视！于是心中有样东西渐渐流失了。几小时后，妻子也将躺在上面。如果她还活着，就推向病房；如果死了，就推向太平间。两个地方一生一死，却都十分安宁。担架车空着，这更令人阴郁。你别走啊……声音更弱了。那小葫芦瓜是我们不经意得的，我们本想在明年春天充分蕴酿身心后好好地种下一个。谁知她——我相信是女儿——迫不及待地跟来了。仿佛不把自己当回事。真太随便。我们不安，我劝妻子刮掉。她痛苦，她越发不安，但是她不。既然来了，就要！说话时的神态，让我心颤，多像头母兽啊。她身上那古老的母性情愫苏醒了，而一旦苏醒，世界在于她便是一个充满威胁的世界。谁要违拗她，都会伸出真正的爪子。即使生个残废，生个畸形儿，她也必须生。她完全是不由自主地照腹中小葫芦瓜的心思行事，尽管那小葫芦瓜还无心啊肝啊什么的，却已在役使着她了。我从来都觉得孕妇丑，丑得让我心痛。她们捧着一座坟包走路，时时晕眩，丝丝喘息，稍一受惊便赶紧护住自己肚子。人变短了，四肢粗肿，两手总在划水般吃力地摆呀摆。我竭力不看她们，竭力按住自己心中那点对女性的美好感觉不要失散。一个母亲的出现便是一个少女死去，而我对女性的美感原本汲于青春少女。每当她们的光焰烫着我的眸子,我便在心中一抖一抖地把她们消化掉,那样快意和那样无愧。现在我的妻子也膨胀成孕妇了,头三月并无异样,后来——几乎是一夜间,她的肚子高高凸起。此后我简直是一天一惊,不会胀破么?我一下子失落了美丑界限,另有种温馨的爱恋在胸中胀大,我不让妻子遮掩畸形体态,我发现孕妇最人的变化根本不是她的身躯,而是她的眼睛。

那眼睛老是定定地痴柔地注视一样东西,眼睛后面还藏着一双眼睛,同时往外看!男人眼后是坚硬的头颅,女人眼后是另一双眼睛。它不到时候不张开,张开后我也永远吻不到。剖腹产还是自然分娩?妻子身材极好,可别损坏啦!但医生说她盆骨略窄,让她考虑剖腹产。说轻轻一划,痛苦小,接产快,以后你基本上还是个姑娘哪。妻子说不,我自己生,生不出来你们再把我切开。医生说那等于生两次,受两次罪呀。妻子说不,我自己生,生不出来你们再把我切开,切大一点!夜里妻子躺在床上揉自己的乳房。我说你没奶不要紧,我们可以给她喂牛奶,街上有好多种奶粉卖。妻子说不,我要让她吃我,我是母乳呀。我说你别动了,我替你揉。妻子放开双手,略微羞赧地偏开头。我走过去,边走边说,我会轻轻地……但我的手刚刚触到她的乳肤,她双手猛地护住双乳,说不了不了!你一揉,我就会想那个了,还是我自己揉。你把灯关掉,把窗帘拉死,你睡觉吧。从现在起,我们都不许想那个了,那个会惊到她的,人家和你说真的!我在妻子身边躺下,妻子身躯在黑暗中微微蠕动,那黑暗也在微微蠕动。蠕动波及到我,我感到从未有过的困意。妻子蓦然低叫:她动了……真的!她活了,哦,又动一下。我忙起身问:在哪儿?

妻子捉住我的手，按到她腹侧。过去结实的部位忽然变得十分绵软，隔着她腹肉，我摸到一股小波浪。我的手若即若离地搁在小波浪上。这竟是个人么？是头，是手，还是足？妻子随着小波浪轻叹：喔……喔……她全身发烫，抓住我手不放。悠悠的，小波浪消失了。我静等许久，妻子说她睡了。我说你也睡吧。她应声不动了。后来她又坐起来更起劲地揉自己的双乳。我说你非得老揉老揉吗？她说不，说书上讲早晚各揉一次，每次十分钟就行。我说你揉得我都受不了啦，你也会累死。她说不，我要多揉一揉。揉得大大的，我要她吃我，偏不吃奶粉！唉，你说它们大些没有？我怎么看着老没大呀？

隔着妻子薄薄的腹肉有个小人儿。妻子揉乳时的蠕动一阵阵融化我。我忽觉得自己又是个婴儿了，忽又觉得不是，我顿时渴望再生，生为一个女人，或是一头母兽，或是一茎雌株。我要把她们身受过的一切点滴不漏地身受一遍，到人的另一半重新为人……妻子终于罢手。临睡前喃喃一语：到时候你别离开。

我肯定在你身旁，绝不离开！我不仅是为了保护你，不仅是为了让你抓住我。我早已按捺不住这个欲望：我要看看我怎样被母亲生出来！

小时候这个谜就纠缠过我，我是从哪儿来的呀？我这么大，母亲的嘴、鼻、耳朵都那么小，我不可能从那里出来。后来我懂了，再后来也就淡然了。妻子一怀孕，我那熄灭的欲望忽然胀大，我要通过我的女儿的诞生，亲眼看看三十年前我的被挤瘪的身躯怎样随着母血生出来。不管血淋淋的"我"会给我心上带来什么异变，我还是要看！我非知道"我"不可。我非得让"我"再被挤瘪一次，再啼哭一声，再紧紧地痛上一回。我总该盯住"我"，才会最终知道我是个什么东西。我非看见"我"裂变的一刻不可!

　　这欲望使我骄傲,使我发生临战前的战栗,使我冷透了硬透了浸透了全身。我怎样也遏制不住它,就像遏制不住爱。哦,不,就像遏制不住谜的诱惑。究竟爱的劲大还是谜的劲大?我说:当然是谜!但是护士下巴颏儿一翘,我便默默后退,连妻子的呼唤也没留住我。我像一千个丈夫那样乖乖地不情愿地退了出来,也许我退得更坚决些,我不知道这是为什么。我再次感到想盯住自己认清自己太艰难太痛苦了。唉,让那个谜儿埋上一年吧,以便它能散发一千年以上的诱惑。也许,诱惑——比谜本身更重要;也许,诱惑——在勾引人的同时又在逼人后退。

　　姥姥来了,拎着一罐红糖龙眼汤,死沉死沉的。她换上一套干净衣裤,手拿把蒲扇,头脸全是汗,蒲扇却只上下拍打那套衣裤。我说您来干嘛,随便叫谁来就行啦。她说:规矩!非俺来不可。我说您提个钢精锅不是轻快多了嘛?那罐儿比汤还重。她说:规矩!俺这是啥罐儿?你这个葫芦瓜……我搬张椅子请姥姥坐。她说俺才不坐呐。把罐儿拎到椅上。伸脸望产房:那个葫芦瓜呐?我说上产床了。她说:怪呀,怎么不叫?早时候俺可叫得凶,现时人可好,该叫的时候不叫,不该叫的时候叫得天歪倒。我说不叫可不妙。她说你放宽心,俺说顺产就顺产。又问:那是个啥?我说是担架车。她说那不滑人么?我说不滑就推不动了。她听了得条大理似的连连点头,忽然用蒲扇遮住脸:哎,咱们只能悄悄说……每当姥姥做出神秘样儿预备说点什么时,那么她想说的事肯定传遍大院了。我靠近倾听,姥姥却又把扇子一挥:俺不说了,俺不说了。于是我明白不会是好事,姥姥怕冲撞了即将诞生的小葫芦瓜儿。

　　今天上午,邻居陈伯家来了两位军人。他们带来了陈伯儿子的遗留物品，一个背包，两顶军帽，几本书……没有信，没有日记本。他们说儿子没有阵亡，是负伤后失踪了。陈伯明白，儿子完了。他大发雷霆：你们怎么搞的？怎么能让战友活着被人抓去？为什么不把他的信和笔记本给我送来？……他们说没有信，有两本笔记，以后会给您送来的，儿子也会回来。陈婶流泪道：没死就好，怎么的也能放他回来，是么？大家都是人呀。陈伯说你懂个屁，这比死还窝囊哩！于是陈婶就昏倒了。

儿子在休假中接到军校电报，通知他停止休假，尽速归队。陈伯就和陈婶商量，该告诉他啦。陈婶说，咱们不是早定下规矩了么，说定一辈子不告诉他。陈伯说不行啊，现在非让他知道不可喽。陈婶说：这辈子我啥事不是听你的？这件事就依我吧。要不你等我死后再告诉他，反正我肯定死在你前头！但只要我活一天，你就一天不许告诉他。陈伯说不行啊，老太婆，和你说不清楚，还是让我们男人和男人谈吧。于是陈伯把儿子叫来。说，听好了，儿子。你先告诉我，爸爸妈妈待你怎样？儿子笑了：这还用说嘛。陈伯说：听好了，儿子。你不是我们亲生的。你母亲年轻时，身体被还乡团弄残了，终生不育。中华人民共和国成立后，治呀治呀总治不好，可是我们不能没有孩子！我们就从医院里把你抱来了，我们至今不知你亲生父母的姓名，也不知道他们还在不在……儿子说：爸爸，告诉我这些干嘛？陈伯说，不干嘛，就是要让你知道。你大了，你的相貌和我和你妈不同，哦，比我们年轻时好看多啦，你难道真的一点不知道？儿子说：不知道。陈伯说：现在你知道了。儿子说：知道了！

儿子一天没有归家。陈婶做下满满一桌儿子爱吃的菜肴，一样样冷却了。夜里有人轻轻敲门，一个姑娘怯怯地走进来。告诉他们，儿子归队了。陈伯盯住她说：我早料到了。姑娘说：他说他爱你们。陈伯说：你叫什么名字？姑娘说：他不和我好了，告诉你们名字又有什么用！你们和他说过什么，说过什么呀？……陈婶拽过姑娘，瞪住坐在藤椅上的陈伯，说：你们爷俩，你们男人，好狠心啊！陈伯不作声。陈婶哭道：什么兆头呀，儿子还能回来么？你说他还回得来么？陈伯依然不作声。

忽然传来啼哭，隔着长长的走廊，仍是惊心震胆的响亮。我觉得那是非人类的声音，否则不会那么凶狂激烈。姥姥使劲拍蒲扇：俺说顺产就顺产！是的，姥姥不会错，她早把一生中的错事忘干净了，只把说对的事牢牢记着，再一遍遍对人说。我朝产房奔去，推开门。那位护士迅速回望我一眼，我觉得是一个笑容。那个比巴掌略大点的通红的小葫芦瓜，正在她掌中大号不止，又嫩又急的声浪从圆圆小口中扑涌而出。不知是急是气还是委屈的抗议。

哦……你啊，你用力哭，全身都动，小肚子一鼓一瘪，像一汪亮亮的水起伏着。你向右侧身，小肚子便苹果般的松软地挂在右边。你向左侧身，小苹果就滑着挂到左边。护士用棉纱拭去你身上的血，哦，生命是在血中形成的。你被血泊漂着送到人间。母亲的血，把你染成一朵通体嫣红的小花。现在你从血水中伸出头来，你吞进第一口空气，你长达十个月的梦醒了，你在十个月里走完人类几十万年的进化历程，所以你非大喊大叫不可。

果然是女儿。

护士迅速把她往秤盘上一放，又取下，捧进早已准备好的襁褓布中间打包。她们打得那么紧，我看了好心痛。但是女儿仿佛又回到母腹，哭声渐渐弱了。我向妻子望去，一见到她无力的双眼，就知道我一进来她就一直望着我。现在我也望她了，她却不好意思地闭上眼,脸如白纸。她在倾听女儿的啼声,她下身浸在血泊里。孕育一个小生命竟需要那么多血,漂起胖胖的小葫芦瓜,也漂起干涸的你。护士抱过襁褓让我看,说:五斤半,标准体重,大眼睛高鼻梁……我知道这是职业语言,却也把它当真的来享受。我刚刚看女儿红熟的小脸和微微抽动的蚕豆般小嘴,护士一摆腰肢抱走了。我不禁跟她走。拐到另一间房门前,她回头朝我一翘下巴颏儿,我站住脚,里面是恒温无菌婴儿室。我隔着玻璃朝里看,护士把女儿放入一张带木栏的小床。那小床上并排躺着三个女儿,可爱得如同剥开豆荚出现的三颗一模一样的豆子。我朝房内望一遭后再回头望这张小床,竟找不出女儿了。这时我看见每个襁褓上都扎着个扑克牌大的卡片。我把妻子推进大病房,房内坐卧着十二位产妇。我们进来,她们同时停止动作,没有询问,没有惊叹,只用浪一样的目光和温郁的沉默迎接我们。直到我将妻子抱上床,让她舒适地躺平了,她们才松口气,才陆续动作起来。妻子闭住眼,一只手在布单下面微动,我知道这只手在召唤我,便把手伸到布单下面握住它。我说你为什么不叫?她说你走了,我叫给谁听?我说我没有走。她说她也知道我没有走,但是她早就决定不叫,许多丈夫受不了妻子的惨叫。我说叫是用劲呗,孩子生得快。她说小葫芦瓜一蹬一蹬的,猛一爬就滑出来了。我说你疼不疼?她说现在不疼了,就是心里空空的,孩子一下子出去了,叫人空得受不了,还是怀在肚里舒服啊……

一株老树足有三四抱粗,树冠大得像一座倒举的山。我抱住它,又抱不过来,如同婴儿非要抱又抱不住母亲身躯。它的树皮已经老成甲胄了,却有一股温热和馨气,我方知树木不是凉的。我举首望,树冠和夜空融为一体,我忽觉得它就是夜空。风来了,狂风!

它纹丝不动。风去了,四周静谧,树身亦发热,热到后来,它开始摇晃。此刻一缕风也无,它却越晃越厉害。在我头顶上,树枝和树叶相碰,发出金属般声响,我方知枝叶有那么硬——如刀剑相击如铁筝嘶鸣如牙齿咬着牙齿。老树大幅度摇晃,每一摇,根部一片巨大土壤就要翘起来。每一晃,夜空便低低压缩,再徐徐舒张。老树粗干上,挂着一座沉重的铜钟,它也随之摇晃,像巨大的钟摆,嗡嗡嗡嗡。我听见老树说,你已经在我身上吊了几千年,你还不肯下来么?沉默许久,我听见铜钟说,我已经在你身上吊了几千年,我想下也下不来了。老树说,我吊不动你了,你非下去不可。铜钟说,你的根扎得那么深,是因为我把你压下去的;你那么让人崇敬,是因为我替你发出震撼人间的声音。要是你摆脱了我,你我就全完结了。老树说,我不怕完结,我非要摆脱你,铜钟说,我不会相信。你摇晃了几千年,并没有把我摇下来。老树说,你说得对但是我还有最后办法,我会劈断自己,你就掉下去了。铜钟说,不要这样,我在你身上吊了几千年,你一直平稳地站着,一旦我掉下去,你自身的重量就会使你失去平衡,你会往那头倾倒,把你从土里拔出来。老树和铜钟都沉默了。忽然咔地巨响,老树伸向东方的主干断了,铜钟轰然落地,滚动着碾压着,却无一丝声息。紧接着大地开始呻吟,老树倾斜了,土壤一块块跳起来,露出下面盘绕的粗白的树根,有的从土里吱吱抽出,有的嘣地断了。我大叫,你不能倒,我在你身上呢,你倒下来会压死我。老树说,孩子,你为什么不早说?你快从我身上下去呀。我说,你把我吸在身上了,我不知道你会吸住人,我下不去了。老树继续倾斜,距地面只有几尺,我将被它慢慢地沉重地压瘪。老树平稳地说,孩子,我没有办法站住了,你早该出声啊,早该出声啊……

妻子说：你睡得像个娃娃，从没见你睡得那么死。我爬起身，脚踩到一张小方凳、我是陪夜的，四角钱租了这张小凳，我本该坐在上面侍候妻子，谁知竟在妻子的硬板床上睡死去，她被我挤到床的三分之一处去了。我把她放平整，她舒适地叹口气，说你累了吧？我说一点不累。她说硬板床怪硌人吧？你睡起时关节咯哩叭叽响了好几下，我说长这么大没睡过这么好的觉，大概在母胎里才会有这么好的觉。妻子小声说：哎，我一直憋着呢，身子都麻木了。

我赶紧半扶半抱地送她去厕所。

几位护士陆续进屋，她们每人抱着两个婴儿，左臂弯一个，右臂弯一个。于是，处在当中的她们的脸庞便说不出的柔美。房内的母亲们躁动了，近处的几人迫切地伸出双手，护士偏偏没给她们，却给了后面的几位母亲。另有位母亲抢着去接护士左边的胖些的婴儿，护士一摆腰肢，将右边的给了她。谁是谁的，护士比她们清楚。妻子呆直地坐在床上，死死地看。婴儿落到谁手里，她就看谁。她嘴角微抽，紧张得要命。直到最后一个婴儿了，护士才把她抱在我俩中间。妻子发出急促的鼻息，上身一扑，仿佛用口去衔似的，把襁褓接过来，脸顿时通红。她抱着襁褓微微摇晃，那样得意地瞟我一眼。又把襁褓搁在身边软毯上，伏下身细瞧女儿那酣睡的小头小脸，嘴唇轻触她额角，细声说：喔，真好闻。我问是什么味道。她说说不出来。我说打开来看看她好吧？她说好，我们只能轻轻地看。于是她剥洋葱般万分小心地剥开襁褓。女儿红红的身躯每露出一点，她便在一点儿上吻一下，口里喃喃说：喔，小可怜，喔，小可怜……我笑了。妻子说：你轻点笑嘛。喔，告诉你，她身上是甜的。我说：她真的是个女儿哩。妻子嗔道：坏！不准你看她了。

妻子把襁褓包起来，可是她不敢包紧，女儿在襁褓里滑来滑去。忽然她动了，噗地伸出个乒乓球大的小拳，红扑扑光溜溜，让人瞧了真想用口衔住这颗小果子。她的细腕上套着个也是乒乓球般大的圆纸牌，上面写着：某某某之女以及编号。我说：写的是你之女，为什么不写我之女？妻子说：不，我生的我生的永远是我的！不信你看。我看见襁褓外面扎着扑克牌大的卡片，正面注明：某某某之女，体重身长出生年月日时。背面却使我心惊，上面印着妻子的大拇指印，拇指印旁边，是女儿的足印。两个印儿一般大，哦，不！女儿的足印略高些。妻子的指纹丝丝清晰，而女儿的足纹细腻极了，非贴近了看，才看出那纹印胆怯似的极密地挨着，一圈圈小进去。妻子说：两个印儿都是蘸着我的血印上去的，不是你的血！有了它，我俩不会搞错了，我俩分不开了，我要永远保存它，要是她……要是她将来不认我了，我就把这个拿给她看。我会说你瞧呀，妈妈生了你，可妈妈的血印还比你小点儿呢，你就不可怜妈妈吗？……妻子含泪将女儿小拳放进襁褓，我不作声，死盯住卡片。我从来没见过如此可爱的艺术品，雪白的纸，殷红的印儿，两个生命同时停留在一张小卡片上，各自打着圈儿，又并列挨在一块。女儿的足掌，状如一枚花生，顶端有五粒珍珠。那是她的脚趾。如果她能站，真可以绰绰有余地站在这张卡片上，而卡片又可以搁在我的手掌上。似乎少点什么？哦，少了我，没有我的印我的血。意识到缺憾，我便意识到另一样令人心痛的美。哦，我只能把我的心搁上去补它了，补在她们的手与足之间的小小缝隙里，尽管心的印儿无色无形……

　　妻子开怀哺乳，当她那对乳晕浓艳的丰润乳房露出来时，我慌忙用身体遮住它们，病房里有许多男人呀！而妻子竟坦然无觉。

我缓慢而又警惕地朝身后望去。男人们，也就是丈夫们都在照料自己妻子，或为她们擦身浴脸，或为她们拭血换纸，或一小口一小口地喂汤，或把妻子偎进自己怀中看她哺乳婴儿。妻子们都那么安详，袒露着乳房、腰肢、大腿甚至女人的隐私处，听任丈夫侍弄。她们脸上漾动温和的光辉，躺在床上像躺在田野中的水泊那样宁静自若。丈夫们都垂下双眼，谁也不看谁。目光偶一滑别处，也充满柔爱，没有一丝不安或羞涩。我忽然窥见男人铁样的头颅和铁样的心灵内里，居然也藏有丝毫不比女人差的柔情，原来这柔情同渴望争斗渴望强勇一样，同是我们男人最为古老的情愫。我浸在这里，浸在淡淡的乳香、淡淡的血气、淡淡的药水味和淡淡的女人身躯气息中，觉得清心清神，觉得魂灵一洗。于是，我也没有了不安没有了羞意，甚至没有了悲也没有了喜，只感到无可言喻的平和。我汲入人类似乎久远的气息，恍如再造。哦，这拥挤的病房莫非也是古老洞穴的再造？我有说不出的爱，引动这一切的是什么？

一个小葫芦瓜。

妻子抱起她，将乳头送到她两片小唇间，胸脯一动一动地，焦急地低呼：你吃我呀，你吃呀……小葫芦瓜嗅嗅碰碰，却不肯衔。妻子将乳头硬塞进她口里，于是她小腮帮子立刻鼓满了。她开始一吮一吮，全身都在搏动，全身都在努力。妻子又惊又喜，吃吃笑：喔，痒死我了！喔，痒死我了！她憋着劲忍住不动。但女儿吮了几口，吐掉奶头哭了，哭得激烈而又伤心，居然哭出两滴小泪。妻子的乳头潮湿红润，却没有一滴乳汁淌出来。我说算了吧，你没有奶，现在好多母亲都没有奶。妻子说不，我有奶，我肯定有奶，我胀得难受，我都不敢挤了，一挤就疼，我要她吃我，我是母乳啊……妻子噙着泪使劲挤压膨大的乳房，因痛楚而变了脸色。她望着女儿，怎么办呀？我说：是呀，怎么办？妻子说：昨天那位大姐偷偷告诉我，她嫂子生孩子时也不出奶，是她哥哥吮出来的。喔，小可怜哭得好凶……我不作声。妻子越发悲伤了，小声说：我想，那位大姐说不定是讲自己呐，她开始也不出奶，后来不知怎么搞的，一下子有了。我终于说：你靠近点。妻子赧然道：就在这里？我点点头，看准那颗令人头眩的滚烫的熟透了的果实，一口衔住，闭住眼睛拼命吮吸。妻子紧紧抱住我脖颈，发烧的脸颊埋进我头发里，断续地呻吟着。过了一会，妻子忽将我一推：通了！几乎是同时，我也感到极细的热流冲入口舌。我放开妻子，淡黄色初乳从她乳头上连连滴落。她慌忙抱起褓褛，女儿的小唇刚碰到乳汁，立刻张口衔住乳头，起劲地吮起来。妻子轻轻地叹道：喔，好大劲。喔，好厉害。喔，好舒服啊。她两眼似睁非睁，如痴如醉，身子几乎坐不住了。

我迫使自己回头望，从纷纷避让开的眼睛里，我看出他们刚才是多么惊讶地望着我们，他们脸都红了。然而我静静地望着。我看见，妻子们和丈夫们，每个举动显得更加温柔了。我口中残留着一位母亲的乳汁，我竭力想辨清它的滋味。三十年前我吮吸过它，那时根本不识其味；三十年后我竟又吮吸到它了，知其味却感到无言可述。正如爱是无言可述的，一旦能够说出来，已经不是原样的爱了。我忽然意识到三十年来我并没有走多远，我仍和婴儿贴得那么近——近得辨不出谁是谁。我渴望再度成为不识其味的婴儿，重新开始伟大的人生！于是，我初次尝受到苍老的滋味了。

你这小可怜小精怪小葫芦瓜儿，你还睁不开眼，你还不是真正意义上的人啊，然而你一口叼住了人的心，叼得人心痛。

人，是人的未来。而我，只能是现在的我了。

今日换装。

上午八时起，人民解放军全体现役军人都必须换穿新式军装。国家兴，军威振，整座大院随之一亮，军人们如同再造，个个光彩夺目。走起路来，仿佛被万人盯住似的那样拘谨那样得劲。花坛附近，散落着十几个老军人，他们或坐一把旧藤椅，或坐在水泥台子上，或支住一柄竹杖，或搂着一个外孙，不时找两句话说，轻松地晒着太阳，他们已被命令休息，不发新式军装，每人领到四百元制装费，且作一种补偿。他们不缺钱，他们极想要套新军装。他们打报告提意见，闹过哭过恳求过发怒过。没几年啦，让我们穿新式军装进火葬场。但是军委命令下达，不发。他们也就不作声了。于是这天一到，他们忽然找不到衣裳穿，当兵四五十年，许多人竟无一套便衣。旧式军装不准再穿，他们只好把领章剥下，把军上装浑浑然充作半套便衣，下身穿着儿子或老伴的便裤。或者倒过来，下身穿着旧式军裤，上身穿着儿子的或老伴的衣裳。也有人只着一套光溜溜的军用棉衣裤，外头却无罩衣。热了，便把怀敞着。其实，他们每人箱底，都有一套五十年代配发的精致的将校礼服，质地与样式，比今日新式军装还强，但没有一人穿它。他们只能牢牢地留着它了，待离开人世身赴炼火时再穿。身着新式军装的青年军人们益发显得青春勇武，他们却益发显得破旧衰老。他们不约而同地聚到这美丽的花坛旁，似乎在拣两句话说，似乎在松松地晒着太阳。没人敢惹他们，甚至没人敢走近来。陈伯不在这里，陈婶也没出现。所有的老人们都到我家看过小葫芦瓜，唯独邻居陈伯陈婶没有露面。

陈伯的儿子依然无消息。

女儿的两眼会盯住一样东西并随它转动了。脖颈也能支起脑袋。胎毛已经褪尽，身子变得又红又白又嫩又胖。她不喜欢在襁褓里包着，每回把她打开，她都像睡醒的猫那样深深弯腰展臂。她先朝后弯，把脑袋仰到几乎贴到屁股。完后再向前弯，跷起小短腿，直到两脚举到耳朵后面，咿咿呀呀地叫着，毫不羞耻地把一切都袒露出来。姥姥说她在胎里就是这种姿势，让她动去，她在用劲长哩。杂技演员们苦练数载才能完成的高难人体动作，在她竟是这样轻易自如。哦，人们后天的练呀练呀，不过是把人体潜藏的功能开掘出来罢了。她的小脚分不出脚弓脚背，一团肉肉，握着它就像握着一枚去了壳的熟鸡蛋，柔滑极了；再握住她的小手，却像握住一只小蛙，在我掌心软软地挠动着。她仿佛老也吃不饱，常往妻子怀里拱。小脑袋东钻西钻，隔着衬衣，就一口衔住妻子乳头，响亮地吮咂，把妻子衬衣咂湿一大片。我把她抱开，这时便惊讶她竟有那么大劲，她的身子都被我横着拽直了，嘴还叼住乳头不放。她抓住什么东西都往嘴里送。小铜铃、橡皮球、充气狗。火柴盒、茶杯盖，一到她手，她就睁圆眼翻来覆去瞅它，然后小心地举到嘴边，又咬又撕，任何东西她都要尝过一遍才丢开。实在没什么可咬了，她就跷起腿咬自己的脚拇趾。哦，人最早是用嘴来接触世界认识世界。她老想用蚕豆般小嘴，吞咽她抓住得大大的世界，那两只小手，只是为了把世界往嘴里送。大凡生命，都是贪婪的，她浑然无觉，因此益发可爱。她喜欢水，不管哭得多凶，只消把她往水里一放，她立刻停止啼哭，两眼惊异地睁大了，小嘴也张得溜圆。她非抓住一样东西才觉得安全，要是抓不到什么东西，她就抓住自己松软的肚皮——死死抓住不放。每回洗澡，那一小块皮总被她抓得通红。后来我便伸给她一根小拇指。她也感到这根指头大小正合适，便抓紧，立刻不安分了，用力拍水踢水，吱吱呀呀笑叫不休。和哺乳一样，替女儿洗澡也是妻子的专利。她那涂了浴液的手在女儿身上久久抚摸，脖子、胳肢窝、大腿沟、脚趾缝……每一处都摸到，无休无止，老没尽头。这时她双唇闭成一只蚌，目光在女儿身上流淌。倏地，她唇间发出轻细的哧哧吸吮声。我说你傻傻的干什么呢？她说：我在亲她哩。浴罢，妻子用雪白的毛巾将女儿围身一裹，扭扭地坐上床，双手在毛巾外面不住地摩挲，汲取女儿身上的水汽。口中模拟女儿嗓音，言语不清地念叨：妈妈心，妈妈肝，妈是大葫芦瓜，生个小葫芦瓜……女儿从毛巾里钻出来，一头蓬松的柔发，一对睫毛极长的大眼，一丝不挂的红胖润滑的小身子。她扑蹬着腿要爬开，妻子扑去一把将她拽过来，不分地方的没命地吻。女儿痒得乱动乱笑，有时竟笑岔了气。这时我就拽住妻子的后领，毫不客气地把她提起来。妻子双唇又闭成一只蚌，满眼痴迷，半天不动。我说你又傻傻的干什么呢？她说：我得管住我的牙齿，我好想狠狠咬她一口，好想好想！

哦，爱是有牙齿的。

女儿脸痒了，把小脸压在妻子鼻子上磨蹭着，忽然衔住妻子一瓣嘴唇，极有滋味地吮咂起来。妻子想笑不敢笑，想动不敢动，双手抓住床单，脸上涌动幸福的红晕。我说她饿了，你快给她喂奶呀。妻子断续道：让她亲我，喔，好大劲……她嘴上好大劲啊！妻子慢慢吐出舌头，女儿竟一口叼住，更加起劲地吮咂。妻子缩不回舌头，急得直朝我招手。忽然她推开女儿，惊道：她咬了我一下。喔，小葫芦瓜长牙啦。我赶紧仰起女儿的脸。果然，红红的牙床上出现一颗米粒般小的牙。被爱者也有牙齿。

夜晚，女儿在我和妻子中间睡熟了。妻子用嘴唇碰碰她的脑门儿。我们对视着……忽然想那个了。我们已经把那个忘了许久，今晚都从对方眼中相互辨认相互呼唤出了那熟悉的火苗。情欲炙痛我的每个细胞，我把妻子发颤发烫的身躯搂过来……妻子低呼一声推开我。啊，女儿不知什么时候醒了，竟没哭，坐在她的小枕头上，惊恐地望着我们。妻子忙去搂她，胳膊刚刚绕住她，她就爆炸似的大哭起来，哭得那么伤心那么可怜，从来没有这样哭过。她紧紧搂住妻子颈子，哭一气回头看我，再把脸贴在妻子脸上哀哀地哭。然后再看我一眼，再哭……我只好把自己藏起来，不让她看到。她的两只小手在妻子头脸上乱摸，倏地抓住妻子两只耳朵，耳朵的大小和形状恰好供她做把手，于是她死死抓住它们，惊恐未定地乞求般的哭个不休，从来没哭这么久。妻子吓坏了，不断哀声说：喔，妈妈不了；喔，妈妈再也不了……女儿终于偎进妻子怀里，贴着妻子的心跳声睡去。她一只手吮在嘴里，另一只手仍抓着妻子耳朵。从此，女儿每晚非保持这种姿势才肯入睡，再也没改变。要是把她手拿下来，她立刻会醒来啼哭。我掀去毯子让自己冷却。妻子一只眼睛怨艾地望着我，另一只眼睛被女儿的小脑袋遮住了，我知道这只眼透过女儿也在怨艾地望着我。眼里有声音：再也不了！那是负罪的声音。我慢慢说：要是有一天，你落到敌人手里，敌人拿孩子来逼你说，你说不说？妻子惊道：我……只要他们别碰孩子。我笑了：你忘了？你是市委机关的优秀共产党员哩。妻子不作声，我沉沉睡去，睡了许久。醒来时，我发现妻子一只红胀的眼睛直视我,另一只眼仍被女儿小脑袋遮住,我知道这只眼也发红也在直视我。不等我问,妻子便低哑而清晰地说话了:我想好啦。他们不是要用狼狗咬她吗?不是要用红红的烙铁烫她吗?不是要用老虎钳子拧她吗?要害给我看,要逼我说!我被绑住了,我过不去,我也动不了,光剩下一张嘴还能动,是不是啊?……我大惊,我早将那信口一言忘记了,而妻子竟沿着我的信口一言想象下去了,想象得那样具体那样恐怖。我想制止她,但妻子不理睬,继续低哑而清晰地说:到那时,我就死!他们别以为把我绑住我就没法死了,我会咬碎自己的舌头疼死,血尽命亡!妻子抬起身——在发抖,两只眼睛全露出来,直视我:我死了,他们害她就没用了,没用了也就不会害她了吧?我忙说:不会了,肯定不会。于是,妻子两只眼都沉落下去,身子也随之往下缩,头埋进女儿怀里,从那里发出声音:我求你件事。我说什么事。她说:你记好,你永远永远别开这种玩笑了,你有时说话……好怕人。妻子双肩剧烈抽搐,但是没发出一丝哭声。我记住了,永远记住了妻子从女儿怀里发出的乞求。但是,在这个世界上,我那句话仅仅是个玩笑吗?爱的牙齿。

　　妻子睡去了,我却沿着这个念头想下去,不禁战栗起来。

　　这时,隔壁屋里传来悠悠长呼。那声音非歌非诵非怒非悲,强一阵弱一阵,又似痴语又似梦呓。那声音说不出的怪异,仿佛一株老树无风自摇,仿佛喉咙里还含着一条喉咙,仿佛远远山凹里有群母狼仰天长嗥,再从山隙中流出来……

　　陈婶犯病是由离婚引发的,而离婚则是由一件极小的事引发的。早餐时,陈伯的饭碗稍重地顿了一下。陈婶竟像听到枪响,大惊,接着便发怒,把几十年来的陈伯的种种不是全提出来掼过去,从自己出嫁直诉到儿子出征，边哭边骂。陈伯和她吵，哪里吵得过她！怒极，抓起一本《红楼梦》摔去，吼道：好便是了，了便是好。咱们了！咱们了！不跟你过啦，分开分开。陈婶也道：好好好，今日我看透了你，离婚！马上离……众人都以为老两口怄气，劝劝便会和好。谁知他们一言既出，便死不更改。陈婶不再做饭，陈伯也不食烟火。陈婶搬到楼下儿子房内独住，陈伯就不再下楼。大院的老人们纷纷赶来，女的劝陈婶，男的劝陈伯，孙儿孙女则捧着食盒子站在一旁。姥姥急得满处找"规矩"，几次险些跌倒。俺早说过，俺们早时候再苦再难也不分心，现时人可好，说离就离闹得天歪倒。姥姥总把各色好事说是"俺们早时候"，又总把各色坏事说是"现时人"。絮絮叨叨中，我渐渐听出"俺们早时候"的意思了。陈婶被还乡团轮奸时，正怀着八个多月的身孕。胎儿流出，在血泊中动了几下，随即死去。陈婶发狂地扑进血泊，捧起白生生的胎儿往自己怀里塞……从此她就半疯了。听见枪声浑身抖，直瞪两眼咒骂还乡团，间或摸索着呼唤自己的娃儿。中华人民共和国成立后，陈伯把她接进城。那时她二十四岁，模样已是老妇了，白发稀疏，面如黑土，路都走不动。她不肯坐车，只肯让陈伯背着她。陈伯便背着她进过好几家大医院，老没治好。有人劝他把她送回老家养起来，在城里另成个家吧。那时，多少好看的姑娘暗中眷恋着年轻的陈伯。他越对疯女人尽心，姑娘就越眷恋他。但是陈伯不从。他背着陈婶又去过几个大城市，足足治了七年，终究没治好。后来一位老大夫说：抱个孩子试试吧。陈伯便从产院抱回个弃婴，陈婶一见，竟扑上去咬，陈伯一拳打倒她，抱着婴儿绝望地流泪。谁知，陈婶在婴儿的啼声中醒来，眼中竟有了活气，爬去搂孩子……数月后，陈婶不但再不犯病，容颜也奇迹般的年轻了，真和出嫁时那样好看。姑娘们终于退散了。

一只碗稍微顿了一下，患难夫妻竟要离婚。爱的牙齿，竟如此尖利？众人劝解无用，便给远方一位老者打电话告急。当年陈伯陈婶结婚，就是那位老者介绍并批准的。下午，一辆旧红旗轿车驶到楼前。有人上前开门，车内轰然溢出穿场锣鼓声，接着是一声亢亮的叫板，西皮流水悠悠而出。老者提着录音机迈下车，不看两旁人，头颅随着唱腔摇晃，两脚踩着琴音行步。进了陈伯家门，当堂坐下，待最后一记脆锣声止，方才睁眼道：看看，我就知道你们啥也没装备。这机子是我儿子送我的，我带来送你们啦！众人不作声。老者偏首一想，豁然了，昂脸高声说：又是离婚。好，我批准！只有一个条件，你们稍等一等，等儿子回来后再离……陈伯陈婶默然了。待老者离去后，他们不再提"离婚"二字，但是彼此也不再说话。

天没亮，有人拼命敲我们院门，我和岳父开门一看，陈伯满脸流泪站在门灯下面，跺足道：完啦完啦，她又犯病了。说的那些话，和三十年前一模一样……陈婶直直地坐在儿子床上，模样比姥姥还苍老，头发稀乱，怀里搂一个枕头，右手握刀似的握着一只草编拖鞋，死盯住黑黝黝的窗子，咬牙切齿地诅咒还乡团，间或用脸颊抚着枕头哭唤娃儿。声音已不是我所熟悉的陈婶的声音了，要硬厉些，冰冷些，哭唤娃儿时，声音陡然下落，几乎一字不清。陈伯呆坐着，眼睛像要把地面望穿。地上还有一只草编拖鞋。我上前把陈婶轻轻放倒，感到她全身颤抖，但我手一碰，她就倒下去了。我对妻子说：把孩子抱来吧。妻子流着泪去了。稍过会儿，她抱着女儿战战兢兢挨到床边。女儿刚刚睡醒，吱吱呀呀笑叫不休，她想要床下那只拖鞋。妻子紧紧抱住她，时刻准备逃开，我却盼望着奇迹再现。陈婶眼半睁,幽幽地望女儿,一动不动,面孔毫无表情,干瘪的双唇闭成一只蚌。忽然我听到她唇间发出轻细的哧哧吸吮声,啊!和妻子曾经发出的声音一模一样。但声音停止后,陈婶再无其他反应,妻子把女儿抱走,陈婶两眼还幽幽地望着老地方……于是,每夜都透墙传来陈婶的犯病声,但不再那么硬厉那么冰冷了,好像人掉尽牙齿后发出的悠悠长呼,那声音非歌非泣非悲非怨,强一阵弱一阵,又似痴语又似梦呓。那声音说不出的怪异,仿佛一株老树无风自摇,仿佛喉咙里还含着一条喉咙,仿佛远远山凹里有群母狼仰天长嚎,再从山隙中流出来……

女儿竟恋上这声音了。每当它透墙传来,她就停止啼哭,静静听着,然后甜甜地睡去。半夜醒来,四周静寂,女儿又大声啼哭。于是隔壁又会传来悠悠长呼。女儿听着听着,再次甜甜地睡去。妻子怕极了,她一遍遍问我:她们在干嘛呀?她们在干嘛呀?

女儿两脚踩在我右掌上,一手拽住我衣领,一手试图拉住我鼻子,竭力想站起身。她的小胸脯水似的晃个不停,两眼大睁,长睫毛翘得厉害,像要飞开。我以为她会叫,但她不,她一声不出,使劲挺动身子,终于站起来了。她的小脑袋搁在我的大脑袋上,风来了,她手一滑,肉滚滚的屁股跌落到我左掌中。我以为她会哭,但她不,她开心地笑了,吱吱哇哇叫一气,重新拽住我衣领和鼻子,再站……现在她不愿意待在屋里了,老用短胳膊指窗外,于是我便抱她出去看鸡看鸟看树看花。她对任何东西都表现出强烈的惊异,两眼睁得溜圆,乌亮极了。我抱她多久,她就能看多久。她最喜欢看动的东西,比如大公鸡和小黄狗,然而它们真的到身边,她又往我怀里缩。我最喜欢看她的眸子,眸子里印着小鸡小狗小树小花,跟浸在水里似的。我的鼻息在她的柔发上扑出两个气旋,我浑浑地融浸在女儿身上独有的奶香味中,我可以闭住眼凭着这气味认出她。由于她老在看,我也不由自主地顺着她看,我被她更新了。那无数不起眼的东西忽然换了面目,拉我过去,让我大惊。女儿采下一片绒叶儿,欣喜地残酷地把它撕开。她残酷地毁坏一样东西时,仍是那样可爱。我以为叶儿碎了,但它没有,它的每块碎片都用极细的乳丝牵住其他碎片,女儿手一放开,它们又渐渐靠拢、嵌合。我几乎可以听见碎片发出的无声嘶喊。我从每片叶儿的正反两面,都读到了和经典专著一样多的生命意念。它们那锯齿般叶缘儿已经不割手,但仍然抗拒我抚摸它。它的叶脉是一派巨大河系,我以为它到头了,细看却没到头,再细看竟没有头。我以为叶脉是浅紫色的,对着太阳一看竟是嫩红色,再细看竟跟血管一样微微凸动,哦,女儿迫使我重新成长。抱着她,驯顺于她的目光,跟她一起默默地久久地看,是享受是灵悟是入魔是归化是露出贪婪的牙齿,是把失落掉的我从草棵间一点点找回来。

但她看见妻子下班归来,便在我腹部用劲一蹬,远远地就要扑去。她立刻不要我了。她偎在妻子怀里吱吱呀呀说些谁也不懂的话。妻子连连吻她,同时也模拟她的嗓声吱吱呀呀说些谁也不懂的话。我推着妻子的自行车跟在后头,忽然有空荡荡的感觉。妻子经过陈伯家门,放轻脚步,怯声说:我们幸福得太过了吧?喔,太过了……

远处"咚"的一声巨响,是铜钟!女儿惊得抱住妻子脖颈,她从来没听过这声音。我飞快地朝那里奔去。

一株老树无风自摇!

它是一株玉兰花树,高六丈余,树身有四五抱粗,树冠大得像一座倒举的山。在离地一丈多高的地方,树干分成两岔,主干继续往上，侧枝却吃力地扑出去，上面吊着一座古老的铜钟。因为铜钟太重了，老树往侧枝输送养分，使得侧枝比主干还粗些。铜钟旁环立八位已被命令休息的老军人，没有军装，他们统统穿上了五十年代配发的将校礼服，只是不再佩带领花帽徽勋标功章。他们的儿子或孙子，在前线牺牲了，部队里已开过追悼会。今天，大院再为他们开追悼会，让人们怀念大院的杰出后代。没有贴出白色讣告，谁愿意参加，都可以参加。于是从大院各个角落，从数百幢大小建筑物里，陆续走来了军官士兵老人少妇孩子保姆……犹如无声的江河，朝这里汇聚。一位年轻军人把罩在铜钟外的铁丝取掉，请最高龄的老军人先撞第一下。这位老人失去的是孙子，他谦让着，让失去儿子的人先撞第一下。于是他们排好秩序，五十多岁的人在前面，依次是六十多岁的，七十多岁的，八十多岁的，最后是那位老人。于是，第一位步上台阶的较为年轻的老军人，朝其他老军人们深深鞠一躬，朝聚在四周的人们深深鞠一躬，朝古老的铜钟深深鞠了一躬。这里在乾隆年间便被辟为军营，而今三百余年，铁打的营盘流水的兵，旧人旧物灰飞烟灭，当年的遗迹，唯剩这株老树和铜钟了，可军营仍然是军营。昔时，每逢出征、祭奠、庆功、开斩……营中都要撞响这座铜钟，让它发出声裂大地的大悲大痛大警大勇。1966年，身居高位的陈伯下令封钟，使它免于凌毁。至今，铜钟已沉默了近二十年，不曾发过一丝震颤。现在，当那位比较年轻的老军人向四周老军人鞠躬时，人们沉默着；当他向远处人群鞠躬时，人们仍然沉默；当他向铜钟鞠躬时，所有军人们同时垂下沉重的头颅。人群一片叹息。

他抓住吊在树上的撞木，用胸脯抵着，奋力一推。

咚……

老树无风自摇。树冠顷刻间涨大了。此时正值玉兰花盛开，剧烈震颤中，老树发出吱吱嚯嚯声响。我仰面望去，啊！无数雪白的花瓣哗哗落下。但它们是怎样地落呀？每片花瓣都在它身下的叶儿上躺片刻，再恋恋不舍地滑到另一片叶儿上，再滑到下一片叶儿上……它们多么不愿意落。每片花瓣都恨不能和全部叶儿亲近一下，耽留一下，亲吻一下；都恨不能拽紧了叶儿使自己不落，或者拽下叶儿和自己一块落。哗哗哗哗，它们终于落下了。落到老军人们的头上脸上肩胛上脚背上，最后才滑落到地面上。即使在地面，那白玉般小小花瓣的两端还往上翘着举着，像女儿睫毛，像女儿白白的臂膀。它们还在搂——却搂不到耸立高空的老树。只剩年轻的骄傲的含苞未绽的玉兰花，箭簇般挺立在枝头，任凭老花瓣们雪似地落下，它们越发挺直胖胖的身躯，仿佛更高些了。

　　咚……剧烈震颤中，异香浓烈，令人头眩。钟声在摇晃世界，更多的人涌来了。在远处，我觉得钟声极响，几乎撞破耳膜。走近它却不那么响了。我只觉得空气在跳，老树在摇，四周物象不定，我全身与钟声共振，无休无止的浑厚沉重的嗡嗡嗡嗡。哦，要听清古钟巨吼，你必须站远些；要听清古钟的叹息，你只有站到它近旁。老军人们依次撞完钟，带着栖在身上的花瓣依次进入会场，没有一人掸落它们。追悼会开始，人群分三路入场，容不下的，就站在外面广场上，面北而立。我忽然看见远处有个孤独的身影，慢慢接近。是陈伯！啊，竟然没有人请他？陈伯走到古钟旁，合目站住不动，拄着一柄龙头拐杖。会场里跑出年轻军人，不安地请陈伯进去。陈伯睁开眼，用力道：不必，我就在这里。他坚持不进。我不由地顺着他的目光再度凝视铜钟，它经过八次撞击，透出一派过去没有过的清光。钟身下部，夔龙兽面纹似伏似游。钟身上部，数排斑驳不清的铭文。我只辨出一行字……重九百九十九斤半。哦，它不满千斤，它偏偏不肯满千斤！不满。千万不能满呵。月满则亏，水满则溢，事满则损，寿满则亡。它朝极盛处奔去，却在刚要碰到极盛时凝定不动了。

不满——这重达九百九十九斤半的古训，大约也是从血泊中飘送来的吧。

铜钟被铁索箍着，吊在老树的比主干还粗的侧枝上。昔时，铁索肯定是箍紧了侧枝。后来，侧枝越长越粗，竟从铁索两边凸出来，再膨胀再嵌合，于是侧枝上形成个巨瘤，那铁索竟深深嵌入树肉中去，不露一点痕迹。哦，它早就解不下来了。老树若想摆脱它，唯有劈断自己……陈伯拄杖合目，一动不动，面庞离铜钟只有几分，似乎在嗅古铜的气息，似乎随时想用头颅去碰它一下。

陈婶死于心脏痉挛。死前正在呼唤娃儿，忽然一抖就发不出声了。医生说她最后时刻心脏缩得很小，差不多只有婴儿心脏那么点儿。陈婶的遗体从儿子房中抬出来，儿子依然无消息。陈婶终生没尝过一次生子的幸福——那每位女人都该有的战栗的幸福，却把丧子的痛楚身受过两次。我们都来送行，妻子淌着泪抱紧女儿，女儿却挣扎着想从她怀里滑下去。她看见了一辆白色汽车，她要它。妻子只得把女儿放到地上，伸给她一根手指头，让她握着站稳。陈伯极力要去送，医生把他按在躺椅上，不许他动。旁人也劝道，我们安排好了再请您。白色汽车的后门掀开，陈婶的遗体被抬进去。白色汽车缓缓驶走，众人的泣声骤然乱抖。陈伯死了般地倒在躺椅上。

谁也没注意，女儿悄悄松开了妻子手指，向远去的汽车歪歪地走了几步，伸手指它，又扭头看众人，再平晃着两臂蹒跚地朝前走……最先发现的是妻子,她惊叫:葫芦瓜会走啦!后半句她又放轻,怕惊动了女儿,她含泪笑啊笑啊,竟忘了这是什么场合。她还直直地伸着那只女儿已经用不着了的手指头。女儿意识到众人在注意自己,走得更起劲了。谁若靠近扶她,她就吱吱哇哇乱叫,让人家走开。她欲跌不跌欲倒不倒地兜着圈儿,竟走进陈婶儿子的房间去了。她从床前抓起一只草编拖鞋,翻来覆去看,又提着它走出来,炫耀地举高让众人看。谁若朝她伸手,她就赶紧把拖鞋按在自己小胸前。陈伯坐起身,眼盯住拖鞋。女儿转到他面前,和他对视一会,不知怎的竟把拖鞋递过去了。陈伯手颤颤地接过拖鞋,愣怔片刻,忽用它在自己头上脸上身上乱打。众人忙按住他,夺过拖鞋扔开。陈伯盯着陈婶远去的地方,喘着,流泪道:我该的,我该的。她知道,她知道……女儿见众人又不注意自己了,便再次拾起草编拖鞋,吱吱哇哇乱叫,然后牵着众人目光走。她走到草坪上,朝草茎踩一脚,又瞪眼看着草叶儿站起来。她用拖鞋打它们,却打不着。她仰脸看太阳,自己却差点摔倒,她急忙晃动胸脯和拖鞋,稳住身体。她高高低低地提着那只拖鞋,不知疲倦地走走走走……

众人呆呆看她。

女儿终于站住,望定妻子。忽然,她第一次清晰地发出了真正人的声音:

妈——妈——

妻子身子裂开似的应了一声,张开两手踉跄地跑去,近了,她不禁跪在草坪上,跪在女儿面前,紧紧抱住她。哦,还有那只拖鞋。

于是,我再次尝到苍老的滋味了。

1988 年春节于南京三牌楼

两颗露珠

1

  清江养目，它仿佛流淌来就是给人瞧的。爷爷瞧着它就像瞧着老也睡不醒的孙女妞妞。他的目光似断似续地抚摸几下也就满足地转开。它在他身边卧着，不瞧也扑人心胸。他沿着江堤缓步踱去，浸润在浓稠如粥的空气中。他觉出清江正慢慢睁开眼睛，透明的墨绿色波动几下又闭上了。爷爷无数次守在床边哄妞妞快睡，自己于悠然哼叽中坠入老境。雪山似的头颅悬在空中执拗地摇晃，直晃到身子要跌翻时才响雷般醒来，不知破碎地睡去多久。一慌。瞧见玲珑如珠的妞妞，才拾回颗心来，不过三五分钟。不管他心儿几回跌宕。枯硬的脸上已不露一丝表情。
  江中盛满蓝玻璃似的光，清凉得很。但不令人藏头袖手，反诱使爷爷绽开自己，让气流透入骨缝中去，使身子像清晨一样透明。一只红顶黄腹的小鸟，由枝头像露珠样坠下来，快落地时闪出两只小翅。它在草丛上空鱼跃着滑向江面，身后扯出一串淋漓的叽叽声，火星般的眼睛粒儿锋利地割了爷爷一下，飞掠的身影随之把清江剖成两半。它向水中的太阳扑去,贴近江面时发觉错误,在空中一弹身子——差点把身子弹裂开,再昂首直上,像枪弹戳破远处薄薄的太阳。爷爷听到那鸟儿在叫自己孙女:妞妞儿,妞妞儿……

爷爷的2-02号房面对清江,走上晒台稍微一望连身子都轻盈许多。按照规定,爷爷可以单独住一幢小楼。他没要。说,三两人住不了那许多房子,实事求是嘛,够住就行。

爷爷掏出钥匙,插了两三次才插进自家院门上的锁眼里。一转,空空的,原来这锁根本没锁上。不带钥匙时这锁总是锁上的,带了钥匙这锁又总是没锁上。

爷爷刚进房门便听奶奶在厨房里喊:看看你那裤子。爷爷看看裤子,没看出名堂,便愕然地看水汽中奶奶的后背。

奶奶的斥责里遮掩着兴奋。爷爷提提裤子在客厅里踱了两遭,有意不问什么。奶奶用块抹布揩着手出来说:小二来信了。爷爷哦一声说:讲什么。看见有封拆开口的信掖在奶奶腰里。干嘛做饭时还把信掖在腰里。奶奶扬着两手把腰努给他。说:那字儿谁也看不明白。听这话儿爷爷知道信是儿媳妇写的。她的字比儿子的字漂亮多了,可奶奶一见她的字偏说看不明白,又把看不明白的字说是小二的信。

爷爷在身边摸索几下,只摸出个装体温表用的铝套筒。问:我的花镜呐?奶奶说:我方才用呐。爷爷说:用了还我呀。奶奶说:不是早给你哪。爷爷说:没给!奶奶说:你这个老东西,我从我脸上扒给你的,怎讲没给?爷爷急了,将铝套筒指着她:你啥时候从脸上扒给我的?你做啥老把我的花镜挂在你脸上?奶奶像受了侮辱现出极惊讶的样子说:你个不讲理的东西,你有脸我就没有脸？你能戴花镜我就不能戴花镜？你把脸挂花镜上我就不能把脸挂花镜上？……爷爷一见奶奶发火就直点头。说：咱们找个花镜来，别管你的我的都是咱家的嘛。奶奶胜利地起身，说：真是的！在厨房里找出老花眼镜。

老花镜的镜片被妞妞摔出道裂缝，戴上它面前的世界就被切成两半。妞妞不喜欢玩她的玩具偏喜欢玩她不该玩的东西。她把花镜架在头上，小小的头在两条镜腿间转动着不知该怎么挂。猛见奶奶脸色不对，她把花镜哐啷一摔将两手背到身后，受惊的眼睛大极了，大得使身子变小了。她看看爷爷看看奶奶，不知该哭呢还是该扑入他们怀中去……爷爷最见不得她这模样，一见就软倒了，她受惊时的神情真正爱死人。后来爷爷无数次拿着镜子问她：这是谁整的呀？她骄傲地细嫩地道：妞妞！再不出现爷爷暗暗渴望的并激起滚烫爱意的惊恐样儿了。

爷爷调整姿势让身子舒服地倚在沙发背上，那个铝套筒像铅笔似的夹在手指间。他展开信笺时来了一阵深呼吸，然后把铝套筒轻轻按在第一行文字上，以免它们忽然跑错了地方。

奶奶缓缓地吟唱般的诉说信中内容：小二要出差。妞妞儿还是欢喜吃零嘴，不欢喜吃奶。说是月中到省城开会，路过这里是15号，笃定能够转回来。

爷爷随着奶奶的声调嗯嗯着。读完信追问道：你方才说什么？奶奶重复道：15号回来，就是今天，你不会看！爷爷说：信上没提。奶奶说，没提我能知道？爷爷再次翻阅信笺，说：少了一页，你那腰里是什么？奶奶的腰肢往后一软，惊惊怪怪地叫着：怎么这还有一张纸！爷爷正襟危坐不说什么，那只铝套筒一下下敲打膝盖头儿，双目半合，洋溢着大人不把小人怪的气度。奶奶小心地把那页信纸从腰里抽出来,递给爷爷后又再次看看腰里。这回再没有东西了,奶奶便把那块腰按了一下。信上果然说是15号回来,但没有说坐哪一趟车,也没说是否把妞妞带回来。信纸的下半部附着妞妞给爷爷奶奶的信:左边画了个大瓜子儿——也就是爷爷,右边画了个奶瓶儿——也就是奶奶。爷爷鼻端忽然波动小手的搔痒,不出声地哼哼。大瓜子儿奶瓶儿就是爷爷奶奶就是两样好吃的东西。妞妞不欢喜吃牛奶,奶奶用棍儿吓她也不吃,偏欢喜吃咸津津的大瓜子儿,常爬到爷爷身上来抢夺。她毫不犹豫地把大瓜子儿一颗颗塞到嘴里,同时两眼瞪住爷爷的嘴,奇怪那里怎么会发生"咔咔"的响声而自己嘴里发不出来。她把瓜子当糖块那样裹着,吮咂外面盐沫,吮咂尽了就吐掉再换一颗。当时她专注得如同一只小鼠,每颗瓜子儿都是新的希望,都可能发出"咔"的一声。最初是妞妞摹仿爷爷,然而爷爷嗑着嗑着竟丢掉了自己摹仿起妞妞,瓜子在他嘴里也像糖块那样裹着还流出晶莹的口水。"咔"的一声瓜子裂开了他觉得是自己裂开了,落到舌床上的不是瓜子仁儿而是白胖的妞妞。爷爷满口清香、微微酥,妞妞在他嘴里滑动着……这秘密过去只有爷爷自己知道——他每吃到滑韧的东西:元宵、泡菜、蹄筋,就觉得妞妞跑到口里来了。现在,爷爷看到妞妞画的爷爷,发现这秘密也被妞妞知道了。爷爷是妞妞的大瓜子,妞妞是爷爷的小瓜子儿,爷爷感到一种偷偷摸摸的幸福,偷偷摸摸的幸福竟是比幸福还有味儿的幸福。

倏地,爷爷蛇样地瞥了奶奶一眼,看她知不知道。那奶瓶儿就是奶奶,这意味着什么?奶奶端详着说:小东西画得真像。爷爷隐隐觉得,他们共同生活四十余年了,但奶奶还不如妞妞能通达自己的心。

爷爷说：小二要是回来，妞妞会跟着来吧。

奶奶说：爱来不来。随他们。

爷爷说：妞妞要是跟来了，咱就把她留下吧。他们成天东跑西颠，连自己都管不好，哪有工夫管孩子。

奶奶的手指在爷爷额上顶一下：知道你要说这句话。你是个啥？你和妞妞差不多。我可好，要料理两个崽子了。

爷爷的头被奶奶顶得晃晃悠悠，只消一顶，奶奶的意思就全在里头了。那天妞妞口里正含着颗糖，坐在奶奶怀里吭哧一支歌。初冬的太阳要昏过去似的。奶奶的双手窝在妞妞屁股下面。爷爷从外面进来，拎着一小包爆米花。妞妞急忙朝爷爷扑去，摘下了红色的小纸袋。糖块还占着她的嘴，她甩着小脸想把它吐掉。奶奶忙道：不准吐，吃掉。又说爷爷：你老是引她！妞妞衔着那颗糖急得乱跺脚，喉间发出焦急的呻吟。忽然，她爬到爷爷身上，双手扒着他的脸，尖起自己的嘴，把糖块哺到爷爷口里。然后，爬下来，连看都不看爷爷——就像把他吐掉了，专心撕扯红纸袋。爷爷仿佛含着个火炭，张口结舌了好半天。眉毛如麦芒发出光辉并且颤着，目光顿时变得那样痴迷和遥远。他像是在说一句重要的话，说到半道上却突然忘了。他也不看妞妞，窘迫地朝奶奶讪笑：她这是跟谁学的……以前可没有过。那颗糖烫嘴，使爷爷说话如同童稚。奶奶用手指头在爷爷额上狠狠一顶，不作声，似笑非笑的，脸上透出嗔色。那副模样使爷爷想起年轻时的奶奶，当她疑心年轻时的爷爷迷上了其他女子，不再爱她了，也是这么狠狠一顶。爷爷额头酸酸的，知道奶奶是在嫉妒，妞妞把整个爷爷都占去了，不给奶奶留下一点。妞妞只把自己交给奶奶，却把爷爷当成是自己的一件东西。

妞妞满月后就是奶奶带着，奶奶带她比带自己的孩子还用心。奶奶跟妞妞父母说：带她一个顶你们当年三个，如今的孩子神得不得了，不喝血就不肯长。喂奶喂药把屎把尿洗衣做饭……全是奶奶的事。爷爷只是每天带着妞妞到堤上散散步，睡前给她讲故事。就是这些便使妞妞不可遏制地扑向爷爷。每天晚上都闹着要跟爷爷睡，后来就固定在爷爷身边了。现在，爷爷每夜里到了该给妞妞把尿的时候会醒来，觉得闪得慌。床上空空的，连自己的身子也消失了。

妞妞走后奶奶明显胖了，尽管她老是念叨妞妞可还是胖了，眼内再没有那焦急的神情，一根烟要用双倍的时间才能抽完，每天早晨起来她都显得比昨日滋润了些，坐久了又会觉得困，说不够睡。爷爷从不念叨妞妞，可爷爷白了眉毛，那眉毛是在一个星期六夜里打一个喷嚏时白掉的。白眉毛的爷爷显得更深邃，就像爷爷故事里的爷爷。从那时起爷爷音容笑貌都有了说不出的变化，犹如一株老树进入冬天，乍见面不觉得老反觉得满目新鲜。言语也愈见缓慢和森严，极平常一句话经他口里说出来竟充溢着思索几十年的老醇味儿。爷爷也知道人们越来越听不懂他了，也知道自己在后人眼中是一种可笑的庄严。他尝到了在人海里的孤独。每个声音传入左耳是一个样传入右耳是另一个样。他想，老——不是消亡而是远去，所以人们听不懂，去的太远太远的人被人们误以为辞世。你们终究也会老，那时你们才发觉年轻时错看了老人，才会习惯于默默期待但不挑剔，才会感到夹住尾巴比昂起头颅更加累人，才会比三个母亲加在一块更亲近孩子。爷爷和妞妞在一起时感到平等，而不是用大堆甜蜜称呼裹着的有意为之的供奉。要是爷爷只有蚕豆大，妞妞准会不当心中把爷爷吃掉，吃掉后哭叫着让人赔个爷爷。爷爷感到了这些才感到了平等,妞妞不是也常滑到爷爷口里去吗?爷爷真希望妞妞永远别长大,要么就在上个喷嚏中大起来,使爷爷突然间永远失去妞妞。

奶奶把早餐端上餐桌后慢慢地等。等了许久后猛悟到自己等了许久,她朝外说:穷忙乎个啥东西。走出来看。卫生间门开着,爷爷坐在瓷便缸上,双眉因思索而微微颤动,眉下的眸子森然发光。奶奶说:你是解手呢还是作报告呢,腰杆儿挺那么直!

爷爷猛醒,竟弄不清自己是在想事还是睡去了。他窘迫地笑笑,赶紧完事。

2

好像有个东西在胸内动了一下,爷爷意识到今天是星期六。这个日子匍匐在那里无声无息,离休后也无所谓星期不星期,可是到时候它自己会醒来,而且总在爷爷以为忘了它的时候就来了。星期六是老头子们聚首的日子,要把一个星期来的重要文件统统学它一遍,其间再议论些轶闻趣事,再宣布下个星期拨发什么东西或代购什么东西。意见和烦恼也都在星期六拿出来,再把上级指示和规定拿回去,星期六总是新鲜的,朝干休所学习室走去时总觉得是去探亲。沿途常听人说:喔,差点忘了。其实谁都不会忘,他们只是自以为忘了。每个星期六早上爷爷要多吃一个馒头,中午回来感到比平时更饿。

爷爷从五斗橱里拿出竹制茶叶盒,盒里存放着待客用的特级旗枪。他平日不用这茶,只除了星期六。星期六配上特级旗枪,才过得有滋有味。爷爷把宜兴紫砂茶杯用滚水涮净,轻轻一弹,杯口报给他金石般颤音。特级旗枪倒入少许，赶紧合上茶杯盖子，开水到学习室再冲，其间不能耽搁太长，爷爷端着热乎乎的杯子，抓过老花镜就走，心想学习室铝壳暖瓶里的水再别不够开。奶奶在他身后叮咛：当心你那裤子！爷爷说：啰唆个啥嘛。略略瞧一下裤腰。自从休息后，衣服老也穿不好。军裤还是以前的，现在穿来总往脚跟掉。于是爷爷养成个提裤子的毛病，每从座位上站起来，都习惯地提提裤腰。其实裤子又从不真掉。

　　学习室跟个小礼堂那么大，几乎没有墙而全部是窗，人进去像进入巨大的金鱼缸。窗上挂着白色抽纱窗帘，眼瞧着就满目舒坦。中间是一溜会议桌，米黄色台布上散布许多茶渍。顶头有一张台球桌，是给爷爷们买的，可来玩的全是所里工作人员。另一头摆着一台大电视机，爷爷听说它坏了，心想我一次还没看过它怎么就坏了？爷爷在中间一张藤椅上坐下，拎过面前的热水瓶，揭开盖把手心儿搁在上面，然后朝周围老头们颔首示意这水可以，往紫砂杯中冲入半杯多一点。盖上盖后把杯子握在两手中，不觉身上渐渐暖起来，四周到处是藤椅腿在地上摩擦声，直弄得地皮热颤像要地震。老头们把身子搁进藤椅时都要叹息一下，然后很有劲地扭来扭去。倒水、品茶，杯盖响亮地碰撞，壶口倾泻下来的水扯动一片雪亮的光。坐在爷爷边上的陈老头照例抓过公家的铁茶叶罐儿，嘣地打开，炸起的锈粉飞成一团，罐上那绿漆印的竹叶儿也掉落几片。陈老头正动着把鼻子凑过去，嗅一嗅，请人家先用。没人肯用。陈老头摇一摇茶叶罐——听来该有半罐石粒儿哗哗哗，遗憾地不甘愿地放下了，给自己倒了杯白开水，吮得比浓茶还响亮。他说：会议室里不搁茶！越来越不像话。一罐茶叶值几个钱？体现对老干部的温暖么。告诉管理员，叫他到我家拿去。

回回学习让咱们自己带茶，培养小农经济思想，分得太清楚看似好，终究不好。

韩老头是干休所管委会学习委员，坐在正当中位置上，沉稳地前后望望：都来了吧？众老头闻声立刻朝桌边靠靠，又是一派藤椅腿声。韩老头用目光向几位职务最高的老头（包括爷爷）询问一下——这是简化了的请示，习惯性的尊重。那几位老头慢慢戴上花镜，却无言语，于是气氛肃穆起来。

韩老用大拇指洗牌似的翻动面前的文件摞摞儿，快活地说：今天不少呀，咱们要抓紧。手头有中共中央第47、48、49号文件。有中央军委的第14、15号文件。有国务院关于限制集团购买力的规定。有国家计划生育委员会关于进一步开展计划生育工作的报告。还有总后勤部的关于新式军装的征求意见说明稿。还有个关于我国发生的三例艾滋病的调查报告……韩老听见有人轻叩桌面，是陈老在惊异。韩老对他说：可不嘛，已经三例啦。星星之火呀……

陈老说：不不。我是想我们今天有军委的14、15号文件，上星期六学的是11、12号文件，那么13号文件到哪里去了？它传达到哪一级？

韩老费了些劲儿才跟上陈老的思路，连忙翻文件摞儿。是没有13号。说：没有就没有吧，大概不重要。

陈老说：没有的往往最重要。

众老把眼睛转向坐在角落里的干休所刘所长，用目光把他抬了出来。在座的所有人都是他的首长，他们说什么他都得听。但他又管着在座的所有人，他的话他们也不能不听。他是个团职，要住进干休所最次的套房也还差一级，他的最大愿望是把级别问题解决掉，可以正式进入众老的队伍而不必在边上陪着。他知道不可能让众老都满意，离休的人就是半个病人就老爱怀疑和挑剔。他让众老成立管委会自己管自己，一只鸡如何分法也由管委会议一议。人们总是对自己决定的事予以充分信任。他一丝不苟地照办，把办不了的事再还给管委会议会。众老集体活动时他必须参加，大事小事随嘴就说明了，而且比他们任何人的话都有力量。由于全是官们只有一个兵儿，结果这个兵儿反倒领导着全部官儿。他还不到师职但风度早就到了。有时他也很觉得奇怪：他们任何一方面都不怎么样嘛，怎么个个都做成了大干部。他微微笑着站起身，等众老都安静后才说：军委第13号文件——在！发下来了。上面规定传达到省军级，哦，军级。军委的哟。今天是集中学习的日子。宋老吴老朱老王老你们看，这13号……

爷爷说：拿来一块学嘛。

师职的陈老说：不必啦，照规定办。该哪一级就是哪一级。

吴老朱老王老同时表态：拿来一块学嘛。

师职的众老纷纷道：不必啦，该哪一级就是哪一级。

然后众老人亲热地笑笑。刘所长出去把13号文件拿来，放在会议桌上，并无人去碰它。

韩老继续介绍：还有军区关于贯彻军委14号文件的规定，国务院关于物资管理问题的通知，总后关于通知的补充通知。省政府给离退休老干部的节日慰问信。师大附中请我们做传统报告的请柬。哦，这里漏了一份，是市里老年人围棋协会和钓鱼协会的近期活动安排。怎样，念呢还是各自看？

陈老说：看。

宋老说：看不过来，念吧。念慢点。

韩老说：重要的念念，一般的大家看看。我从中央第47号文件开始。各省、自治区、直辖市、国务院各部、委,省掉这一页,太长。从下面开始……陈老抓走了关于三例艾滋病的调查报告,独自摊开看着。听到韩老念到半截卡壳了,就在远处抬头提醒:是不确定性不是确定性。接着又看调查报告。待韩老念完半句翻过页去寻找下半句时,他又抬头提醒:不要找,那句已经完了。不是建立政治民主,是建立民主政治。

门口忽然停落了一片暗影,几个高低错落的孩子。他们背着光,眼睛在暗影里烁动。爷爷看不清他们是谁只感觉他们汗津津的。王老柔声说:戎戎出去玩。姥爷学习呢。那些眼睛转动得更灵活了,他们同时叫着:清江涨水啦,真的!他们惊讶得有些喘不过气,起伏鼓胀的身子里包藏了不得的言语。王老说:晓得晓得,出去玩吧。爷爷很想随他们到江堤上去,面对沉重的江水缩小身子发呆,沉浸在凉湿的水汽和怖人的颤动中。江水焕发出从未有过的魅力。妞妞会抱紧他的脖子,身子几乎要糅进他身子里去,只把两只大大的眼睛露在外面,小嘴吃惊地半张着。他们一动不动什么都不问,辨不清他们是痛苦还是幸福。一边是清江一边是孩子,爷爷停留在中间,灰蒙蒙的天。压抑着的水、发光的孩子,都在向他聚集。越是弱小的生灵依偎着他——他越觉得自己有力量;越是浩大的黄水扑向他——他越觉得自己有力量。他同时获得了亲人获得了敌人,才稍微获得些满足。

……明确这些法律已经不再适用,但是过去根据这些法律对有关问题作出的处理仍然是有效的。批准民族自治地方的人民代表大会和人民委员会组织条例48条,因新宪法地方各级人民代表大会和地方各级人民政府组织法和民族区域自治法已经制定,各地方人民代表大会都已成立常务委员会,各自治地方都已经或正在另行制定自治条例,上述组织条例已因情况变化而不再适用……

韩老已进入适合长时诵读的姿势和声调,众老也都以认真倾听的神态凝定在那里,手大都搁在杯盖、眼镜盒或者另一只手上,鼻息也都随着韩老的音调统一起来,身子也只在韩老翻过一页时稍稍动几下,纸页的咔啦声一消失,他们又重新凝定。刘所长不慎将杯盖掉落,"哐啷"一声,众老竟无丝毫惊动,刘所长拾起杯盖时小心翼翼,像抬起炸弹的引信。念的人不累,他听累了。众老没听累,他不是老人所以他累了。门口又停落了一个孩子的暗影,他显然想告诉老人们点什么,却被学习室内的气氛攫住,不由地罪犯般凝定在那里。忽然一片格嗒嗒骨关节响,众老们舒筋活腿,诵读告一段落,接下来该议一议。

那孩子怯怯地退开,动作很慢,他期望有人叫住他,但是没有,他猛地张开双臂跳下高高的台阶,迈着羚羊似的步子跑开了。这时屋里才有人哎哟哟叫出来,那孩子的勇敢使人又惊又痛。尽管反应慢了一拍,可还是有反应。爷爷想,那孩子是愤怒了,一定是,他遭到了拒绝才把自己狠狠抛出去。爷爷从他腾空而起的一瞬间感染到电流通过般的快意,孩子落地轻盈至极,停在他小肩上的阳光却趴不住了,一下子滑落在地。格嗒嗒骨关节继续响,沈老吴老潘老好像在比赛谁响得更多更脆。孙老说:你们还年轻呐,跨步拿了个太极拳中的抱月姿势,周身放响了一串鞭炮。沈老数着说有十五响,说:也是一绝呵可以拿出去表演。孙老不堪其苦地摆手摆头,说:不是骨头响,是我身上的弹片响。我有多少骨头就有多少弹片。上回照 X 光医生说跟下雨似的。我做气功打拳看能不能把它们化开。说到弹片众老显出不屑的样儿,陆续离开他,暗暗抚摸自己身上某个部位。他们拥有的弹片不比他少,只是后来能挖的都挖掉了。然而那岁月还在。在都拥有那岁月的人里谈弹片什么的，他们视之为浅薄。此类话题应当拿到学校团支部去谈。几个职务最高的老人散漫地坐着，吸烟品茶，他们都听见了，甚至不屑于表示出不屑的样儿。他们不主动攀谈而等待别人找他们攀谈，他们仿佛在休息仿佛在思索，一瞧就知道他们和别人不一样。这种不一样并不是有意弄出来的，他们随便往哪里一坐，硬是不一样。

爷爷右耳后面也有块很深的弹片，皮肉裹住它形成半个乒乓球大的包儿，它早已丧失知觉，针戳也不觉疼，爷爷枕着它枕了四十多年，真正遗忘在耳后了。

妞妞无意中抓到它，陡然兴奋，扳着爷爷头抓搔探究。那睡了四十年的弹片忽然醒来，在爷爷耳后滑来滑去，舒畅地挪动着，产生出轻淡的酸麻。妞妞问是什么。爷爷想了想说：那是个爷爷。妞妞说：爷爷滑溜溜。往后就管那东西叫滑溜溜。奶奶终于叱责道：那是弹片！声音很硬。妞妞不懂。奶奶指住矮墙角一摊锋利的碎玻璃说：就是它。妞妞眼睛碰了下碎玻璃后立刻冻成冰晶，呆立半天，冷冷的雪亮的光从恐惧的脸上落下来。她看看爷爷再看看碎玻璃，半抬起胳膊稳住身体，细细地可怜地哭了。她越哭越汹涌，起先是哀恸后来是愤怒，通红的小手在空中打颤，身体摇晃着差点跌倒。奶奶有些不安：这丫头鬼精鬼灵的。说毕，口里柔声发出一长串喔喔——这是妞妞最爱听的声音，伸开两手去搂她。妞妞舞动双臂拒绝奶奶，泪眼在望爷爷。爷爷过去欲抱她，她凄惨地哭叫，连连后退，泪眼仍在望爷爷。

爷爷低声呵斥奶奶：你作啥要对她胡说八道。

奶奶说：那不就是弹片么，怎是胡说八道。你方才才叫个胡说八道呐，还敢说我。

爷爷说：你那是成心。

奶奶身子一顿：怎么成心？

爷爷说不上来，勃然变色：你是拿刀砍我们呢，还不是成心？

平时都是奶奶管着爷爷，爷爷顺从得好似木疙瘩，随手而动。但是爷爷一旦发火，奶奶只有委屈和沉默。她喘了一阵，抱着大堆衣服进屋去了。

爷爷和奶奶的争吵吓得妞妞儿浑身乱抖，脸儿惨白，口中不断喷出雾气，人已经喘不上气了。爷爷又过去抱她，她仍然害怕地后退。爷爷坚决地一把将她搂到怀里。妞妞只稍微挣扎两下就不动了，哭声化为抽噎。她匍匐在爷爷怀里，身子缩得很小，头使劲往里拱，拱到拱不动时就立刻睡去。梦中仍在抽噎。后来妞妞忘记了爷爷耳后的弹片，而爷爷那个凸起的肉包儿也不再有任何知觉。它在四十年前钻入爷爷筋骨，今天醒来又刺伤爷爷和妞妞，现在它再次睡去。针刺也不觉疼。

众老渐入佳境，姿态与神色不再相似，一个是一个了。兴奋者愈发兴奋。沉稳者也愈加沉稳，发言者把身下藤椅挤得吱吱响，稍有停歇马上有人插入几句。八九个热水瓶都已空了，刘所长出去片刻，用小推车推来一车热水瓶。胳膊下还夹着一大包袋泡茶。众老重新整顿杯壶，换茶、试水、品味，其间的话语更加稠密。

做B超开始收费了，医疗公费包给个人。管道工一个月的收入比一个将军多两倍。老胡的追悼会挪到下面来开，他儿子把遗照倒过来放以示抗议。体制改革后谁来管我们，干休所交给谁。不敢再到市场去了，那儿价码吓死人。门口那家化学厂大亏本，谁去把它接过来。离婚是小青年的事，你就别动那心思啦。继承法是国家规定的；七姑八姨都有份。电话不通。车坏了。文件要反复学习……

通过半开的门，爷爷望见凸起的水泥小路。它还没干透时妞妞踩过它，鹅蛋大的脚印就永远留在上面了。小路穿过干休所大门，迎头撞上市郊宽阔的柏油公路。撞上后水泥小路又往回一缩，它们质地不同，所以永不能吻合，中间便留下巴掌宽的浅沟。车辆进出时在那里硌一下，让人心头一慌，以为什么东西碎掉了。骑车上下班的家属，也无数次颠碎过篮中的禽蛋或者瓶罐。远远地带了回来却损失在家门口，这使他们对全世界不满。然后，把颠碎的撂在当地，把完好的带回来，面色许久不能复原。直至近日，那浅沟里多了块砖，恰巧吻合了柏油和水泥。骑车的人便小心翼翼地朝砖上驶过，才不颠了。若是车头没把稳，仍在沟里颠了一下，那人仅仅对自己不满。小路和公路看去都很宽，交界处却只有窄窄一砖。不知谁信手拾来的一块废砖，成了关键。

奶奶挨着路边走来、胳膊弯里挎着菜篮，身子被菜篮坠歪了，一挪一挪的，却不肯走宽敞的路面。爷爷看下表——手腕上没表，记起已一年多不戴表了。他看一下墙上的挂钟：十点整。不知准不准，这钟难以信任。奶奶去了那么久才回来，说明她采购得很满足。奶奶越来越近，用套袖擦擦额头，抬眼望一下家院，走得更上劲了。爷爷略觉不安，他坐在这里，面前紫砂杯里有酽茶，随众老读读议议，在奶奶毫无察觉时观察奶奶，看到她熟悉的步态和缺陷，而且不告诉她，也不值得告诉她。

爷爷对小二归家产生些怨恨。你们随手一封信，奶奶便去奔命。回来就回来呗，何必在信上说？突然到家岂不更好。让奶奶喜出望外，絮叨地抱怨着为啥不提前来个信。对这种抱怨岂能当真？

爷爷发现奶奶经过学习室时放轻并加快了脚步，她仍以为这是个神圣殿堂。或许不愿被里面的老头子们望见吧？虽然奶奶也老了，但只要被爷爷的战友们一望，她依然窘迫得像个村姑。

3

奶奶把整个院子摆满了东西。晒衣绳搭着被子，被子在阳光下鼓起来散发炭火的气息。凉台和墙根下排列鞋子，铜扣铁扣纷纷跳出尖利的光。枕头用小铁夹子夹住后挂在葡萄架下，不停地向左转半圈儿又向右转半圈儿。地上有好几个大小不等的脸盆，盛着干菜果仁之类。妞妞的小推车也搬出来了，上面搭着她的衣物，五光十色的瞧去便觉热闹。奶奶东拍西打吭哧嗨哟，她最惬意的事就是搬弄这些东西。爷爷惊愕不止，从没料到家中竟有那么多东西。压成了饼状的帽子——压得如此结实得费三五年。还有刺鼻的棉絮，织了一半的毛裤，大堆儿童画册。最多的是没吃了的食品：蛋糕、月饼、酥糖、麻花……每次探家儿媳都拎来一大兜，好些还没拆封就被遗忘了，待从角落里翻出来，简直跟从坟里刨出来一样，闻到一丝味儿肺腑就要炸。每次，奶奶都含糊地诅咒着，把它们拾掇到一个破纸箱里，盖紧了，赶着爷爷悄悄扔掉，万不敢叫人看见。爷爷捧着那纸箱想，这就是儿子、媳妇的孝心么，搁一搁就搁坏了，他们老以为带大堆东西回来就是尽了孝道。那些东西也是来家前一天匆匆忙忙买的，选都不选，经常买回两包相同的东西。钱是花了不少，恐怕就是因为花了不少钱他们才心满意足。

奶奶拍打完衣物又拍打自己身上，毛屑碎絮纷纷扬扬飘落。

说：你要是饿喽，咱们先随便吃点。

爷爷说：我看你提回一大篮菜嘛。要吃咱们就好好吃，何必随便吃点。

奶奶说：你连晚上都等不及？又不上班又不办事，吃那么好撑着不难受吗？

爷爷说：你这观念很成问题。这家到底是你我的家，你偏当成是孩子们的家，连一口吃的也留给他们。我哩，好像是沾他们光。

奶奶呵呵笑：有鲫鱼呐，半斤多一条，我刮一条炖给你吃。

爷爷说：我不馋鱼，我就觉得不公道。

奶奶说：啥叫不公道。你和我比比，我一早上忙到现在，你干啥了？进门端个茶杯要公道。

爷爷悄悄把紫砂茶杯搁在窗台上。奶奶说：看打了不会。爷爷把茶杯放回屋里，出来欲帮奶奶收拾。奶奶说：你别添乱，坐着去吧。爷爷说：我坐一上午哪。奶奶说：那我坐会儿。

奶奶把搭在竹躺椅上的小棉垫移一移，腾出不大个空儿，小心地躺下去，同时口里哎唷唷呻吟着，费了很大劲才使僵滞的筋骨松弛开来。阳光落到她紫色棉袄上就渗透进去，落到她树根样的手上就流淌开。贝壳似的指甲只剩很小一点了，仍然弯曲包着指头。奶奶一只胳膊放在额上，遮住没有睫毛的眼睛。干枯的双唇缓缓送出一个叹息，胸脯随之下陷，好半天不再鼓起来。简直让人以为不会鼓起来了。

奶奶突然受惊坐起：没给你做饭哩。

爷爷说：急什么，现成的。

奶奶说：小二他们不会中午到吧。

爷爷说：我看不会。能来家吃晚饭就不错了。

奶奶说：那我再歪一会儿，这太阳烘得人老迷糊。说罢，奶奶跟羽毛那样落入躺椅。

自从离休以后，小二他们在爷爷心目中有了新的意义。整个家好像不再是爷爷奶奶的，而是配属给小二他们的了。他们又并不把这个家放在眼内，每年只是施舍般的回来两三次。每次从火车站出来，也已经把走时的火车票买好了。还亮给爷爷看，说：爸，我后天走，夜里的票，不挤。爷爷几次想挖苦他：咱们家是你过往的旅店呀，总是忍住没说。只交代一句：能住几天就住几天，别告诉你妈，等走时再说。

小二算有出息，生妞妞那年当了处长。穿着亮闪闪的新式校官呢制服回来时吓了奶奶一跳。奶奶说：授衔时你能得个中校吧，你爸在你这年纪是个上校呐。小二烦躁地说：妈，我已经到顶了，不会有什么发展了。

人家在他这年纪大多是个营职，他冒出一截还说没发展了。

小二小时在家很觉压抑，总一人孤坐着不言不语，吵架吵不过姐姐，打架又打不过弟弟。偶有一次赢了他会躲起来怕爷爷找他算账，但是输了他从来不告姐姐弟弟的状。他喜欢静静地缩在角落里听爷爷和客人谈话。哦，那时候有多少客人呀，一拨接一拨没完没了。请示汇报的，谈心叙旧的，要补助要提拔的，哭天抹泪的，帮人家说情办事的，打探上级动向的……小二居然从不嫌烦，入迷地探望各色人物，他从不出声，因此人们也习惯于他了，目光从他身上掠过跟掠过一只猫一样，说声：真乖。又继续谈下去。最让人意外的是，他全听进去了但从不到外头讲。既不跟大人说也不告诉姐姐弟弟。他的内心很早就发生了可怕的变化。不管爷爷对客人多么和蔼，他却看出爷爷讨厌谁喜欢谁。凡是到爷爷面前哭过的人，他在外面一见——不等人抚摸他的头就赶紧跑开，他害怕，又不好意思。见到那些非常尊敬爷爷的人，他远远站着，从不赶上前甜蜜地叫他们一声。人们都说他太老成了，这孩子不像个孩子。他还患有怪丢人的毛病：尿炕和口吃。尿炕一直尿到十三四岁，争辩时说不出一句整话。这两个毛病让姐姐弟弟取笑不止，总说他臊烘烘的。

爷爷想到这些时怪心疼，过去的事无法补救。他曾经把他们撂下不管，隔三两天在晚餐桌上见一面。给他的印象是小二连吃饭也吃不过弟弟，总是达不到他的要求：干净和快。

一眨眼工夫他们都大了。小二像报复世界那样把自己变成一条好汉。一米八三的身材——家族中还没有人长这么高，黝黑的脸膛，粗糙的胡茬，思维敏捷能言善辩，洞悉人心，一下击中旁人的弱点，性格坚定果敢，极强的组织能力……这些都是部队里老战友告诉爷爷的。小二对这些评价淡漠地笑笑，说：更重要的是，我很早就意识到了咱们这种家庭的弱点。除了一点不可靠的权，什么都没有。

老了，忽然有了恳谈的欲望。爷爷既不会书法绘画，也不通花木垂钓。想写部回忆录，又断定自己那点事别人不会爱看，他不相信其他老头对笔墨盆景真有兴趣，内中郁结竟可以借外事排遣掉吗？每次小二回来，爷爷都想这回可以聊一聊了。军队整编，干部制度，下一任军区司令将是谁，装甲战车没安反坦克炮是重大失误……爷爷又不愿先开口，他等小二主动和他聊。小二竟全没意识到。他反复建议：爸，你们该买个电冰箱，不能天天叫妈去买菜。几十年了，跑菜市场耗掉多少精神。应该一次就把一个星期的菜买回来，放进冰箱储存。思索片刻又怀疑地问：你们不是为了省电吧？

小二还说：妈，家里养那几只鸡干嘛。你喂它们，每个蛋的成本好几毛钱，街上的蛋，一个才合八九分。

奶奶说：过日子呗。

小二说：那就出去走走，和爸去风景胜地，转它半年再回来，才像个休息的样子，别闷在这。

奶奶说：家交给谁呀。

小二笑道：不就几只鸡吗？

爷爷渐渐明白，在外善解人意的小二在家为什么完全不通人心，因为他的心一回来就休息麻木了，或者根本没回来。

奶奶说：你过了春节再走。

小二说：不行，春节我要到部队去过，和战士们在一起。

爷爷明白这并不是小二多么爱战士，这只是他的工作艺术。在家里，对亲人则不必讲这些艺术的，想怎么说就怎么说。

爷爷心寒。肯定有一天，小二会把工作艺术用来对付他俩——比如，强作欢容地陪二老过一个春节。那只匍匐在客厅角落倾听各色人等谈话的小猫，修成正果了。明亮的眸子里，闪射着智慧而不是好奇。

小二的妻子腹部渐渐隆起。一只手套掉落在地，她弯不下腰，只好蹲下身去拾，站起来时满脸红晕。小二惊道：哎，你真的要生啦。待妻子走开，他问爷爷：爸，你们想不想要孙子，也可能是孙女？

爷爷说：想要怎样？不想要又怎样？

小二说：想要的话，你们帮助带几年，膝前热闹。不想要的话，那我们过几年再生，那时我们就有工夫带了。

爷爷说：问你妈去。

小二说：问你还不一样。

爷爷说：这件事不一样。受累的是她。

晚上爷爷询问奶奶：你带啦？

奶奶笑着抱怨：命呗。不带咋办，不带他们就不生。

爷爷说：你想过没有，带出感情来了，他们又要接走，你受得了吗？人说带孙子心劲更重。

奶奶说：就怕带不好啊。孙子不是咱的，有个好歹可怎么和他们交代。

爷爷说：我说的不是这个。

奶奶说：有个孙子搁这儿，他们的心也就搁这了。他们不惦记这个家，还能不惦他们的孩子？总会时不时跑回来看看吧？你不也怨他们不肯回来吗？

一只苍蝇在奶奶头边盘旋。奶奶动了两下巴夺着眼儿坐起来，她躲着太阳追忆十分遥远的事情。说：咱家白天也能听到火车响么。小二他们该到了吧。

爷爷说：没到。

奶奶说：那咱们晚饭怎么做呢。

爷爷说：中饭还没吃呢。

4

看完《新闻联播》，爷爷查了下列车时刻表，确信最后一趟列车也已经过。小二他们不会回来了。信上所说今日回家，不过是信口说一说。在说的时候他们自己也相信能回来，之后随便来一件小事就可以把回家这件事冲掉。下封信再定下个新的回家日期。

妞妞不会忘的。妞妞肯定哭叫着要爷爷。只要他们告诉过妞妞今日回来而又没有回来，妞妞就将受到伤害。他们不理解老人又怎能理解妞妞呢。爷爷想见得到妞妞满面泪水，孤立无援地张开小手，断断续续地像要把自己撕开泣唤：爷……爷……若是在家里，妞妞越是可怜地呼叫爷爷，爷爷心里越是舒服，他不急不忙地过去拥起她来，醉入一种满足中。妞妞也真是的，她平时要爸爸妈妈和奶奶，但哭的时候只要爷爷。

妞妞满三岁时，小二他们要把她带走。奶奶一早就出门买菜，回来时脸容憔悴。爷爷猜她是找个地方流泪，流得差不多了才挨回来。爷爷竭力把分离看得淡些，心想：早走早好嘛。

妞妞第一次远离家门，因此快活得不得了。身上挎个小水壶，手里抓紧她自己的大半张车票。她相信了爸爸的话，过两天就会回来。临出门时，鞋子脱脚，她昂起头朝爸爸叫：鞋鞋掉喽。小二腾不出手来，说：叫爷爷给你提。

爷爷艰难地过去，蹲下身，最后一次替妞妞提鞋。妞妞跷着脚后跟，提拔起身子，冰凉的小手搁在爷爷头上，轻轻搔动着。爷爷感觉天灵盖那块停了只小青蛙，一动一动的。

爷爷站起身不看腿前的妞妞，盯了小二一眼。他难道一点不觉残酷么？小二在看表。

爷爷关掉电视，倾听厨房动静，奶奶正在把搁不住的鱼、肉做出来。是该买个冰箱了。

爷爷上楼，走进自己卧室，脱衣，上床。枕头被子热烈地散发太阳的气味，按一下会像人肚皮那样鼓起来。床的另一半儿，奶奶已经摆上了妞妞的卧具，她肯定要跟爷爷睡。小毯子张开一只角儿，露出下面的米黄色褥子，妞妞的奶味儿和淡淡的尿臊味儿竟还是那样新鲜。比巴掌略大点的枕头，是妞妞出生的那个月里奶奶给做的。里面盛着家乡带来的小米。女娃儿要把后脑睡平喽才好看。

奶奶无声地进屋，手指间夹着半支灭了火的香烟。说：不会是火车误了点，拖到明天才到吧？

爷爷停片刻说：小三也快生了。到时候你还带不带？

奶奶把香烟吸了两口，没吸出烟来，失措地出去找火。再进来时便换了个人，说：带呗。我还能带得动。真是的，不带不知道，越带越想带了。

爷爷不语，慢吞吞啜饮睡前最后一杯茶，顺带把药片送下去。

奶奶说：我在你床上歪一会儿，说说话。

爷爷挪开地方。奶奶上床，枕着妞妞的小米枕头。

爷爷和奶奶分床已多年了。今晚躺到一起，两人都觉得有些新奇。

奶奶说：我小时也睡米枕，把后脑睡平了，人说好看。我倒不觉得好看，倒觉得好梳头。

爷爷说：这枕头留给小三的孩子吧。他们生了，家里的东西都现成。

絮叨许久，奶奶不说话了，在那只小米枕上睡去。

爷爷闭掉灯，一阵深呼吸，嗅到清江水的气息。他徐徐吐纳，让自己身心松懈，顿觉飘浮起来。

1988 年春于南京太平门

金色叶片

我抓起话筒时，她正在里面呼吸。我感到有张发热的脸贴在我耳旁。我喂了一句之后，她开始说话。音质轻柔，像从香水瓶中倒出来的。这声音一触及我就开始融化。对于我，她讲些什么并不重要，她的声音本身就是暗示，就是怀旧与眷念，就是耳语式的纠缠。总之，声音里所含蓄的东西远比流露出来的多。她仿佛试探着叩击一扇早已尘封多年的大门。

蓦然，她哈哈地笑动，我想，她身边大概来了人，否则，她不会那么迅速地把自己换掉。

笑声如同欲滴而未滴的露珠，似含似吐，颤而不落。一瞬间让我感觉自己是个男人，或者提供给我一个做男人的机会，但我放弃倾听，让她的声音从耳边滑开，等待她把自己重新换回来。很快，我意识到她就是这样了。她利用笑声使我贬值，她笑得越来越厉害，每片笑声就像花瓣那样掉下来，诱人去捧接。她仿佛证实了我仍然那么不中用，才如此开心地笑。这么说来，她的笑不过是些装备佩挂在身上，根据计划摘下抛来。于是我沉默。叫这种女人失措的最好办法就是沉默，让她失掉衬托，让她在无聊中枯萎。

她问:"你到底听出我是谁没有?"

我告诉她她是谁。

"你怎么听出来是我?"

"你一呼吸我就听出来了。"

她像萤火虫似的透了点笑声,说人一认真就讨厌,说认真劲应当收在心里,嘴上可以泛滥泛滥。她说:跟你挂电话的念头去年就有了。老没挂就等于老有个愉快搁着不动,就像银行里搁一笔款子。她说:告诉你,我放丈夫走多远他也会放我走多远,反正两人都走不丢就是喽。我现在已经学会让他怕我了。他已经升任副师长,在这个职务上离婚代价重大,重大到了足以维持任何一种婚姻。所以他只有念头没有行为。有天夜里他醒来,说刚才梦见我被车压死了,他吓醒了。我说:谢谢,你夜里总比较诚恳。他总对我做出很放心的样子,我当然对得住他的放心,叫他觉得公平。哎,过年时给你寄的卡片收到没有?不是香港博雅公司的,是我亲手制作的,人概是裂开的树叶。没收到?那我大概寄错人了,你没在我心上扎根。不过,你可以想着收到了嘛,这也就和真收到差不多。我忙啊,整天忙着叫洋人爱上我们国家,抠出钱来供我们糟蹋。对了,我才弄到一根电警棍,防备暴徒的,它和金项链什么的配套,才是当今女人的时髦。没想到,我有了这棍棍后,在男人眼里更有魅力了,追我的人更多了。那天,我用它碰了下狗耳朵,苏家的小BC。可惨啦,它直跳老高,差点把脑袋甩掉。你知道我这时想起了谁?

我说:"我。"

"不错,就是你。每次我想对谁残酷一下,都想到了你。每次想到你,我都忍不住要对谁残酷一下。"话声戛然而止,剩下急骤的呼吸声。

她又恢复柔和语调："我刚和家里通了电话，大哥叫我转告你，妈妈明天乘46次车到你那里，叫你去接一下站。他们就不另挂电话了。"

"韩姨来干什么？"我问。

"不干什么。她想在死前看看战友、熟人。你在她名单上排第六位，好几个在位的官儿还排你后头呢。她一个人去的，不要我们任何人陪。你那里看完了，她再去济南、北京、沈阳。都看完了，她就回家等死。你去接吗？"

"当然。"我说。

"照顾好她。早晨两片面包，一瓶酸奶；中午两片面包，一瓶酸奶；晚上还是两片面包，一瓶酸奶。当然，你们自己可要吃好些，她看着你们吃会舒服些。她什么都不能吃了。"

我估计叶子正坐在窗台上挂电话，翘着一根小拇指，眼望天边。她的目光可以越过地平线，弯曲着延伸下去，从那些看不见的地方汲取语言。即使她不说话，内心也在自语，念头在眼里蠕动。她能把一个姿势保持很久，使旁人也不由自主地伴随她的凝定。比如我。

多年前，我跟随她父亲当警卫员，后来是秘书之一。那时叶子是一位少女。她经常坐在二楼自己屋里的窗台上，腿上晾着一本根本不看的书。那地方很危险，打个喷嚏都可能把自己震落下去，在那里坐一会可以产生许多近乎叛逆的念头。那地方也很美，使人进入一种飘浮感。墙下是数株三角梅，年头很深，浓郁得有如梦境。那个季节它长得很快。傍晚，枝叶距窗台还有空隙，清晨时却已经像一排浪头堵在窗前。每次，都要先把它们推开才能开窗扇。她坐窗台上，扯过一茎嫩枝，把上面的叶片一片片摘下，再一片片撕开。浆汁淌满她的手指，渐渐在手指上干硬出一层壳。她像脱手套那样把壳儿脱下来，放在窗台上，壳儿在空气中化掉，室内弥漫带苦味的清香。她捧起那点儿温馨的残骸，像捧起一个亮亮的气团。目光悬挂在她弯曲的眼睫上，她让那气团落入楼下，接着又撕。叶片裂开的声音很像一句语言，她这么干证明她内心善于说话，当然也善于倾听。她这么干，也可能是制造与我单独相处的机会，我得到她屋里去清扫残叶。当然，这类琐事我可以不管，因为与首长无关，我拿的是军饷而不是工钱。但我愿意为她尽心尽力。为首长服务是我的公务，为她做点什么则使我年轻，使我喜悦。我感觉到她在斜瞟我，我一旦与她正视，她眼睛仍对着我，但是目光已经缩回去了。她从窗台上跳下来。哧啦——裙裾被拽下一根丝，停留在那里成为极细的光束。我提着扫帚过去，有东西在踢我的心，过了许多年，我仍然嗅到那窗台的气息，能看见那没有目光的双眼。

我负责首长的近身安全，照料他那相当简单的生活。我开关车门、房门，倒茶水，提皮包，扶首长经过陡峭路段；我的五九式手枪套里有七发实弹，硬革包内有四小瓶药片；我总待在首长声音可以达到的地方，但一般不让他看见我，否则他老撵我"找本书读去"。一旦有事，我必须迅速出现在那件事的边上，否则，他可能因为找不着要用的东西，一瞬间改变对某份文件的态度。我善于消失，也善于和首长的念头一块出现，仿佛也顺手把我从衣兜内掏出来。我把自己忠心耿耿地配属给首长，以至于后来离开他时，有几个月我都不知该怎么过，等过去了还不信是过去了。

我独自走在人行道上，如果忽然听到列车汽笛嘶鸣，我会惊惶地想，首长在叫我；我在办公室独坐，如果天空飘过一片湿重的黑云，我会莫名其妙想，首长到哪儿去了？离开他之后，我才感受到他是无边的。我有断了脐带的痛楚。

我把首长按到理疗榻上，放平他的四肢。这时，他就像一头无可奈何的老牛，眼里透出些请示的神色。我发现，我严格管束他时，他内心里实际上挺舒服。他也有把自己配属给我的时候。那一天我错把电磁极头戳在他肋下，他笑着猛地搂住我的双肩，假牙上的钢丝在他口中闪光，他笑得身子都要裂开了。他重新躺下后低叫一声"小疙瘩"，说我怪像他的。说小疙瘩就是四四年三月九日凌晨朝他扑来的一个日本小兵崽子。抗日战争进入一九四四年，日本国内兵源已经耗尽，派入中国战场的士兵，有的连毛也没长全。小疙瘩戴着挺大的钢盔，肉搏时钢盔把脸部遮盖住了，钢盔边缘碰掉了首长两颗牙齿。首长很从容地扼杀了他。一推，他像一支铅笔滚开。钢盔滴溜溜追赶他，他脸颊有几颗青春疙瘩，沾着土末，首长掐出的深痕嵌在他细细的脖弯里，有个铜质小吉祥物也挂在脖子上。四周还在恶斗，首长抓起钢刀又投入劈杀，在我的追问下，首长说："他长得像女娃儿，杀了他跟摘个豌豆似的，他不算一整个人。"又说，"不过那可是个炸开的豌豆，他因为害怕才拼得凶猛，我想他早知道自己要死。"

首长为宽慰我，把手伸到我颈上抚摸着，也就是几十年前他伸到过的地方。我说那个小玩意呢，他娘给他避灾的吧？首长说："大概是，我死后可以代你问问他。"

我给首长缚上磁疗带，仪器嗡嗡低鸣，电磁波从首长身上通过，他细细的汗毛一根根站起来，像水漫过他的身子。他沉浸在特殊的舒适感里，大约是一种最贴近消亡的生存状态。他稀疏的眼睫合拢不动。而平时，即使在睡眠中他的眼睫也会突然惊颤。他睡眠已不是休息而理疗倒接近于睡眠。我慢慢增大强度，直到他像婴儿生长身子般一抻一抻，皮下透出浅蓝色光辉。我再慢慢旋回绿色刻度，半小时后，他皮下光泽消失，只剩右胸某处还在搏动。因为那下面有个弹皮，很滑头，手摸上去就滑开。首长说它是他的"纪检"，身体稍不对劲它就递个报告出来。我说切掉它。首长认为给自己设置一个对立面比较好。切与不切——两害在握取其轻。比如在一个班子里，也要给自己保留一个对手，并且不让这个对手垮台。这样能迫使自己不放肆不霸道，每次开会都不敢打瞌睡，敏感和智慧等等都被逼到咱们这边来了。他认为对立面能把一个人垫得高明些，对立面有时能起到心腹手足都起不到的妙用。至于那块弹片，首长说火化时不允许从骨灰里剔除，说要是剔除了他一定晓得，他只带这点东西告辞，别的都属于包装。

进入绿色刻度后要保持半小时，我拿个活页夹坐到他身旁，等候一些念头迸发。

此时首长思维异常敏捷，双眼洞开，瞳仁停留正当中，内在的精神已经瞄准最隐蔽的目标。他的许多重要决心或决策就在此刻诞生，露滴般掉落，晶莹精纯，就几个字。如果我不立刻记下，他从理疗榻坐起来时会遗忘大半。这也是我最兴奋的时刻，我能进入他内心深处。我注意示波仪曲线，念头跃出前它会剧烈凸出。当然，首长有时也死守着内心一言不发，独自品尝某个隐秘，很难受地禁锢着自己，示波仪显示出他的精神痉挛。

首长伸出一只手，我在白纸上写下：一、首长说："任他谤涝满天下，我们不办。调离学习，哭死活该。"首长稍停片刻，伸第二根指头。

我另起一行：二、首长说："××军七月八日战果是假的，后来搞成真的，再后来还会变成假的。关键是热透了再动手，目前谁告状就敲掉谁，聪明的娃娃最讨嫌。"

我另起一行：三、首长第三根手指显得半起半落。他说："当兵的属狼狗，关在笼子里才有战斗力，现在让部队自己打食，坠入野狗群，误军误国。让人家说去，我沉默。"

我另起一行：四、有些紧张，首长的念头很少像今天这么密集。首长说："结老营，打呆仗，以抽取人。才气天生，拙字靠磨炼。"

首长伸出第五根手指，也就是整只巴掌彻底张开，悬在半空中。我断定这是最后的念头，否则他必须使用另一只巴掌，两只巴掌交替会造成思维中断。首长也从来不是诸事并举、齐头并进的人，他通常只思索两三件事。我写下：五、首长说："山西浑源古阴河滩，小疙瘩头歪在水里，那个小东西是个铜佛，背后有……直木二字，我们把它和尸体一块埋掉了。小东西上连着黄色带子。"

我不明白这个念头和上面四个有什么关系。

首长闭住眼，再睁开时斜视我一下，表示今天理疗结束。我扶他起来，他粗硬的头发又一次刺痛我面颊。我递上记录稿，他看都不看就塞进口袋，好像讨厌它似的。它上面的内容，有些将对我们军区产生重大影响，有些则永远含蓄在他在思想中，把他垫得更高明些。但我隐约感到，他产生这些念头时很兴奋，可是当把它们接过去时却克制着厌恶之情。我在伴随着首长的岁月里，不知为他记录过多少次类似的纸片。事后我为他整理文件，从未发现过一张，也未发现过他私自焚毁的痕迹。它们消失得如此彻底，以至于我想想都森然心惧。怎么可能呀？如此重要的东西统统无影无踪了，就像首长面庞一样毫无表示。我从来不问首长，后来也不再问自己。我学会忘却,并且知道善于忘却才善于收藏。我也再不寻找它们的下落,倒是害怕它们突然从角落里掉出来,发黄、脆裂、笔迹变形;像一堆固执的思想咔咔作响。对于我,首长是无边的,虽然他也会把自己跟一只拳头那样收拢,但也会跟一只拳头那样张开,越张越大,无边而又无际。我禁止自己去探索他,他是一个禁区。

我曾伴随首长视察闽西最大的一座山峰。我记得,距它还有十里之遥时,首长轻叩车窗玻璃——透过它叩响十里外的高山,他说:"猜到没有,它内部是空的,全部挖空了!"

我们靠近它,我已经知道它不是山了,便有些怕它有些可怜。大片灌木丛凝结着铁蒺藜般的精神,赭色岩石散发强热。几株斑驳老松,相互倚搭着肩膀,收拢些阴郁。没有鸟,没有风,脚下传出轻微声响,我们好像站在一只铜鼓上,由于热胀冷缩它会响。它仍然散发山的气息,按着草木的外装,凹部有幽幽绿光大概是水,我一次次提醒自己,它是抹了脂粉的标本。这座山已被移植到沙盘里了。"吉姆"车照直驰向一道钢筋混凝土大门,我们进入巨大的腹腔,水泥拱道笔直沿伸,阴湿的风透过车身渗入我肌骨。拱道两旁有无数岔路口、密封门、电缆线,它们隐含排拒人的意味。首长弃车步行,脚步声清寒而幽深。由于回音的缘故,寥寥数人走过也如走过一支军团。"吉姆"车跟随在后头,用车灯为我们照路。我不知道我身影的尽头落在何处,怎么走远方还是一个黑洞。巨大迷宫里,有各种火器、弹药、给养、药品、通讯设施,甚至有停尸房和火化器。首长示意上方:"掉个原子弹跟放个屁一样。我们完全可以死守半年,再突然出击。"他观赏着,继续前行。又说,"小李?什么叫老了?老了就是够本了的意思。这顶大钢盔是留给你们年轻人的,你要准备直着进来,横着出去。"他的意思是成为尸首被人抬出去。他冰凉的话语中有妒羡的滋味。

我们离开这座被掏空的山腹,出门时被新鲜空气推了一下,太阳已落到山后,天空非常明亮,但已经有星星钻透了天空。我凝望山坡上的林木们,它们朝我倾斜身躯,有一种渴望被抚摸的神情。我想,它们知道自己立足在什么东西上面,它们也看见下面有一位老人。巨大的山峰是未来战争的包装,它不再生长,只是停留在原处等待。首长登车前,把驻守在这里的师长轻斥几句。师长立正倾听,肌肉充满力量,可以用仪器测出来。真正的军人见到上级和见到敌人时,肌体都会充满力量。师长知道,首长训斥几句是满意的表示,因此他眼内有感激之情。他一直站立不动,目送首长坐车离去。

这座山给我的印象太浓烈了,胀得我必须吐出点感受。我说我不怕打仗但有些怕这座山,它内部埋藏巨大空间,它已经变质了,等等。

首长平静地看我:"小李,跟我屈才喽。好嘛,放你下部队。"

我求告:"首长,别赶我走,人家肯定以为我犯了错误。"

"说,你刚才放了个臭屁。"

"我刚才放了个臭屁。"

"你以后再不放类似臭屁了。"

"我以后再不放类似臭屁了。"

"好吧,暂且挂起来,以观后效。"首长沉吟着,"我再问你,我刚才在基地找谁谈话了?"

"不知道。"

"我刚才进洞库没有?"

"不知道。"

"我刚才收听了什么电台？"

"不知道。"

首长微笑了，轻揪我耳朵使我面对他："小李，咱们不怕屈才，咱们总比别人给咱们的评价更高明些，唉，你这么有前途，我绝不调你做警卫。"

我把首长扶下理疗榻，替他着装。首长不怕胖，他认为自己已经死过好几次了，剩下的日子全是赚来的，他指示他的裤带扣只要能扣住第三个洞眼就行。我替他着装时，他两手在身上摸弄着，显示出自己着装的愿望。这仅是一个习惯，是自主意识在蠕动。但他从不阻止我，他坦然地把自己交给我，我觉得这样反而没有主仆意味。我们的配合，我们相互依赖。最后剩下一顶军帽，我摘过军帽交给他，由他自己戴上头颅。他只需戴一顶军帽，就好像全部着装都由自己完成。他从不照镜整容，而是回身望我，我比镜子更值得他信任。我把他上上下下审视完毕，认为他可以出门了，便同意地点下头。

首长凝视着我，也许他透过我望别的什么，他咕噜着："那个东洋小疙瘩……嗓音又细又嫩，像只没打鸣的小公鸡。真奇怪，我以为早该忘了，一想起来还是清清楚楚。"

首长毕生杀人如麻，战功累累。他从不屑于撰文怀旧，今天忽然有个细微嗓音纠缠上他，甚至把他的思维推入巅峰境界。我想，小疙瘩又回来了，正和我争夺这位老人。小疙瘩终于开始扼杀我的首长了。首长又伸过手拍一下我的脖颈，那正是几十年前小疙瘩断气的地方。首长借我的脖子表示一点惆怅？或是支撑一下他的身体？我跟随在他的左后方，保持习惯距离。跟随在左后方比跟随在右后方更适合跟随。比如，首长总是从右边车门进入小车，我能在最短距离内赶上前开启车门。再比如首长和人握手当然是用右手，我所处的位置，就使与首长握手的那人看不见我。我不去分散他们的视线，摄影者也不会把我摄入镜头。还有，因为肩膀内弹片造成障碍，首长每次回首唤人都从左边扭头。后来他也知道左后方永远是我，只把头朝左稍动一下就和我说话。有时他只在心里动一下头，其实头没动，我也能感觉到。

我们绕过屏风进入客厅，迎面撞上叶子的眼睛。她挺立在客厅正中，脚下是水磨石几何花纹图案的中心，那地方有隆起的视觉效果，是光与色的顶部。她没穿鞋，赤足踩着一个凝固的浪头。她总是这样，随便朝何处一站，都像精心设计的，环境便托起了她并附着于她，浑如天成。我立刻意识到，她偷听了首长和我的全部谈话，她脸上闪动锋利的笑容，她手搁在背后，慢慢拿出来，落下一条黄色丝绦，丝绦下吊着个小小的圆铜板，晃呀晃的。正面有一尊盘膝而坐的佛像，背面我没看见，我断定有"直木"二字。

我艰难地看看首长，一股阴森气流从他面孔倾泻，他眼神突然缩成针尖那么一点，证明他的心脏正在猛烈扩大。

叶子说："你骗人！你没有把它埋掉。看，它在我这里，我找到它了。"

首长冷静地："我从来不骗人，我记着把它埋掉了。"

"你骗人的时候自己并不知道，你骗人的时候往往很动听。哦，这个小可怜叫人心疼。"吉祥物边缘碰破个口子，她把它握进手掌贴住下颏。白皙的拳头有如初绽的花苞，稍微露出金黄色缝隙。我认出她的姿态里有表演性质，因为她两眼慢慢合拢时朝我迅速闪了一下。

首长瞟一眼她的赤足,沉声道:"鞋子。"言罢稳重地走开。

我正欲跟随,她霍地张开手掌,小东西掉下来,钟摆似的摇动,挡在我面前。"你从哪里找到的?"我问。

她向顶上丢个眼色:"爸爸根本不知道他有多少东西。总有一天,这幢楼会被压塌掉。"

"让我看看。"我伸手去捉它。她猛地收回,护在身后:"你敢?"她在鼓励我抢她,我沉默地绕开她身体,出门。她赤足跺一下,全无声息。

首长站在院里,背对楼房。他在用后背注视我们。我走到他身后站住,他头颅朝左边稍微一动,我迅速靠拢他。他说:"给你一个任务,调查一下这丫头是不是恋爱了?爱上谁了?"

我惶然应承。其实,首长完全猜到她在喜爱谁,他故作不知是由于他智慧。现在他不甘于沉默了,仿佛不经意地说出早已深思熟虑的话。他要我调查女儿的私情,这是对我的警告。我明白,如果这类警告再出现一次,我就完了!用首长常用语来说,就是:身败名裂。

六号楼孙副司令员的警卫,就是被孙家二丫头毁掉了。小伙子是从仪仗队超编兵员里转来的,天生一副穿军装的形体,面庞有北欧人味道。在周围女儿群里,他被她们昵称为斯巴达克,后来简化为斯巴达或小斯巴,再后来痛快地叫作屎疙瘩。他跟随在孙胖子(首长偶尔这么称呼孙副司令)身后出行时,很像一头胖汉在为一位王子开道,就连男人们也不免多看小斯巴几眼,目光比较复杂。姑娘则要么盯着不放,要么根本不看他。

叶子和孙家二丫头同在总医院工作。她摹仿二丫头给斯巴达挂电话的身姿,摇曳嗓音,若吟若叹地唤着:"小斯巴哎,没瞧见下雨了吗？瞧见了怎么没想到我？快点到晾台上把我衣服收进来，摸摸干透没有。干了就一件件叠好。你怕个鸟，我都不怕你怕个鸟？偏叫你收。听好，粉红的翠绿的月白的湖蓝的……嘻嘻，你该认得嘛。都收进来。"

叶子说，二丫头发完指示摔掉电话吃吃笑，将椅子背顶着墙壁，做成一张临时沙发，身体歪在里头，猜想小斯巴替她收拾花花绿绿物件时的模样。二丫头的脚趾头在皮鞋里扭动，好像皮鞋里窝藏了一只青蛙。

我说："叶子你跟我讲这些干吗？你别讲啦。"

叶子斜脸横眉："你抵抗力不够，我给你打预防针呐。你闻出味了吧，这是一桩谋杀案。"

"你要我提醒他？"

"没用，小斯巴是个小可怜，他只是皮毛像男子汉骨头里不堪一击。我要你把自己放到他的位置上体验一下，叫你的话你会怎样？"

"我会执行的，跟叠首长衣服一样。"

"真的么？"她幽幽地，"女人衣服有股味道。"

"共产党员死都不怕，还怕味道？"

她咯咯笑着，说她帮我收过衣物，知道吗？我说不知道。其实我知道，她不止一次料理我的生活琐事。我的回报，是将感激之情移置到首长身上。叶子比我大两岁，这也许能将情感模糊掉。另外，我是他父亲的小战友，我可以强行把自己提拔到叔叔辈分上看待叶子。首长是我们之间的大山，我们透过大山用目光约会。那时我有两套目光，一套服从大脑，一套植于内心。后来看《动物世界》，才知道我有些像蟒螈。

小斯巴与二丫头的私情是被孙夫人撞破的，当时二丫头在小斯巴的单间卧室里。孙夫人深夜两点打电话叫来警卫营长，令他带两个兵把小斯巴押解回连。后来小斯巴被派到农场劳动，当年退伍返乡。好多人一惊：小斯巴居然是个乡下小子？那么，这种事实在不该发生。

营长亲自召集全体公勤人员开会，重申铁的纪律：是组织上把你们安排到首长身边的，你们不能做任何损害首长们威望的事。我们挨个儿表态，谴责小斯巴的不轨行为，汇报自己的思想隐私。那次会议以后，军区大院的东西南北四大门岗、五小门的哨位，以及首长住宅区的三处门卫，还有各小楼里的警卫员、公务员、驾驶员……总之，一切我们圈子内的战友，忽然形成默契，不再和六号楼的女人说一句话。她们从我们面前经过时，我们冷冷的沉默着。甚至连叶子也受到冷遇，她回家冲我发火："哨兵一个个都成了标本，跟开追悼会似的。"

我说："小斯巴一辈子就这么完了，总得让人悼念一下吧。"

叶子跺足道："要我，偏和小斯巴结婚，气死一批人，然后再离他妈个蛋。"她忽然细细一笑，"小丑偷油，大丑吃醋。"

我惊极，这是我替首长记在活页纸上的话，她怎么会知道？此语的意思十分老辣：孙家二丫头不过是小丑，孙夫人才是大丑。首长嗅出内中隐秘，却浑然不睬，这种琐屑事只配从他指缝中掉下去，听任别人处理。

"你以为首长是你的么？"叶子斜望我，"傻小李，他要真是你的，你总有倒霉的一天，你当心点吧，到时候就连他也救不了你。"叶子朝屋顶示意——首长就在楼上，她公然在父亲脚下、在我面前反叛父亲。她脸灼动激情，慢慢靠近我，"你调走好吗？

随便调什么部队去。你要是调离我家,你就敢和我好了,对不对?在上帝跟前你不敢有邪念,对不对?"叶子转开脸庞,仿佛熄灭掉似的,静默着,她已经把自己抛给我了,该我证实自己了。

叶子侧身而立的姿态最好看,如果以往她有意取此姿态那么这一次肯定不是。我努力支撑自己,找不着合适的语言把场面岔开。那时,我已把自己奉献到这种程度:和首长建立了一条脐带。我不相信首长会让我倒霉,即使真让我倒霉,我也会把灾难点滴不漏地全部吞咽。倘若有机会再让我选择跟谁,我还会选择跟随首长。只要首长在,我就绝不能爱叶子。我并不怕党纪国法,不怕恶语泛滥,不怕身败名裂。但是,只要首长稍稍朝左面动下头颅,就足以驭使我的身心,仿佛那不是驭使而是我随风化去。

叶子又倚坐在窗台上,扯过一茎枝条,慢慢撕裂叶片,滋啦啦……她的手指一分分变绿,面庞淡漠。她把失望掩饰得那么彻底,好像干脆没有希望过。她要再这么撕下去,大概也会把自己撕开。她把最末梢两片叶片搁进嘴嚼着,于是嘴也变绿了并且胶涩住了。她眼睛也跟着胶涩,用目光呼唤我过去,她的目光像浪头一样把我托到窗台上,与她相对而坐。因为有她,窗台变成了豆荚,舒适地安置着我们这两颗豆粒。她望着窗外,一滴绿汁从口角滴落,掉在鹅黄色裙子上,缓慢地绽开,很像一只正在睁开的眼睛。

"我又瘦又丑。是吧?"她说。

她初看并不俏丽,但她属于那种经得住看的少女,渐渐看出动人之处却又说不出来。她也属于那种生怕自己不美,便故意强言自己丑陋的少女。我循她视线望去,发现她目光正恨恨地盯住一位丰韵绰约的夫人。我认识这夫人,她大约四十五岁了。据说她年轻时非常美丽,现在虽然已渐入老境,美色却不消褪,反而化入一种含蓄，一种古墨般的高贵。望她一眼，就好像自己被推开了。很多人惊叹：她从前该是什么样呵！她丈夫是前国民党军少将高参。

在军区大院西南角，居住着十数位前国民党军将校们，他们被共产党战败俘虏后，又编入军事学院任教官。五十年代首次授衔，他们又被一一授予人民解放军军衔。十多年来，他们一直在学院讲授现代战役战术，学生们是我军身经百战的将校们。由败军之将教胜利者如何作战，这做法体现了共产党的伟大的智慧和伟大的征服。他们兢兢业业讲授着，毫不忌讳以往的失败。他们的职业本能一靠近沙盘便倾泻而出，大幅度丰富了我军一批土出身军官的专业素质。平时，他们和大院里其他人员甚少交际，就连相互之间也来往不多，他们像一群沉卧水底的、幽静而知足的贝。

东南角则是军区首长居住区，每日轿车不断，人员、文电进出频繁。一动一静，交相辉映。后来，动者愈发动，静者也愈发静，又显得谐调、自然，有如角色们与道具们。

不过，西南角的夫人出来时，外人只需略瞟一眼，就可看出她们的容貌形体衣饰各具光彩，她们普遍比东南角的首长夫人们雅致些美丽些。这也难怪，西南角的夫人们年轻时，要么是豪门闺秀，要么是望族千金，她们多数受过高等教育，或者伴夫君出洋留学过。需知，能被选任做教官的前国民党军人，个个都是无大恶迹并且才学出众的典型军人，他们选择的夫人自然也都是女中佼佼，最下限也是梨园优伶、影星歌星一类的。她们在中华人民共和国成立前生活得很悠闲，中华人民共和国成立后仍然衣食丰裕。虽然有过一些政治风浪，但从没有到达抿灭她们容姿风度的地步，她们的丈夫也得到珍禽般的保护，因此她们美得应该。

东南角的夫人们则不同了，人多是穷苦人家女娃，好几位腰间插过十多年的盒子枪，横着"解放足"打江山。她们被迫和男人一起承受恶劣的战争生活，首先献身于革命——再扳出一点来献给丈夫。她们活到今天已经不容易了，当然容貌早已凋零。后来，她们也成了地方党政机关的领导，能够应有尽有，自己却一直坚持艰苦朴素，在政治斗争中耗尽心神，觉是很累。她们的容貌和从前相比，白些了细腻些了丰满些了，但一望而知，是中年之后补进去的。

两类夫人们差异如此显著，以至于西南角的儿女们也比东南角的儿女们漂亮。西南角的儿女们总是那么乖，一味读书用功，几无纨绔子弟，在校成绩普遍比东南角儿女们略强一筹。莫非父辈的失败能够强化儿女的质量？莫非他们的后代在矜持中仍然对峙着较量着？哦，只要他们的夫人依然丰韵绰约，只要他们的子女仍比咱们子女精致些乖巧些，咱们就不能完全信任他们，他们必须继续脱胎换骨。

我不知道如何消受这个灼目的对比，我清清楚楚看见叶子目光狠狠地叮住那位美夫人——尽管她快老了。直到她消失后，叶子目光仍停留在她消失的地方。坦率地说，叶子的容貌在东南角算可以了，但是西南角深藏着的任何一位女子，都比叶子美丽。

又有一滴绿汁从叶子口角掉落，落到前一滴旁边，在裙裾上慢慢睁开眼，刚才那只眼睛已经淡漠了，这一只又幽然生辉。仿佛一睁一闭，保持半个微笑。

韩老太要来，韩妈妈要来，韩主任要来，韩姨要来……我飘涉地追思许久，一直想不起她的名字。我不禁被自己的遗忘吓了一跳，我在首长家工作多年，怎么会不知道她的名字呢？后来猛地记起：韩谷音。韩谷音要来了。我一字字复叙她的姓名，感觉硌得厉害，我无法将这三个字嵌入韩姨身上，它简直是在抵制我的身心，抵制韩姨本人。韩姨待我亲如己出，我叫了她九年韩姨，客人唤她韩主任或者韩姨，后辈唤她韩妈妈，背后又唤她韩老太，我居然丢了她的原名，我甚至没触过她的原名。我相信，即使那些亲切呼唤她的人，也未必都知道她真正的名字。

昨晚有部专题片将我带入海底。阴暗的海水中，有一艘朦胧的沉船，半截陷入海泥。在它身上，伸延出森林般的海带，无声无息摇曳着。它们看上去像是尽力把沉船拽上去，实际上是在噬食沉船。然而海面柔滑如缎，深邃的恐怖往往不动波浪。从海底归来，我在人生境界里又被逼前了一步。刚才摸索韩姨名字的时候，我觉得我的身躯正贴着那艘沉船。

我在派车单上填上韩谷音三字，在职务内填上"原省妇联主任"，附注：享受正军职待遇——首长去世后，她作为遗孀，待遇方面降低了两级。最后填上用车时间和地点。搁下笔，我有些失措，哦，我又在为首长工作了。首长莫是无边的么？我走开十几年了，还没有走到边。我指定调派车队唯一的那辆旧"吉姆"轿车，值班参谋用指头按住派车单，诧异地问我，干嘛非要"吉姆"？车队好车有的是，弄个破"吉姆"去，老太太不发脾气么？我说，首长生前坐惯了"吉姆"，老太太看见它也许会感到亲切，她此行本就是来怀旧的。

"吉姆"是苏制的老式轿车，后座宽如客厅，还有两个折叠座。当年，军区常委以上领导每人配备一部，首长还另有一部"红旗"保障使用。他不大坐"红旗"，因为它油耗太大。后来军区车多了，

"奔驰"挤掉了"吉姆",就在更换座车时首长入院了。我记得他只乘坐过一次"奔驰":车内安放他的骨灰盒。

"吉姆"来了,它老了。车内遗留首长痕迹,痕迹旁边停留着气息,车门开闭时的声音和从前一样,铺满墨绿色天鹅绒的后座略微凹陷。我仍然坐在司机旁边,习惯地望一眼后视镜,如果首长活着,他的面庞总悬挂在我面前,司机早换过几茬了,此刻这一个是下士。我问他这车还行吧?他说早该报销了,车队留着它不算编制,白多一台车,志愿兵老婆来队,就用它接站,又气派,一家人带行李也装下了。我问他,知道这车以前是谁的吗?他说知道,大家全知道。说完嘿嘿笑。

"吉姆"在造型上具备堡垒的气质,车身厚重宽大,车顶隆起,仿佛储满力度,霸气得很。每次转弯,我从车内望出去,都如同一尊炮在缓慢地改换射向。首长喜欢"吉姆","吉姆"喜欢首长,他们共同体现着沟通着凝聚在一个"拙"字。时下流行的"奔驰""丰田""蓝鸟""皇冠",当然比"吉姆"精美华贵,但它们都不再有"吉姆"那种补拙蛮力。即使它是辆空车,驰来时也像放来一个权威。首长的习惯是,车门一关,车必须起动。他参加活动,讨厌迟到也讨厌早到。他常常在最后一分钟登上列车车门,或者飞机舱门。即使有比他级别更高的首长在,他也是如此。结果总是他一登机,飞机就该滑行了。首长似乎喜欢在险境边缘徘徊,没有险境便弄点紧张来代替。有次去北京开会,我们在站台铃响时才驰到站前,首长仍在和送行人交代工作。我发现列车起动了,急叫:"车跑啦!"首长瞟它一眼,哼道:"跑了你还叫什么?"继续和人谈话。谈完话坐进"吉姆",叫声:"追!"我们沿公路飞驰,超越了列车,在下一站从容等候它进站。首长面带狡猾的笑意。

韩姨，韩谷音，××次特快，软卧车厢，十点二十七分进站。我在内心复叙一通。

我刚出车门便召来四周目光，因为它是一部"吉姆"，现已不多见了，而我是"吉姆"里下来的人，不免被四周目光拨弄几下。当年，首长的高大身躯从崭新的"吉姆"里呈现出来时，一下子能把周围人眼睛逼细喽。他即使着便衣在站前广场走走，别人也能立刻将他从人群中剔出来，百姓们眼睛就有那么厉害。首长对灿烂橱窗不感兴趣，却喜欢浏览贴在电线杆上的各类启事：换房啦寻人啦，专治肿瘤痔疮啦，看得笑起来。或者默数交岔路口的车流量，军车占其中多大比例，等等。我远远跟随他，感到他的神态像是在连队的菜畦中漫步，左窥右觑，捉虫似的。

我从贵宾室进入站台。女检票员认得我，淡笑："好久不见嘛。"脸上的意思是：又升官了吧。我比她笑得透彻些，说："苦差事，接人呗。"

我站在站台拱形立柱前边，脚尖正顶着白色站台线，默默等候。我想点一支烟，使自己表现出有思想或者接近于有思想的样子，这时南侧传来列车进站的鸣叫，巨大机车头从我身前呼啸而过，我在抵抗劲风时感到愉快。接站人多数追着列车，我伫立不动，相信软卧车厢的车门会停靠我面前。果然，它和从前一样，乖巧地停定在老地方，仿佛不是我接车而是车接我。这类成功虽然渺小，但它十分温馨，令人怀旧。

车门洞开，扑出法国香水味，接着走下一串外籍华裔，内中夹杂几个毛发浓密的欧洲人，他们一落地眼神儿就热闹开来。党政官员最后露面，举止矜持，因为晓得有人接站，他们预先准备好了笑容。待贵宾走尽，我上车寻找韩姨。每间包厢都是空的，最末间有一对男女列车员在聊天。我谦声探问本车厢有无一位老太太。女的说有哇，说那人一口假牙戴水晶项链，"钻石的不可能那么大。"我说我要找的老太太是中国人。她说没印象。

我被迫说："她只剩一只眼睛。"

"哟，那肯定没有，到别处找去。真是！"

我离开时听女的对男的道："四号房那女人你见没见？一张脸活像腚改的……"穿过贵宾室，检票员认真地笑道："人哪？"我说："出点小障碍。"

韩姨肯定没上这趟车，不知道出了什么意外。我有些烦躁，如果这次韩姨来不了，很可能永远不再来了。她那张长长的探望名单，是她最后一点生命力在惯性流淌。她随时可能卡在某处，然后就在那里干涸掉。

驱车归家，妻子已将首长、韩姨和我的合影摆在客厅装饰橱上。它的位置并不明显，但目光滑过去便被它硌一下，再望别处便觉不一样了。我没有交代妻子摆它，她主动从箱底翻寻出来的，为了使韩姨一进门就感觉亲近。其实，她是自以为能给韩姨一点儿亲近。韩姨哩，也会不使她失望而显示出亲近来。妻子从来没见过首长夫妇，今天，她有类似即将见到出土文物时的不安。她抖擞起兴奋来掩饰不安。以往，我从不把这帧合影摆出来。第一，我不愿裸露过去的经历；第二，同事们会把它看成我的标价；第三，我一直试图新生，但不被承认。首长是无边的，即使死后也一样。我离开他多年了，至今单位里仍把我当成他的人，他的部件，等等，使我多年处境坎坷。现在，我又一次明白我摆脱不掉纠缠。你看，韩姨虽然没来一帧照片已经卧在那儿垄断了家庭气氛。

韩姨之所以来看望我，说明她准备消失。

我有意保持悬念状态，不设法澄清韩姨误车的原因。我坚守一个权利：应当有人主动挂电话通知我，而不是我去询问他们。她有六个儿女，目前在身边的仍有三个，并装有程控电话。应当由他们之间的一个电告我出了何种障碍。我期待这个电话实际上是期待一个尊重。首长家人待我历来亲密，坦率地说，在那种亲密中我好几次丢失了自己。亲密不全是尊重，却容易误会成尊重，它们外形很相像。

我的二十一岁生日在首长家度过。以往首长家人过生日是按照传统吃面，加几个菜，首长叮嘱几句"珍惜光阴"之类的话，便算大了一岁。我生日的前一天下午，他们正好观看了一部内部资料片。当年，这类片子只有军区首长能看，后来蔓延到夫人们，再后来蔓延到儿女们。首长儿女看了那部片子后叹息好久，议定：将来过生日应该吃蛋糕，结婚时要出去旅游……他们决定先把我挂上档次试办一回。因为我的生日挨得最近。大哥当即要上街买蛋糕，我说我的生日不是今天是明天，但他们兴奋难捺，大哥道："问题不大，早乐一天怕什么？"

所有的人都呼应："早乐一天是一天。"

大哥买回蛋糕和其他果品。那只回盒蛋糕表面并无奶油图案，腹中夹塞着红枣、花生、核桃仁什么的，一刀切进去，常在半道卡住。每卡住一次，刀便被另一位女儿夺去，再切。那时也没有生日蜡烛，便用照明用的白蜡代替，拿只碗倒扣过来，将它立在碗底上。当晚，楼前草坪烛火幽幽，首长家的儿女们围着一张行军桌说呀笑呀闹呀吃呀，老是提到下午电影中的男女主人公，说以前的军装比今天的漂亮，说接吻有三种吻法，说爸爸看电影时睡着了而妈妈睡着了一半,还有许多平日不敢说的事。屋里的藤椅都搬出来了。最初,我占据其中一只。过会儿二女儿回家,我习惯把藤椅让给她,自己去坐另一只。再过会,老三来家,我又把坐椅让给老三,自己进屋搬凳子。反正后来我连凳子也没有了,坐在一只小马扎上。二女儿拉起手风琴,大哥勇敢地唱起《三套车》和《卡秋莎》,大院内十年没出现过这类歌声了。我看见叶子含着泪光,她不会唱但很会听,她整个人蜷缩在藤椅里,裙裾把双足也裹住了,她仿佛被乐曲溺在小角落里,那模样真招人怜爱。我沉浸在欢乐里,渐渐忘记这欢乐与我有什么关系。

大哥扭过头,一时找不到我的样子:"小李,你吃蛋糕呀。"

我看见众人的欢乐被这话卡断一次,我拿过一块蛋糕慢慢吃,他们又继续欢乐。

过会儿,大哥又扭过头,并没望我:"小李,吃蛋糕。"没等我回答,他已经回过身去了,他忘了他曾经说过一次。

二楼忽然传出一声吆喝:"你们疯什么呢?咳?"原来首长开完会回家了。

草坪上霎时寂静——并不全因为怕首长,还因为吆喝得太突兀,大家忘了今晚的缘由。我原以为叶子早已睡熟,此刻她出人意料地昂起脖子,上半身扑着藤椅靠背,朝首长方向高叫:"我们替小李过生日哪!"

首长关窗,隐约"哦"了一声,再没作声。大家又等片刻,仍无动静,于是又开始说笑,但不如先前那么有劲。这时,我记起,原来今天是我的生日。

后来又记起:不,今天不是我的生日。

许多年后,我偶然惊觉,叶子的回话中有一个"替"字,她说"我们替小李过生日哪",她既柔情又准确地道出了这个字。是呵,连我都忘了:他们篡改了我的生日之后,又拿走了我的生日。这个"替"字在我意识中埋没多年竟不肯消失,使我对记忆的顽强与挑剔大吃一惊。难道,人生每件事都会出现两次?一次以欢乐面目出现,另一次让人品尝遗痛。

列车从B城抵达本市,其间需运行二十多小时,就是说:韩姨家人有二十多小时的时间可用于通知我她误车的原因。但是,直到我从车站空返归家,B城方面仍无电话。我差不多确信,如果我自己不在他们的意识中动弹一下,他们会将我遗忘。我很愿意被遗忘,问题是,说不定何时他们又突然记起我来,他们将我遗失掉和拾回来都十分随意,他们将这随意认作是——亲密。

我主动给B城拨电话,我毕竟惦记着韩姨。当蜂鸣音在耳机里出现时,我想,一件小举动,会使人一下子退回十几年,耳机里响起沙哑沉厚的声音,果然是大哥——炭头,似乎带点睡意。我俩大概五年没见也没通过电话,按理应该惊喜或者惊讶一下才是,但我们像天天面对面坐班的人一样,不经过预热而直接进入交谈。他说:妈妈呀,把票搁在眼镜盒里了,实际上不是在眼镜盒里,在小四手里。小四呐,在车站等着送妈妈上车,两人闹两岔去了。瞧吧,我不在家非乱套。妈妈从眼镜盒内找不着票,也不急也不问,呆在躺椅里从容得要命,她等小四,小四在车站等她。等我们把两头接上茬,车已经开了。妈妈说:明天再走吧,票我自个攥着。

我说:"现在已经是明天了,韩姨上车了吗?"

炭头说:"你听我说啊,小四又到车站联系换票,军代处说最快也要后天,也就是现在的明天,车次不变,大概有把握拿到票,到时候你再去车站接她一下吧……"炭头没说为什么迟迟不来电话，我也没问。电话里像有女人的训斥，或是詈骂。我熟悉这音色，是炭头的妻子。估计她的怒火发源于餐厅附近，后从这面墙壁碰撞到里面墙壁，从走廊传入客厅，最后，声音碎片进入话筒到达我的耳内，从力度和频率判断，她体内还鼓胀着与从前一样多的青春。挂断电话，我稍微考虑了一下，认为他们夫妻俩还是这般生活为好：要么吵闹要么歇一下再吵闹。否则，他们的生活就太寡淡了。如果有一天他俩沉默了，那意味着发生了灾难。比如，其中一个在精神上死去，而另一个居然真的怀念这一个。

炭头曾经是我的连长，我是连队通讯员。历史地冷静地看，我忠于首长，是先从忠于他儿子——连长开始的。

炭头同家里通长途电话，韩姨告诉他，老头子要换警卫员，让换下的警卫员回部队去。

"为什么？"炭头问，"目前的警卫员不挺乖么。"炭头也知道父亲和其他首长不同。有些首长为防止警卫员油了精了知道太多了，便每年更换一个。于是，当年的警卫总来不及变油来不及成精来不及知道太多。父亲可是完全服从管理局安排，用一个警卫便用到底，用出感情用出味来，最后还要将他安置好。

韩姨说，他讲了一句假话。

炭头大叫："那千万不能再留，他再能干也不能要他，情愿放下去当排长班长。目前形势——家里用人一定要慎之又慎。妈，您看这样行不？我给爸找个警卫，我知道爸的脾气，保证叫你们满意。而且，我找人我放心，他们找人我不放心。"

韩姨叫炭头别放电话，自己去和首长商量，过会儿回来转告炭头："你爸说了两条：一、你吹牛；二、可以让你找一个。"

炭头使劲吸烟，嘴角俏皮地朝上翘，眼睛隐蔽在烟雾里。每一团烟雾散去,他的瞳仁都像被烟雾揩过似的更亮一些。我感觉他目光扯动我。他说:"小李。"我说:"连长。"

"你知道×××吗?"炭头说出首长名字。

我说:"不知道。"

"你们上小学的时候,课本里没有这样一篇课文?讲红军长征突破乌江天险什么的,其中提到这个名字。"

"是他呀,想起来了,他死了。"

"唔,那篇课文确实给人以他死了的印象,很狡猾。但是,实际情况嘛,他没死,他是我父亲。他要真死了,我从哪儿来呀。"

我急问他父亲官多大,问完有些后悔:大浅薄啦。然而炭头很满意我有此一问,他沉吟道:这么说吧,他当官当到这个位置,已经不可能再往上升了,明白吗?他说小李呀,你外观纯朴内心聪明,你眼里有活工作勤恳,你不爱说话但是爱笑,瞧着你笑心里怪舒服。你天生不会讲假话,对啦,你还是个孤儿。真奇怪你怎么会是孤儿?我忘了跟家里说,孤儿最合适了……炭头又点燃一支烟,顺手递我一支。我接下了但没抽,准备等他手里烟抽完再把这支送还他。他说,知道你不抽,点上熏着吧,我父母都是老烟鬼,你适当地锻炼、锻炼。听好:组织上决定,算啦,我决定:把你调往军区担任×××的警卫员,估计三两天就会来调令。炭头详细介绍了首长的生活习性、脾气等等,介绍了家庭成员和工作人员的情况。介绍完以后又叫我全部忘掉,说留个印象就足够,关键是靠直感。说到了那个环境你会拘束几天,然后会发现老人跟大兵一样单纯。你觉得该怎么做就怎么做,因为那儿就是你的家了。他还说最好相处的是他父母,最刁滑的是小妹叶子。

炭头坚持要家里派车,从百里之外驰来接我上任,家里居然同意了，炭头对此很满意。如果是接炭头，首长绝对不会同意。换句话讲，派车接我即是对炭头的尊重，而派车接炭头则是滥用职权。

清晨，我们刚刚上操，一部黑色"吉姆"像苍鹰无声无息停靠到操场边缘。准确说，是贴住了万年青枝叶上的露珠，而没有碰折一茎枝芽。官兵们没见过这种轿车，但统统意识到车的级别，霎时挺胸收腹，目光如炬。轿车轻柔地鸣笛两声，炭头朝它抛个手势，它立刻熄火。炭头脸转向我，平淡地道："小李，取背包。"说罢朝"吉姆"走去，兵们潮水般跟在他身后，到了锃亮车身映射出他们身影的位置，他们刷地站住，没人再敢进一步，只有指导员朝前蹭几下，然后矜持地站在兵们前头。炭头接近轿车，车门主动开了，驾驶员钻出来和炭头交谈，面容甚是亲近。他从车内拿出一条大中华烟，说："首长给你的。"又拿出一条大中华烟，说："韩姨给你的。"最后两手下垂，似乎立正，道："首长九点整用车。"炭头看表，点点头，他把一条大中华撅甘蔗似的喀嚓撅成两截，断裂处溅出大团烟草的浓香，连炭头也忍不住低头深深嗅它一下，随即两手一抬，轻轻分抛给两个排长，说："分一分，全连会抽烟的人都摊上几支。"两位排长仿佛被重物砸到，抱着烟连退几步方才站稳。当时兵们都是撕报纸卷毛烟抽，买盒一角四分的勇士牌也算开荤，听到连长那声"分一分"，立刻喜动嘴脸，好几人情不自禁地朝肚内吸气。炭头把另一条大中华也喀嚓撅成两截，一截揣回衣袋，一截伸给指导员。指导员两手乱摇："别别别，没这种分法，你留着抽……"炭头说："你马上探家了，带回去敬人吧。"指导员双手接下，咕噜着："这种烟递出去，县委书记也得站起来接。"炭头当即破开一盒，燃着一支叼在口里，深吸缓吐,不给任何人抛烟。他在操场来回踱步,左边是大群士兵,右边是锃亮的"吉姆"。全场静穆,中华烟使炭头皮肉下透出光辉。他当连长曾有几次成功之举,但没有哪次像这次这样静温,这样震慑人心。我提着背包出来,炭头朝"吉姆"一摆下颏,后车门开了。我登车入座,以为是钻进一间精致的客厅,外头是一片兵们的粗叹,大概是在开门的瞬间窥见了车内装置。"吉姆"猫似的无声起动,兵们远远退开,营房远远退开,只剩炭头站立不动,轿车与他擦身而过,他隔着窗玻璃朝我挤个鬼脸。

营门、门卫、调整哨;又是营门、调整哨。……哨兵都比连队的兵高大好看,佩挂手枪,从腰带的下坠程度判断,手枪套肯定是空的,所以他们才能老把腰杆挺那么直。他们的目光似乎也受过训练,像颗化石在眼眶内转动着,我认为他们在审视我,实际上他们只扫一眼车牌号。当时我想:别看他们长得高大健壮,但要一比一和我们连队的兵拼命的话,他们准拼不过我们,因为我们压抑得比他们厉害。在车内,我如同坐在一张软床上,不敢倚靠任何东西,竭力悬着身体,所以很累。我的背包夹在两腿间,把腿挪齐时,红地毯已经落上灰土印,再挪腿时又出现一个灰土印,所以我很紧张。驾驶员始终不和我说话,四周物件散发深幽不明的气味,我刚有抚摸它们的念头它们就朝后退缩,所以我很窒息。我想我完啦。

车子停稳,车门打开,驾驶员才说第一句话:"李××,带好东西上楼去吧。"他居然知道我的名字。

两脚重又踏上地面,新鲜空气救了我命。四周是森林又仿佛不是森林,树群中有一幢幢两层楼建筑物,颜色各异,水泥小径干净得不像是路,四处寂静得吓人。一件白白的东西晃动,刺我的眼。努力正视：一位胖夫人着鲜红的紧身短衣在林间踢腿，她双手叉腰，裸露雪白的胳膊和人腿，一下下踢起，同时快意地呻吟。风从她那里吹来，我禁不住打个喷嚏，心里替她害怕：这么大年纪的人怎么敢露这么多呢？后来我才知道她就是孙夫人，每天早饭前的健身运动。

头顶传来尖脆的嗓音："嘿呀，大哥捎来个小兵伢子！"

我看见二楼晒台边弯下少女的身影，她脑袋正贴着天空中的太阳，脸庞消融在金黄光辉里，我眼睛刺痛，我大概是朝她笑了一下。

"上来啊，走当中，推下头这扇纱门……"她在晒台上跺足指示，意思是她脚心下的纱门。

我接近纱门时，纱门呼地打开，她带着阵风骤然停立在我面前，两手同时攀着一只门把，赤足，两脚并拢，一只在搓另一只。我看清了她，登时浑身轻松，她真丑！丑得叫人见她胆壮，基本是生产队放牛的小姐。

后来我们回忆。叶子说："你笑起来像个开心果。以前小干部进我家，要么不会笑要么硬笑，瞧着都替他累。你是用笑打开官场的，你笑得好看。我哩，我哭起来好看。"

炭头仍然在部队当连长，但他的巅峰时期已经过去，这可以从他谈吐中感受出来。以前，他的语言比他的年龄厚实得多，说话含颗青橄榄似的，面容凝重，仿佛有一大堆警句含蓄不吐。现在他口舌辛辣，说到谁了如同一把扯过倒提起来剥皮褪毛的鸭子。他动不动就要洞穿对方，对丑陋事态特有目光特有锋芒，每宣泄一回都像做一次精神体操，整个人都鲜亮些了。这变化岂不证明他很有点不妙么？

韩姨说，炭头就是叫媳妇给整蔫掉的。

白兰出身于舟山群岛一个渔镇，那里水土灵慧，多出美女。军区文工团到镇上选演员，挑来挑去直叹息，她们都很漂亮，都很相似，美色已淹没了人，看不出个性了。还有，长相招人爱，一开口却土得掉渣了，仿佛声带都叫海风劈坏了。他们说："境界太低，家质粗糙。"镇委会的人劝他们再到顶头那家人看看，说有个姓白的姑娘会唱曲子。他们便去了，心想听不懂曲儿听听音色吧。他们到达时，白兰正和人吵架，但她前面却无人，远处山崖下有一丛松林，估计是小伙子戏弄白兰后躲进林子里去了。白兰挺立在一扇石磨上朝林子方向怒骂。招考的人一见白兰站立的姿势就惊赞：造型绝了！两臂横拦着不叫大家往前走，怕惊乱了她。再听白兰的音质音色音域，果然骂得优美，一声声在心头化开，叫人说不出地受用，其中一位老作曲家即刻在白兰的骂阵中产生了乐思。白兰猛地看见他们，凝视片刻，随即摆首、腾足、飘然而去，结束得颇有余味。众人不舍，循踪进入一幢瓦屋，白兰正在暗处幽幽地望他们，整个缩得很小，目光如同一堵墙，阻挡着他们。

白兰被军区歌舞团录取，稍加调理，便担任了报幕员，让她"开开场子"。汇报演出那天，在家的首长全来了。因为是一台新节目首演，带点审查的意思。机关干部和直属队也遵命观看，为新戏撑一撑场子。四周灯光渐暗，以至消失。紫色大幕凸现个圆光，状如满月。白兰一闪，衬入满月正中，她身着军队文工团的演出服，亭亭玉立，体型有如一首扶摇而上的乐曲。她静默着，柔和地微笑。健美的气质里透着女性的娇嫩，大眼睛缓缓转遍全场，转动时似有波光一颤一颤，仿佛透明的翼。全场都感受到了，唰地静如古井。

她初次登台就如此娴熟，又叫人两眼新鲜内心怪甜的。她在强光中根本看不见台下人，却知道怎么被台下人看，被她目光抚摸过的地方一切都倾倒了，只剩若干发热的呼吸。她的目光有央求有诱惑，有种特有指令，成功地把全场人的精神都拽到她身上去，再无人注意这目光的职业性质，及其无师自通的领悟程度。白兰静默几秒钟，使观众进入期待，用优美的音色开始报幕："首长和同志们，晚上好……"她的声音渗入全场各处，人人都会以为她只望着自己只同自己单独说话，于是将内心裂开来接纳。白兰说罢，让一个微笑停留口角，略微颔首，消失在幕中。全场仿佛醒来，爆发出热烈掌声，连紫色幕布的下沿也被震动了。这种情况很少出现，掌声超出礼节需要，小伙子们在黑暗中大胆鼓掌，兴奋地眨动双眼。

演出也极为成功，音乐和舞蹈使人们立刻忘掉白兰。歌舞团拥有一批知名演员，她们才是今晚的主体，她们在出场之前似乎已将掌声吃进肚内，因此一出场就如火如荼，呈现最佳状态，她们轮番对观众进行美的征服。

白兰间或露面，介绍下一支曲目，她成为她们的点缀，悄然而至，悄然而逝。人们顾不上品味她了。终场时，主要演员集体谢幕，台上台下相对鼓掌，履行最后一次沟通。白兰含笑站立台侧，眼望闪闪发光的她们，一下下鼓掌，节奏稍慢，只见动作，不闻声息，仿佛两手是棉花做的。

散场了，一位老演员忽然从台中走出，牵起白兰的手说："担任今晚报幕工作的，是我团青年演员白兰……"观众闻声回头，不明白该做什么，他们习惯了她因而也淡漠了她。忽有一人单独鼓掌，掌声固执有力，许多人诧异地朝掌声方向看。终于，满场再度涌动掌声。白兰一瞬间有些羞怯，迅速恢复常态，颔首答谢，两眼朝台下某处寻视。可惜那单独的掌声早已被众人淹没。

炭头连长故意保持满身土气潜近白兰,他每次到军区歌舞团都穿套旧军装,平头短发,胡茬没刮干净,一副质朴的部队干部形象。白兰最初对他并不在意,仅仅觉得他不卖弄不讨厌而已,不像周围男人那样善于抖擞羽毛,他可是一副蛮靠得住的样儿。白兰想聊就和他聊两句,忘了他他也不醋,一摆下颔他就主动告辞,反叫人觉得该他点什么似的。接触几次后,才泡出快活来。他好土,但土得幽默,老拿些大兵故事逗得白兰哈哈笑。他还会摹仿白兰家乡方言唱曲儿,随意编些词嵌进曲里,竟比歌舞团专业作者还地道。他学渔民口吻骂娘,眉眼凸动,搜根刮底,骂出一派乡情,叫白兰听了可亲可爱。问起来,才知道他在舟山驻守过三年。于是,白兰觉得和他在一块好像靠住了半个家乡,好像靠住了一面船舷,两人随意说开,一路都是野趣。白兰一直以为炭头是普通连队干部,她便多少有些居高临下的意味,炭头也甘愿被她俯视,从不言及自己的出身。

忽然,他俩沉默了。炭头在沉默中感到惬意,白兰却隐约不安,终于问:"首演那天,是你闹我吧?我想一定是你。"

炭头说:"不是我。当时我正坐在一位首长身边,我不敢单独鼓掌。听到有人为你鼓掌,我才拼命鼓,但是你的目光已经转向最早鼓掌的那人了。"

"我没有找到他。我一直以为是你。"

"确实应该是我,我恨不是我。"炭头微笑,又说,"要么第一个鼓掌,要么就是不鼓掌,这才是我。"

白兰不懂他的意思,只觉得他很深刻,随后他保持的宁静仿佛把深刻的东西裹紧。白兰在这种宁静中觉得自己也丰富了许多,她朴素地想：他可能和我命中有缘，……一旦这么想了，她就好似已把自己交出去了，只剩些甜甜的、无奈的感受。

一天上午，炭头不经预约，径直闯进歌舞团的禁地排练厅。他彻头彻尾更新了：上身是大开领真皮夹克，银色环扣和金色链条像勋章那样灿烂；下身是浅色花呢西裤，足蹬一双精致的运动靴，庄重而潇洒。他站在墙角，不在意四处目光，只含蓄地盯着远处的白兰。大家明白了，也齐望向白兰，白兰根本来不及消失，只好红着脸过来。悄声斥问他来干吗？炭头说，我父亲想见见你。白兰不明白他的意思，支吾道，团里规定练功时不得外出。炭头说，是你们团长叫你去的，他正在我家，和我父亲一块等你。

白兰连练功服也忘了换，糊涂着跟炭头出了排练厅，炭头把她领到歌舞团外面街口上，那里停着黑色轿车。炭头解释道，不想给你造成影响，所以没叫车开进去。炭头把白兰轻轻推入轿车，白兰惊惶地追问：你到底是什么人哪？炭头还像以前那样微笑："是太突然了。"

"吉姆"驾驶员显然知道自己的规格，从各交岔路口疾驰而过，几乎不鸣笛。轿车进入军区大院又穿越大院，到达倚山而卧的东南区，最后在一幢楼前停下。炭头请出白兰，告诉她到家了。白兰默默望着楼房，明白了主人的身份。炭头温存地牵着她的手，暗暗吃惊怎么这样冰凉。他们在楼梯口碰见了我，白兰唰地甩开炭头的手，因为面前有人。这是我第一次见到白兰，我为她做的第一件事是侧身让开通道。炭头笑着指我一下："小李。"但没有为我介绍白兰，也没有介绍我的名字。白兰朝我点头，云鬓略微颤动。我认为她非常漂亮，但美得不逼人。我好喜欢她那身旧练功服，软软的皱皱的，怪招人怜爱。他俩从我面前经过，白兰细若游丝地道："你好。"到达与首长卧室相毗连的小客厅前，白兰站住了，她像是要找一面镜子，但那里没有镜子，墙上只是悬挂一支温度表。白兰拢几下头发，鼓起一副视死如归的姿态，随炭头进去了。

　　白兰先看见自己敬畏的老团长，正直着身子坐在沙发里，面对一位老人。她从团长脸上感到他敬畏这位老人，她还看出他们正议论自己或者议过了自己。团长一见白兰，立刻起身，恢复了在下属面前的恢宏气派，牵过她介绍给首长，语气甚为自豪。白兰这才确定老人是军区最高首长是炭头的父亲，确定自己是作为未来的儿媳而被唤来过目，就像首长审查节目一样。她始终不开口，这很容易被别人理解为胆怯，理解为纯净。首长的问话都由炭头代为回答了，直到离去，白兰才感到内疚，因为首长那么和蔼，而自己竟没理他。炭头把白兰带到自己屋里，吩咐我弄点水果来。我快活地端出满满一盘橘子、香蕉送去。我看见白兰站在屋中捂着脸哭，她没有手绢，不时往袖子上揩泪。炭头不停地解释着，她跺足阻止他。后来她喘道："我要走，马上走！你骗了我，请你以后别来找我了，我们结束了！"

　　白兰一闪身从我旁边掠过，沿楼梯往下疯跑。炭头追出来，又重重撞了我一下，不过他和我都没察觉。炭头大喝一声："站住！"吼声如同炸雷，霎时我重新感受到连长在大操场的威严。吼声全闷在楼内，嗡嗡不绝。白兰吓坏了，停在最末一级楼梯那儿，全身瑟缩，无力地靠着扶手。首长、韩姨、秘书、团长……都从各屋里出来，想弄清出了什么事。炭头根本不看他们，径直冲到白兰面前，逼视着她，厉声吼道："老子就是喜欢你！老子偏偏要爱你！"……没等他吼完，白兰已哭得歪歪倒倒，捂着脸跑开了。我焦急地注视驾驶员，他略点头，瞥一眼首长，跟出去了。后来他告诉我，他驾车跟着白兰许久，白兰就是不上车，光哭。他只好求她：要么你别哭，要么你上车哭，全大院的人都看着呐，首长不冤枉么？白兰才倒进车内，哇吱哭着，被送回歌舞团。一下车，真行，她立刻恢复常态，一点痕迹也没有地走了。

炭头坐在最末一级楼梯上，垂头不语，泪珠一颗颗往下掉。首长在上头斥道："孬种，你想抢人啊？滚回部队去。谁也不许理他。"

炭头呼地起身，满面是泪地朝上头叫道："当你的儿子不如当个农民的儿子。我沾你什么光哪？我的一切都是自己干出来的。你只会下障碍！师里要提我，你不让。军区要调我，你又卡住了！好好一个白兰，见你就吓跑了。"

首长思索一下："有点道理。不过，老子就是农民出身，你当儿子的要记住老子是农民。中国八亿农民哪！"说罢，摇摇摆摆进屋了。在门内又回转身，手指朝众人划拉一圈，"你们都要记住。"

韩姨站在原处一直没动，手指间的烟灰烧积出一寸，微微弯曲，终于落到地毯上。她似看非看，始终无语。这时她慢慢吸口烟，慢慢吐出去，慢慢对在场的人说："老头子是说我哪，我就不是农民出身！"说罢，回自己屋里去了。

韩姨原是北平女子高等师范学生，一九三七年奔赴延安参加抗日，后来经组织介绍同首长成婚，论出身，她是书香门第。

歌舞团长也呆痴着，额头全是细汗，我简直能看见他内心无数念头噼噼噗噗炸响。他大方地哈哈笑着，循楼梯朝炭头走去。

沿途，他的手掌不时落到扶把上，再抬起时便有滋啦一声，好像揭下一块胶布，锃亮的扶把留下湿漉漉的手掌印儿。他走到炭头背后，拍拍他肩膀，叹道："我很感动，你是真心的。白兰这孩子遇上你，我们也放心了。听我一句，好事多磨，有情人终成眷属。那头的事有我。真是的，我不说话谁说话。"

炭头坐着不动，沉声道："那是她自己的事，请你不要干涉她。"

"晓得晓得。"歌舞团长趁势离去。

我开始清理果皮、烟灰、茶具，进入楼下客厅时，看见叶子独自抱膝坐在一只沙发角落里，自从白兰来后，她一直没露面。我想她肯定听见了一切。叶子两眼发直，半晌，小声说："你是故意进来找我的吧？"我摇摇头，她说："我缩在这儿，他们好几个人进来，都没看见我。"

我说："你这身衣服和沙发颜色一样。"

"所以，我靠着它就好像它靠着我似的。"叶子扭动腰肢，更舒适地陷入其中，"靠得久了，又好像我还没生出来似的，什么也不用想，什么也不会想。"

我说："韩姨跟首长顶了一句。"我认为这件事比白兰和炭头两人的事更骇人。

"一句顶一万句。"叶子强调着。又说，"我听到那个报幕员声音了，听声音就知道她漂亮死了。是不是很漂亮？"

"是的。"说完，我很想宽慰叶子一下。又想，叶子一旦发觉别人在宽慰她，会更伤感的。

"讲细点嘛。"叶子开始一项项追问。

我被迫描叙白兰的长相，她的眉眼、肤色、身高、衣着等等。

我奇怪自己怎能回忆得这么清楚,为遮掩难堪,我着意渲染了白兰落泪时的可怜模样。那确实动人。

叶子开心地笑着:"你看得真细致啊,要不然你说不出来的。"我不作声,以免再触犯她。她眼内忽然盈盈生光,深深叹口气,喃喃着,"我喜欢大哥,我要帮帮他。"

歌舞团长回团后同白兰长谈一次,劝她和炭头保持关系。白兰拿出渔家姑娘的野性,凶蛮地把他顶回去了。歌舞团长见她果然很硬,非但不生气,反而满足地告诉她:团里本不希望业务尖子都嫁到首长家去,去一个专业上垮一个。将来,要么管束不得,要么越级调动。他劝白兰先专心在艺术上发展几年,个人问题包在他和嫂子身上。

叶子在同一天通宵不归,翌晨回来时脸都枯了,显然流过泪。她很疲乏也很喜悦,嗓音柔柔的,再无以往那种尖利之气。她告诉我们,昨夜她和白兰聊到半夜,后来跟姐妹似的搂着睡一张小床上。她对炭头说:"你可以去见她了,立刻就去吧。"

炭头怔半天,道:"她叫我去的么?"

"做梦!她在诅咒你,你把她害苦了,快去!"

炭头差点掉泪,转身就推自行车。叶子一把揪住他后领:"把皮衣脱了,穿你破军装去吧。"炭头乖乖地脱去皮夹克,红着脸换上军服,摸一下叶子额头,欲言又止,去了。

又剩我俩相对默立,我感觉到叶子正散发热烈的气息,全身都在搏动。可当我大胆朝她望去时,才发觉她一直很平静,或者说很麻木,眼中没有目光,双唇没有血色。我说:"你真了不起,一说就把她说动了。"

"不,其实是她说动了我。我把我对你的感情全告诉她了,她马上就把我搂过去,我俩哭了很久,……白兰姐使我明白,你其实是一个挂在别人腰后的小男人,你其实配不上我。大哥和白兰姐什么都会有的,你和我什么都不会有的。"她抱腿坐进沙发角窝里,闭目休息。

我拿来一床毛毯,轻轻盖到她身上。她眼睫动了一下:"谢谢。"很快睡熟了。我才明白,叶子和白兰,实际上是彼此交流了一次痛苦,并不是谁说动了谁。现在,叶子已经超越了我,吐掉痛苦,获得了安宁。

白兰告诉炭头:你骗过我两次,一次是鼓掌的事;一次是你冒充普通干部的事。但是你在楼梯口那声大吼,我好心痛,我知道我已经丢不开你了。我也知道我跟上你会倒霉的,你可要记着我这话。人一辈子其实没好久。

说完,他们深深地相爱了。炭头说,像结束一场苦战。伤亡之大,几乎能把胜利抵消掉。我知道炭头此语后有些奇怪,他怎么还这样清醒?

吃晚饭时,叶子只稍许喝了几口鲜鱼汤,就不再进食了,但她又不退席,她在等家人到齐的时刻。首长家吃饭很随便,一张大圆餐桌,先到者先吃,吃完就走。所以一餐饭能陆续吃上个把小时,而全家聚齐的时候不过三两分钟。首长和韩姨各居一张藤椅,其余人俱是软凳。菜肴相同,时鲜一类靠首长近些,便于他箸取,从来没有谁为谁布菜的事。如果有客,那么是谁的客人谁就陪着到小餐厅进餐,可以酌情添两个菜。晚饭渐至高潮,子女们交换、分析、品尝着各类传闻。首长间或发个疑问,问明即止,很少卷入话题。韩姨则和子女们谈得热烈,每餐必留到最后,仿佛聊天比进餐更重要。叶子一开口,大家都安静下来,因为她声音细小,不用心听就滑掉了。

"爸爸,明天用一下你的车行吗?"

"什么事哇?"

"把行李拉到医院去。我不住家里了。"

用车是件小事,叶子没忘请示父亲,而脱离家庭单独生活——这样的大事她独自定了。她看看大家脸色,解释几句,她想学外语,考研究生,单位里安静,正好用功。

首长沙哑地问:"还有没有谁想离家的?"

子女们都不说话。住家里样样方便,每月交十五元伙食费,吃内部供应、精致烹调,不足之数,家里贴了。还有用车、电话、热水澡、卫生条件、单人卧室、内部参考片……等等惬意之处。老二老三在单位有住房,情愿空着白交房租,也要住家里。而叶子是最小的女儿,却要搬出去,多少使哥哥姐姐感到难堪。

首长脸转向叶子:"你独立哎。我也一样。"

老二老三开始劝叶子不要搬走,说在一块多热闹哇,说爸妈那么忙,见一面不容易,搬出去更见不着了。炭头打断他们的话:"我支持小妹搬走,没有独立就没有事业,无非是多吃点苦嘛。有个要求,小妹应该每周回家一次,最少也该在周末团聚一下。"炭头长年在野战军部队,只有探家时才住家里,所以他出言无忌。在家庭的威望,仅次于首长与韩姨。

那天我下班晚了,首长叫我别走,让我留下一块吃饭,这种情况也常有。我听到他们谈及家庭内部的事,便埋头吃饭,避免发出任何响动。不料首长忽然道:"你什么意见啊,也谈点看法好不好?"最初我没意识到首长是唤我,等看到子女们的表情,便明白自己躲不掉了,他们仿佛让开一条路似的,让出一片寂静。

我正欲讲几句赞同的话，叶子一声冷笑，把我卡住了。叶子生硬地道："干吗问他？他是我们家什么人？我自己的事情，干嘛老是由别人问来问去的。"停会又说，"像搞展销似的。"

众人都愣怔，叶子明显是在挑战，但不清楚是针对父亲还是针对我的。我决定缄默，我知道叶子开始恨我了。她恨得应该。也许应该。

首长说："小李虽然不是家里人，也可以从外人的角度发表意见嘛。内外两种角度一交叉，真理往往就在这个交叉点上，这是一位老师讲给我听的。"

"小李是外人？哼，他对我们家介入得比哪个都深。他什么不管？爸爸你想，你穿几号军装？你每月工资怎么开销的？你的文件都通过谁进来出去？你作息时间都是谁安排的？在我们这个家里，你每天和谁相处的时间最多？不是我们不是妈妈，是他！他差不多把你保管起来了。包括保修——理疗服药什么的。"

"小妹注意分寸！"炭头轻敲了下桌面。

"叫她说嘛。这丫头难得痛快一回。"首长抬起下颏摆动着，"你们也可以跟上。饭下肚，话出口。"

"大哥你别说我！你知道我们伙食标准多少钱一天？你知道我们每天用的香皂、手纸、信封从哪来的？你知道我们几个人在单位里的工作表现和男女交往么？机关干部，还有你们单位领导和谁最熟悉？外面的情况通过谁递进来？你要是不知道，就问他好了，他什么都知道！我们都在他巴掌上。"

首长沉吟道："明白了，你想赶他离开。"

"我只是指出一种现实罢了。"

我起身对首长说："我想到办公室去，有几个交办事项还没办。"

　　首长颔首不语。我走开了，自信步态还算从容。我走出没多远，韩姨也出了餐厅，我估计她要和我谈谈，便止步注视她。她经过我时淡淡地说："《新闻联播》开始了吧？"慢慢上楼去了，她每晚都要看《新闻联播》。我发现餐厅的门已经掩上，里面显然在争辩，但声音比较疏落，两句话之间有很多空隙。韩姨退出后，他们会以为她到我这儿来了，韩姨肯定知道他们会那么认为。我不是也以为韩姨来宽慰我么？在首长家，韩姨是我唯一看不远的人。她好像不能看，只能体味。我总觉得她停留在我的背后，一只没有生命的假眼闪闪发光，一只微黄的眼珠幽幽蠕动，指间正夹着香烟，烟蒂长长的弯曲着。有几次我明显感到她就在附近，转脸看，没有，但地毯上有她掉落的烟灰。这种烟灰经常出现在窗前、线角、晒台等处，这种地方因其豁然洞开便给人失重感，孤独的精神适合在这里倚傍，好像鹰巢倚傍着悬崖。

　　我回到小办公室，很快办掉几件遗留事项，开始考虑自己的处境。我独自坐着，明知道不远处有群人在决定自己的命运，而且是围坐着餐桌那样的地方。我已经是一位干部，跟随首长多年，我差不多是将自己劈碎了嵌入首长的缝隙里，以使首长更完整更有力，而我也在这种献身中获得满足，仿佛放大了自己。叶子突然对我发动攻击，她将要离开也迫使我离开。她话中隐含的真意是，我在这个家庭里介入得太深太深。

　　已经近乎侵蚀近乎灾难了，我将自己贡献到这个程度——使享有这贡献的人感到威胁。

　　叶子对我怀有巨大恨意，因此她才这么深刻。我马上弄明白了自己的感情性质：我天生不喜欢深刻的女人，她们的思想谋杀了体内的女性。真的，对于我来讲，有深刻思想的姑娘倒不如仿佛有思想的姑娘可爱。特别是，她跟闪电似的突然深刻起来时，我一定会被她逼退。我自己饱尝深刻的苦楚，我不希望她是我的重复。

我闭掉灯，孤坐在无边的黑暗中，使自己感到可靠些。远处有只钟在鸣响，每一下都在损伤我。然后有一支乐曲加入进来，我重新感到母亲那只粗糙的沾满阳光气息的手，搁到我身上，凡是她手到之处，都将我抚平了。

电话机上的信号灯闪动，我拿起话筒，报出姓名。首长的声音："你来一下。"

首长坐在卧室中那只老式躺椅里，柔和的灯光使他显得十分悠然。每当遇到艰难事态，他都是这么悠然，好像在欣赏艰难。他让我坐到近旁软椅上，说："茶给你泡好喽。你一杯，我一杯。"

我说："首长早些休息，有事明天说吧。"

"你给我泡过多年茶水，今天我还你一杯。"首长微笑，取杯轻吸一口，并且示意我用茶，"我准备调动你工作，到管理局或者军训部当参谋去，你有什么意见？"

"我服从安排。"

"听口气好像预料到了。"

"是的，首长。"

首长的神情在说，我也预料你预料到了。他又呷几口茶，沉默了很长时间，自语道："我们出了贵州，进入青海境内，连续四天和马步芳、马步青的骑兵交战，我们团损失太大，还剩下不到百人吧。粮食也没有。我腿也断了，骑不得马。战士抬我步行了几天，我知道这样下去大家都到不了新根据地，就命令他们把我留下，交给一户藏族老乡，待养好伤再走。枪和文件让政委带走了，他们给我留下几块金子和一包大烟土，作为我养伤和食宿的费用。"

我听出，首长在讲他长征时的事情。太突兀了，我想找纸笔记录，可马上又感到，首长有些异样他没有动手势，他不想记录。因为这些都是不可能忘怀的。

"开头一段日子，老乡待我还不错。他只当我是伤兵，至于我是国民党的伤兵还是共产党的伤兵，在他看来都一样。他给了我些草药，给些莜麦饼子，还不要钱，他没想到我有钱。我要是一直不暴露，也就过去了。可是我过意不去，给了他一块金子几两烟土。他们大吃一惊，看到我腰带里还裹着金子和烟土，就拔出短刀逼过来了，我扔下腰带，逃出一条命。身上只剩一套破皮袍，没有吃的，也没有药。我知道部队前进的大致方向，就拾了根草杆子做拐杖，拖着伤腿撑上去了。在戈壁滩，我好几次看到天边有红军队伍，等我追上去，他们已经不见了。我喝脏水，吃草根，还吃一种叫不出名的小黑鱼，伤口都长蛆了。我别无生路，只有朝东去，心想会死在找部队的路上。记不清走了几天，忽然看到土包上有几个红军战士，服装是二方面军的。我高兴的快发疯了，朝他们奔去，拼命喊'同志呵！'等我跌倒在他们附近，他们也看到我了。他们互相望了望，没有一个人过来扶我。我再爬近些，明白了，他们、他们在开饭。"

首长罕见地激动起来，他咳嗽几声，用茶水稳定心情，沉默几分钟，待彻底平静后，继续说："他们有六个人，有两个人可能负伤了，也躺在地上。他们围着六只小碗，有搪瓷的、铜的，也有竹壳的，一个人正往六只小碗里倒炒麦，每只碗里只几小口，布袋里只剩斤把的样子。我说我是掉队的红军，是红三师七团的营长。他们很犹豫，说不认识我，说我不是红军。我想怎会不认识呢？我们一道打过仗的，有一个人我很面熟，就是叫不出他的名字。我详细说明自己的经历，他们问我有证明没有？我身上没有一样能证明自己是红军的东西，连衣服也是藏民的，他们就不承认我是红军，叫我走开……他们把分到碗里的炒麦都吃了，不看我一眼。我昏睡过去，第二天醒来，他们已经走了，地面只剩些脚印和压断的草秆。我很空虚很害怕。没找到部队时还有希望，找到了又被丢下才真是害怕。我估计他们是最后的队伍了，我无论如何要跟上他们！我已经不知道饥饿和伤痛了，昏昏倒倒地又追赶他们。还好他们也有伤员，走不快，天黑前我又看到他们了。我坚持走到距他们十几米的地方，摔倒了。他们和昨天一样，在开饭，每人一口炒麦，没人问我一声。我醒来后，他们又走了，我又追上去。黄昏时，又被我追上了。他们只剩五个人，边上有个新土包，大概刚埋掉一个同志的尸首。他们又坐下开饭，五个人五只碗，每人一小口，布袋翻过底子，全倒空了。我爬到他们近旁，用尽气力说：你们要当我是红军，就带上我。要不承认我是红军，就开枪打死我。……不知道他们听清楚没有，仍然不分我一点粮食。太阳出来后，他们又扔下我走了。我爬到他们昨夜停留的地方，希望能找到几颗麦粒。一颗也没有，我把他们压断的草秆吃掉了。后来，我沿着他们的脚印，挣扎着走了两天，终于被四方面军的侦察队发现了。他们救下我，我才知道，在我屡被抛弃时，我们部队已在前方几十公里的地方，同四方面军胜利会师了。在吴起镇，我见到了那几位红军，他们很难受，不敢看我。他们说，他们心里早知道我是红军营长，但是不敢承认。因为，没有吃的了，收下我，他们之中就可能有人饿死。……我参加革命快五十年了，只在戈壁滩那几天里，对革命发生了动摇，他们当时的脸色，好冰冷啊！我、我实在受不了！我差一点离开革命队伍。其他时候，无论环境多么恶劣，无论战友死掉多少，我的信念都没有动摇过。"

我已泣不成声，难过地说："我明白。"

"走归走，革命信念可不能动摇。"

"不动摇。"

"我从来没跟人说这段经历，你也不要外传。军区孙副司令，当年就是那几人中的一位。"

我惊异地望着首长，他的眼神又缩成针尖那么一点，但是口角凝聚着笑意。他轻吸茶水，细嚼着齿间茶叶，轻轻吐掉，说："你的职务级别问题，我会考虑的。你跟我这些年，工作不错，我感谢你。"见我欲言，他示意停止。继续说，"你和炭头不同，你不是我儿子，我应该公事公办，当提则提。我对炭头是严格些了，可惜效果不好。我本以为可以借此影响军区其他领导，使别人也像我这样严格要求子女，但他们没这么做。他们的子女提拔得比炭头快，我有些后悔，即使是我的儿子，我也应该允许下面公平对待嘛。"首长敲敲茶杯，我连忙取壶续水偷空擦干了泪。我坐好，以为首长要再度畅谈，他却说："你休息吧。"

我离去时轻轻掩上房门。走出楼，看见两间屋内亮着灯，一间是首长的，一间是韩姨的。我顺着往旁边看，很希望楼角那间屋也亮灯，那间屋是叶子的，它沉默而黑暗。

年末，这个军区奉命撤销，归并另一个军区，我也随大批干部调入新工作单位。目睹一个巨大军区消失，我另有一番哀痛。首长就在当年离职休息，不久即发病住进某解放军总院，确诊癌症晚期。我闻讯后最初的念头是：首长肯定预料到了。

借出差之机，我到医院探视首长，叶子也在病房照料父亲。她看见我时苦笑一下，俯身在首长耳畔说了句话，首长睁开眼，望我许久，辨认清楚后，目视我坐下。然而里间病房并没椅子，外间客厅倒有多张沙发，也许是禁止客人在此久留的缘故吧。我站近些，低语："首长，我来看你。"

"来了好嘛，……看一眼少一眼。"他脸上出现痛苦抽搐。

我悄声问叶子："首长疼得厉害吗？"然而此语竟被首长听见，他挣扎着笑道："我体会是，生病不痛，治病痛。"他指的是，为延长他生命而采用的化学疗法。他休息一会，又问我工作情况，我尽可能简短地回答他。他说："我很想写点回忆录，我有些东西值得留给后人。"

这个念头违背他的一贯原则。我有点心酸，首长渴望生存下去，如果不行，则换种方式生存下去。我说："等您恢复健康，我替您写。"

"一言为定。"

两位护士推着药车进来，药杯和器械叮叮作响。首长一见她俩，赶紧闭紧双眼。叶子扯我离开，到外间客厅，顺手一拽，我们并肩坐到长沙发里。叶子没有放开我的胳膊，而是把头靠在我肩上，闭目不语。我刚想抽开胳膊，她说："别动，让我靠一会，我累……"我不敢再动，任凭她靠着。我头一次和叶子相依，她脸庞轻微起伏，我隔着军装也感到她手冰凉。她憔悴了，还没有成熟就先憔悴了。我们很久没说一句话。

里面，两位护士正对首长实施治疗。年纪大些的那位很凶，一开口就批评首长："你要配合嘛！要服从大夫嘛！怎么搞的，又想叫我们挨批?快戴上,戴上么你!"年纪小的那位却温柔得像乖孙女,她把首长扶起来搂在怀里,舀一汤匙药水,放自己唇边试了温度,慢慢喂首长。一边喂着一边央求:"来,我们再喝一口好吗?真好,我们再喝一口。看,不难喝吧?我们再喝最后一口。"两人刚柔并济,直把首长收拾得服服帖帖,退回孩儿时期。

我很难受,动一下肩头:"你为什么不去?"

叶子喃喃道:"我不行,这时候非她们不可。你见过当大夫的给自己亲人动手术么?"

"首长可维持多久?"

"不知道。也许几个月,也许一口水呛着就过去了。"她从我肩头感觉到异常,抬头直视我,"你想走了吧?"

这时,两位护士推着药车出去,那车已不再叮当响,我趁势起身,进去看望首长。叶子坐着不动,我出来告诉她:

"首长睡熟了。"

"是昏迷。"

"家里其他人呢?"

"轮班。"

"我……"

"你该走了。"

"我还要来。"

"抓紧。不然可能不必来了。"

叶子送我下楼,途中碰到一位高个军人,她朝他点头:"就来。"我们出了大厅。我站住说:"回去吧,又有客人探视。"

"他是我丈夫。"说罢,她进楼了。

我收起那帧三人合影。否则,我在家里走动时它老在盯着我,而我不愿过被追踪的生活。

门外有汽车鸣笛,又该去车站接韩姨了。我穿好军装,出门看见来车是一辆"奔驰250",我问驾驶员:"那辆'吉姆'呢?""在车队待着。"

"为什么不派来?"

"李参谋,今天没有指定车型呀。"

是的,我没有指定要"吉姆",我似乎也没有昨天的那种心情了。我钻进车内,在关闭车门前,听到屋内电话铃响了。从铃响的方式判断,这是一个长途电话。从时间的时机判断,也许是韩姨家里打来的。他们要告诉我什么?

我关闭车门:"走吧。"我们直奔车站。

"奔驰"车果然比"吉姆"轻盈,开起来像呼吸那样。

清晰度

1

每月一日,是南河边防站与X国边防站约定的边境会晤日期。每逢这天的上午九时整,双方边防部队各派出一位校级军官及助手、翻译,最多不超出三人,组成一个边境事务小组,到会晤点进行会晤。凡是单月一日,会晤点便安排在我国境内距边界两公里处,即是于典团长所属的边防三团团部,团部里有一块专为双边会晤划分的区域:绿岛。内有一个椭圆形小花园,花园中央是一幢米黄色两层小楼,会晤就在楼内大客厅进行。

凡是双月一日,会晤点就安排在X国境内三公里处,在陈中校所在团的团部,会晤点所在的那座平房是旧式营房改建的,内部装饰粗糙,没有冷气空调,但是门外挺立着两个戴钢盔的卫兵,那种高大令人一望而知是特选的。因他们国度不出产身材高大的士兵,最有战斗力的家伙往往瘦瘦矮矮,矮子特别适合于丛林战,一钻进丛林就能把所有树林变成工事,能够同时对付几个受过良好训练、武装到牙齿的大块头士兵。在X国看来,矮的是美的,高的才是丑的。X国军人射击用的胸环靶无一不是又高又笨——他们眼中的敌人就这样遍体破绽：爱怎么打就怎么打爱打哪块就打哪块。于典曾经接待过X国的军事代表团，他发现那些作战骁勇的将军们，竟是一片满胸勋章的矮子，而且个个瘦瘦硬硬，整个人的体重抵不上他一条大腿。他向他们敬礼不得不低下头去，目光直戳到他们的头顶。他想，这些家伙不是一个一个生出来而是一打一打像传送带上下来的子弹，连面孔都他妈雷同。

所以，于典进入对方的会晤点看见那两个高大卫兵时，真替陈中校可惜：你们这是在模仿我们哩，而一旦模仿起我们来，贵军贵国必败无疑。

昨天，于典仔细研究过那本"边防动态"，和往常一样，本月边境事务无奇，团属防区内的关卡和哨所均无大的异常，除了几起小的边民纠纷以外，没有什么引人注目的事件发生。这些年来，两国关系大幅度改善，边境贸易日益活跃，每逢集市日，对方的边民成群结队过境，与境内居民交易。所使用的货币除美元和贵金属外，主要仍是人民币。双方边民之间的婚丧嫁娶也频频不断，其仪式也基本按照汉民族传统进行，镇上几乎每家人都在边境那边有亲戚，彼此常用背篓背着百货与食物来往走动。不光人类亲近了，牲畜也亲亲密密地繁衍。X国村民们喜欢将母猪牵到我们境内来配种，以便产下新型肉用猪崽。我们的边民们也喜欢将母牛拽到X国平山那边去交配。据说，那镇上黑衣老头饲养的凯基种牛在某次国际博览会获得过金奖。黑衣老头七十岁了，一生打过四十八年仗，虽是晚年，却如同从头活起似的，娶妻生子做起小生意，日子火旺。七十岁那天黑衣老头发现身上的皮一片一片掉下来，跟蚕那样，露出婴儿般鲜嫩鲜嫩的新肉，他骤然年轻了几十岁。此事轰动了边界两边，并使得他的凯基种牛也声誉大振。黑衣老头尤精于配种之道更精于友谊交往，本国的牛们配种一次他收费三十元，而我们的牛们配种一次他只收二十元，勾引得我们内地人也迢迢地将牛牵了去做爱，帮助他产生国际影响。哦，生活，甚至是一点儿生活气息——诸如几声鸡啼猪吟，就足以使人忘记多年前两国间那场战争。接着，就忘记脚下那条长长的、无形的过境线，边民们走过界碑时态度十分平静，接近于漠然，视而不见是最深刻的遗忘。

于典翻开边境会晤记录本，思考着将向陈中校交涉的几项事件：

1. 西区314界碑附近，前天凌晨发生一起枪击，弹着点落在我国境内。请对方解释并要求道歉。

2. 马山那边，宽五十米的隔离带，有人非法进入。判断是对方边民。提请对方加强警戒。

3. 我仓库失窃战备短锹两箱，窃犯是对方某村某人，请对方协助追回。

4. 对方巡逻哨向我方哨兵索要香烟等物，这容易造成故意越境事件发生，请对方部队加强边境纪律。

……其实，于典完全了解：第一件事是边民狩猎所致。第二件事是游客误入禁区，这些都算不了什么，但必须声明抗议一下以保持边界的神圣性。第三件事是我方不慎遗失战备锹，可遗失的物品竟然在境外被卖了，对方也就有一点责任。第四件事的真实意义在于：不管老百姓之间怎么亲热，双方哨兵之间却不能有任何私人感情，你递个烟来我送个火去——还叫军队吗。万一又起干戈，兵们还肯刀枪相向吗？当然于典也明白，正是由于有这些琐碎纠葛存在，才证明这是一条和平的边境线。假如边境线上突然安静了，那反而意味着战争。纷乱的边境两边往往是友好邻邦，死寂的边境两边却是恐怖的敌国。

八时三十分，于典朝绿岛走去。他登上顶楼，在这里可以看见边境线。陈中校所率人员将在隔离带对面的边防哨卡下车，然后电话告知我方。经我方边防站允许之后，留下武器，步行越过宽达五十米的隔离带，抵达我方，登上我方提供的吉普车，驰来会晤点。这天清晰度极高，他仅用肉眼就可远远看见陈中校所乘的旧式吉普车由对面丛林小道穿出，停靠在边境。少顷，楼下响起电话铃。侦察参谋上来说，边防站报告，对方会晤人员不是三人，而临时增至四人，现在要求过境。于典拿过边防站传来的名单看了看，发现上面多出一位名叫黄晓奴的人，军衔中校，职务军事调查员。凭直觉，于典认为这是个假名，此人有自己特殊使命。这件小小变动使得于典略觉不快。在边境，有悖于常规的一切，都令他生疑。于典指示："准予进入，开放边卡，发放过境证。"参谋应声去了。于典下楼，在一扇门那么大的整容镜前站了站，审视一下自己的军容，随即走出花园，站在路口迎接陈中校。

那辆专用的越野吉普车抵达团部，身材矮小的陈中校第一个跳下车，却没有过来，站在原地等候。片刻，后车门打开，盈盈地滑下一位女中校，朝于典投来火焰似的一瞥……陈中校压慢了步子，与她并肩走来。那几步路走得真惊心动魄。于典表面镇定如故，胸口突然烫痛。他没料到黄晓奴是个女人，没料到是这样一个女人：猛看竟如混血女子，火辣而美丽，这体型容貌在X国简直是背叛。这么漂亮的女人却不是于典的战友而是X国的军人，并且由那位粗陋的陈中校陪伴身边，这使于典隐痛不已。她步态矫健，神情冷漠，年龄一时看不清楚，更不容人多看，几缕黑发从帽檐中淌出来，和阳光一起铺漫肩头。她近了，空气中有草浆的温香。

陈中校没用，满脸惶恐味儿，也许是叫这个漂亮女人逼失态了。于典发现这一点便觉宽慰。陈中校依照常规，同于典互致敬礼，握手，用X国语言向黄晓奴介绍于典团长，然后通过翻译向于典介绍黄中校。大意是：她是X国军队著名的军事记者，此行目的是考察旧日战地，完成一项研究课题。黄中校听说今天是边境会晤日，就想顺便结识一下贵国的优秀军人于典中校。从陈中校的语言中可以听出来黄晓奴军衔虽然也是中校，但军中地位在陈中校之上。

于典昂首挺胸，气昂昂地上前同黄晓奴握手，她却将纤手举到额旁敬礼，这是有礼貌地拒绝握手。于典因愤怒便哈哈一笑，言辞中霎时刀光四溢："欢迎黄中校光临我部防区，有任何需要都可以干干脆脆提出来，省得我们猜测。不过——可能我记错了，黄晓奴像是别人的名字嘛，去年第七次会晤时来过这里，我记得黄晓奴是个男的。这次你们应该换个名字嘛，陈中校也认识不少汉字，不必老用一个名字，让我的上级怀疑。"于典得意住口、我把他们的愚蠢都说出来了，这下要给陈中校惹麻烦了。

从黄晓奴的眼睛里，能看出她懂汉语。当翻译刚刚译完于典的话，她就替陈中校回答："于典团长是记错了。去年第七次会晤时，确实有一位叫黄晓奴的人要来参加，名单都报来了，但是人临时又没有来。请您再想一想，是不是这样？……那个想来而没来成的人就是我。相距一年之后，我才能越过边境，访问你们的边防站。"

于典猛想起，这丫头说得对。去年第七次会晤，对方把黄晓奴名字报来了，人确实没来。于典这失误虽然不大，但是在美貌的中校面前，就不仅是失误而是失态了。他迅疾还击道："原来，黄中校此行障碍重重呀，光是跨过边境线就需要一年多时间，可见你来得不易。陈中校晓得，这里连一头牛都可以来去自由。"

黄晓奴默然颔首，脸上隐现苦楚。片刻间，她那哀伤神态使得两个男人有点望之失神。

2

据说，这团雾障将要在山谷里停留三个月。

每年，这雾障都在春分时刻生成，前后差不到几分钟。直到夏至那天才清散。它覆盖住了十几平方公里的区域。雾障下面是大片大片丘陵与沟壑，是双方犬牙交错地区。这块地表几千万年来未曾裸露过，上面滋生由两万多种植物组成的热带丛林。每年雾障弥漫的季节里，双方都被迫休战。仅有侦察兵楔入对方腹地抵近侦察。直到夏至那天，雾障在那个凌晨突然消失得无影无踪，太阳轰然落地，光亮涌进坑道，蛇那样在曲折掩体里游进去十几米，把坑道弄得像枪管那么亮堂。那天早上，士兵钻出坑道，久违的光亮猛击他们，兵们头脑晕眩身体失重，几乎摔倒。待站稳了，兵们面对崭新的、闪闪发光的、近得骇人的山野目瞪口呆。然后，他们踏着破弹药箱拼成的阶梯走下来，身体像干枯的海绵吸收着阳光，浑身骨节都舒坦地咔啦咔啦乱响，每个兵都变成一只擦得亮晶晶的铜钹，微风透身而过撞起金属共鸣。他们光彩而精神，坚韧而柔软，四肢可以像蔓藤触须那样长长地伸展开去，呸地一口痰唾出两丈多远。可恶的雾障终于消失殆尽，双方获得真正的视野，将清清爽爽地进入实质性交战，枪管被太阳晒热，大规模战斗即将开始……

但那是以后的事。现在，雾障把一切都窒息住了，山野丛林都泡在雾气里，混沌着融化着霉烂着。在雾障里，一只蚊虫和一座山看上去没区别，兵们弄得敌我不分，清晰度几乎是零。兵们呼吸着水，空气湿得可以舀起来喝了。战事被迫冬眠。日月打碎了埋藏在一起，不黑不白不阴不阳。在三个月近百天的可怕时间中，在大多数人混混沌沌里，只有一小部分双方精英分子四处潜行、隐蔽、侦察、潜伏、捕俘以及小规模杀戮，他们摸索着构思着雾障消失之后的第一场战役。当阳光轰轰烈烈倒下来时，战役早已在图片上定型，肢体蠕动，粗野地呼吸着。双方大部分已经匍匐到位，化入丛林，剩下的只是让战役起飞。这时候，只需一缕阳光碰撞它一下，战役就从一片树叶上掉下来，哐然响遍天下，空气被炸碎，每片气流都化作一支白刃。战役如同山坳里轰轰烈烈的罂粟——它们已悄悄吸饱了几个月的汁水憋足了内力——戛然绽开！炸成漫山遍野五光十色的小小火焰。其艳丽令人乱刀穿心，魂飞意散。

关于雾障的背景情况，是于典自豪地告诉元音的。于典是侦察大队中尉参谋，素质一般但运气极好，他到前线不久，大队一连的老穆就身负重伤，给送下去了。于典被任命为连长，等于提前晋升一级。假如不出意外，轮战任务结束后，他完全可以指望再升一级。那时，这个在军校老给人垫底的家伙，一下子就比元音他们领先两级。现在，于典就预支了未来的快活，掺在战场背景情况里，介绍给元音听。元音知道，于典和他的侦察大队一连，就属于战场静默期的精英分子，目前的战争就主要由他们垄断。

他们素以为天老大我老二,醉心于单独行动,就是说这帮家伙每个人都拥有一个战争。配不配元音不敢说,但是这群老二们已攒足一辈子吹牛的本钱。战争史再三证明,一个优秀军人必须具备两条基本要素:勇敢和吹牛。勇敢的价值大家都明白,我们不必多说,需要强调的是吹牛。不会吹牛的家伙起码证明他没有想象力。想象力是战斗力的重要组成部分,而且是最神秘的那一部分。

于典领元音登上雾障顶端,掏出鸡巴冲山下撒尿。完了身体一抖,邀请元音,你也尿一泡吧,现在没风,它能直下两千米,落到蛟龙江里——惊叹号。

他口授着把惊叹号加在话尾,故意使他那一番臭烘烘的语言,听上去像个文件。元音问,要是有风吹呢?

于典说那就更好了,洒满人间。

元音知道他为什么卖弄自己的鸡巴。他说,我注意到了一个情况,你们侦察大队的货色上战场前,每人都配发一颗胆子两颗睾丸。我原以为像你们这种家伙应该倒过来配发:给每份子弹和睾丸,配发一个人。

操你元音,好久没人和我这么说话了,这几个月我除了军语和骂娘就没说过也没听过别的。这一来就来点狗屁啦。我刚才主要是找个机会,把鸡巴亮出来晒一晒太阳。你凑过来看看,老子这半斤肉都快烂掉了。操他姥姥天气,本连官兵谁不烂裆?现在是春天呀。什么样的春天,裤裆里的春天。你要么别是春天要么别水漫金山,两样凑一块,你说该不该操。我操它个春天。

元音冷着脸问谁操谁呀?过去你没这样粗野,你别故意粗野好不好。

于典望定了脚下无边的雾障说,操敌人。操K师特务营。这帮家伙已经到位，侦察兵也跟我们一样四处活动。我们团战斗力比他们强，他们的单兵战斗力比我们强。比方说，我们一个连能打败他们三个连。可是他们一个人却可以绰绰有余地对付我方一人至一点五人，然后再对付下一个一点五人。老穆就是被他们的狙击手搞掉的。临昏迷前说是个女的，手提微型冲锋枪。老穆还没来得及烂裆就光荣退休了。

果真是个女的吗？

狗屁，要是女人，当兵的五百米外就能闻到。你想，敌我两方的人都是几个月不理发了，谁看谁都像女的。这雨下得人视觉都发霉了，在自己巴掌纹上也能认出女人屁股缝。

元音说于典你谦虚点吧。老穆栽了而你站着只说明你运气，不说明你比他聪明。挨女人枪弹是丢脸的事，老穆要是没挨打干吗要那么说？所以，也许真有女狙击手。

于典无言地坐在岩石上吸大中华。此刻天高地远四面俱空，眼睛一动就是天边，但他身体仍下意识地保持坑道里的姿势，微微躬着，人缩得跟胸环靶那样。他诗人般的说，让我们好好看看太阳吧，一下山，我们就掉进雾障里去了，几个月见不到它。于典感伤地摇头，此刻他正拼命多吸收一些阳光好带到下面去用。他的身体蒸腾水汽，迷彩服渐渐干缩，显示出早先的折痕。军用品总是那么执拗。你把它叠成什么样，它就一辈子褪不掉。

跟我说说你是怎么中弹的？于典小心翼翼地问，同时紧盯元音的眼睛。他听军医说过，脑部受过伤的人，一旦失常，最先表现出来的迹象是在眼睛里，比如呆滞、扩瞳、短暂失明等等。元音没有这些迹象，元音的眼睛深不可测，带点冰冷的笑意。元音说，老兄你也开始审问我了，你担心我脑子已报废，来了情况向自己人开枪。

于典笑了,说你会报废的人多愚啊,我根本不相信你会报废,你会死去但不会报废,就像报纸上说的,你小子永远活在我们心中。但是你得明白,你脑袋挨过一枪之后,起码打掉了你的前程。他们说你随时可能失常,谁再敢培养你?

元音率两个士兵抵近侦察,他们在草丛叶刃里,四小时才爬出去八十米。凭感觉,元音知道前面有伏敌,也是一战斗小组三个人,正藏在那块棱石后面。他将这感觉深化一步,相信那些伏敌也知道他们接近这里了。在这种地形下,枪是无用的,谁先开火谁就先暴露自己。元音很想攀上岩石看一看远处山坳。只要两秒钟就够,等敌人反应过来他已经看清了远处情况。他让战友掩护,深吸一口气,突然跳上棱石顶,朝山洼后面看去。几支冲锋枪骤响,一颗子弹击中他脑部,穿透钢盔打进右颅。他觉得一阵巨痛之后,脑中忽然清亮如洗,目力迢迢无尽,竟能认出几百米外草叶上的茸毛,茸毛上挂着一颗颗水晶。那天清晰度极差,他却看见了山坳后面,几辆对方轻型坦克卧在平板车上,用水牛拉人力推,进入伪装很好的掩体,怪不得听不到坦克引擎声。对方确在准备一场战役……

事后,在场的那两人说,元音中弹之后立刻从石头上摔下来了,身上好几处出血,立刻失去知觉,双眼睁得大大的,望着天上的阴霾,他不可能看见山坳后面的情况。但是元音自己却断然肯定看见坦克,而且是中弹之后看见的。太不可思议。事后侦察表明那不是幻觉,山坳里的确隐藏坦克,其数量也是元音所看见的三辆。

醒来以后你有什么感觉?于典问。

我把那颗弹头拔出来了,当时它一半扎在脑壳里一半露在外面。元音说，伤好后连我也不敢相信，它治好了我的颈部神经痛，估计它正好击中我病根。元音从裤袋里摸出一个钥匙环，上面吊着那颗亮晶晶的弹头。

于典看了看说，70式狙击步枪子弹，7.62口径，冲击力吓死了，它可以击穿一堵墙，击毙躲在墙壁后面的人。

自从把弹头从脑壳里拔出来后，元音就觉得脑壳里有颗石头，骨碌碌滚。夜里睡觉，每当他把头歪向右边，那石头就滚到右耳这边。他下半辈子脑壳里都得吊着这个敌情了。元音说，它大概飞行了两百米后击中我的。我把它拔出来它还在发烫，那狙击手肯定一双鬼眼，那天清晰度极差，妈的还能击中我。我非把它射进那小子脑壳里去不可，我知道是谁干的，那杂种的钢盔上插着一串米兰。

是个女人，插米兰，再来点颈部神经痛就全啦……于典咧嘴笑，满脸意犹未尽的样子。

元音想，这小子知道，这小子天生爱打探，这小子的专长就是知道的时候装成不知道，而不知道的时候冒充什么都知道，关键在于让外界认为他知道。侦察职业把他的毛病发展成一项天才。当时，击中元音的子弹不止一颗，大腿和下体都有弹伤。他的睾丸被打掉了一个半。军医替他隐瞒这个丢人的伤处，对外只说是颅部弹创，以免在那些粗憨大兵们中间引起低级轰动。但元音曾经是全军著名人物，其前景叫无数年轻军官妒羡不已。他的不幸终究暴露出来，从医院一直传到部队。那些人有滋有味地说：该同志老大中了一弹，老二又中了一弹。而如于典一般的类人猿们则深刻地犯愁：元音档案应当改写。姓名，元音；性别，暂时空着，待查；……伤病员们留心元音脸上胡须、嗓音有无变化，再三问那敌人是不是女的，元音的伤给同病房人带来新鲜刺激，驱除多少烦闷。假如无名之辈的睾丸被击碎——妈的碎了也就碎了。可元音不是无名之辈，他爹不是他娘不是他更不是。元音在为他先前的不同凡响付代价，忍受着老大老二人格人品立体伤痛。夜里，连他自己也恐惧地发抖，搞不清楚自己究竟是不是男人了。他的对敌之恨，已超越对敌之恨，发展成为恨的极致，连同周围一切人也恨起来。他经常偷偷地看着那些穿白大褂的女护士，窥视她们的小腿与腋窝，发现心里不再麻痒，蓬勃的性冲动消失殆尽。

所以，于典故意当着他的面晒鸡巴，器宇轩昂地要操整个春天时，元音只能静静看着一头雄性抖翅狂嚣，忍受亲密战友的蹂躏。

3

于典陪同黄晓奴走进边防站，鼻子随意抽动她的芬芳。他比她高出一截，眼睛一垂就可以从她的领口望进胸衣。他雄赳赳迈步的时候，脑子里正嵌着半只模糊的乳房。但他正视她胸脯的时候，却只看见那三枚耀眼的军功章。中间那一枚紫星勋章，是X国军方特为上次战役中的功臣颁发的，说明她亲手击毙过我们的人。以往会晤，X国军人即使出于礼貌也不便佩戴这种勋章，这丫头却佩戴上了，她是故意的！越绿岛大门时，于典的门岗咔地敬礼，因用力十足而抖得枪环哗哗响。于典很满意地看见陈中校个头只及门岗第二颗纽扣，门岗眼观鼻——目光正好落到陈中校的头顶上。黄晓奴敬礼通过，朝门岗笑一下，那兵霎时满脸通红，他从没见过如此漂亮的X军女首长。一行人通过很远了，门岗还硬在那里。

于典恨恨地在心里操黄晓奴。老乡们说的不错，X国女子丰满如珠小巧玲珑，一个个水萝卜般，弄一回要你小半条命，果然果然。噢、噢……

于典们为一方，黄晓奴等人为另一方，分别在插着本国小国旗的桌前坐下。于典坐在我方首席的座位上。以往，是陈中校坐在对面首席座位上，但是这一次，由于有黄晓奴在场，他就不敢坐首席了，主动坐到右边一张座椅上。而黄晓奴并不是会晤的首席代表，所以她也不坐首席座位，她摘下军帽，抖一抖头发，坐到左边一张座椅上。因此，X国那张比寻常座椅高出几寸的首座，竟空在于典对面，使得于典说开场白时，不知该注视谁才好，时时有落空的感觉。于典还注意到，陈中校此次穿上了也许是他最好的军装，内衣领口熨得笔挺，身上纤尘不染。但他一举一动都似乎受到黄晓奴的制约。首先，他在黄晓奴坐定之后才随之坐下；其次，在黄晓奴脱帽之后，才随之脱帽，并端正地放在面前；最后，他说话前用目光向她请求，待她眨动了一下眼睫示意之后，他才向于典回话。和于典刚才的开场白一样，他头里也是一套无味言辞。

"我们愉快地接受了贵方邀请，到这里进行今年第九次边境会晤。借此机会，我们也邀请于典中校及有关人员，于下个月的这一天，过境进行今年第十次会晤。我们也认为，自从上次会晤以来的一个月里，边境基本安定，没有发生误解与违约事件，贵我双方所达成各项协议都得到执行。我们在贯彻两国政府和平友好政策方面，一如既往地做出了应有贡献。我们愿意就更好地维护边境安全与发展友谊，同贵方磋商任何问题。作为被邀请的一方，我们请贵方先提出本次会晤的议题……"

陈中校遵照会晤纪律，用X国语言说话。于典因为听得太多，所以没等翻译译出,也已知道大概。他看见黄晓奴专注地倾听着,显示出初入此道的人才有的莫大兴致。于典为此次会晤,既做过议题方面的准备,也准备好了丰富礼品。此刻,会议桌后面,靠墙摆着一圈沙发,茶几上堆积着精致糖果和上等烟卷——都是上级为每次边境会晤配发的"特供",待休息时,陈中校等人会抓紧时间享用。临行前,他们会将吃剩下的果品带回去,与他们穷困的家人分享。在他们往食品袋中装时,于典和所有我方人员都会退出会议室,让他们从容拾取。这不是什么秘密,他们已不再为此尴尬。数十年来,他们已经习惯于享用他国的武器、文化、粮草……不过,于典觉得在人家往衣袋塞主人赐予的食品时,自己还是回避些好。此外,在上次会晤时,陈中校暗示:他的老母亲已从内地来到边防,她患有老年哮喘,活不了多久了,他做儿子的一辈子没为母亲做过什么……就说了这么几句。当时于典没有答话,他不能与谈判对手进行亲情方面的交谈。X国穷,他理解 X 国边防军人难言的生活苦痛,他自己就是个边防嘛。所以,此次会晤他另作了安排:就在此刻,已有人将三袋食物和药品,放入吉普车后座上了。为了给陈中校一份,他不得不将同样的东西准备三份,以使他们会晤小组每个人都满意。

  于典故作从容地看着黄晓奴,猛地想起吉普车上没有送她的礼品,这个意外,必须弥补。他想不出在闭会前短短的时间里,自己能弄到什么使她满意的东西送给她。她的冰冷的小手儿放在墨绿色台布上,泛着鹅羽毛似的一闭柔光,很难相信这样一双手杀过人,这样一双手拈花折叶也他妈弱了些。她的美貌使于典别扭,就是面前坐一个将军也不会使他那么别扭。她穿着 X 国军队夏季式军装,暗中改制过,消除了军装的呆板,裹衬出少妇风韵。

透过桌面，于典感到她的腿一高一低错落有致地叠摞着，他不敢把自己脚伸得太开以免碰到她的脚。即使这样，他也感到她的体温从桌子下面飘来。她的眼睛是一对黑色贝壳，鼻梁造型也背叛了她的民族遗传而灵灵动动地翘拔着，口唇依然是X国女子的厚实且富有性感，微微地张开一道缝儿总在欲言未言。她一无妆饰，浅褐色皮肤细腻而且光滑。她的微笑咧成两瓣，亲切里隐含轻蔑。她端过茶杯揭开盖子示意周围"请"，自己轻轻一嘘，鸟儿般的小啜一口。吓得陈中校忽然噤声，像犯下大罪似的，满场静极，直待她喝罢了水放下茶杯，陈中校才敢继续说话……于典莫名地泛起恨意：这妞儿凭什么雍容作态令在座的军官们拘谨？凭什么属于X国的妞儿？凭什么漂亮得要死却又挂满我们男人的勋章？

如此一恨，于典顿时把脚笔直地伸了出去，让身体大为舒坦。他感到自己的脚碰到了黄晓奴的脚，他装作不知道桌下有什么东西还朝下头一瞟，那只是感觉其实并没碰着什么。但他此刻却看见一双秀灵灵的裸足搭在皮革凉鞋上，那足儿不惯在鞋中裹着已悄悄地拔了出来，足背上有太阳留下的深色印痕，而不常被阳光照射的地方则还是一道道白皙。……于典抬起头，心里有了一个与黄晓奴共知的秘密，再看她时目光竟有些乱。

陈中校此次晤谈，不像以往那样粗豪洒脱，明显地在字斟句酌，甚至故意把话讲得铁面无情。他不光是说给于典听的，更是说给黄晓奴听的。他要让她耳闻目睹：他多么坚守本国利益，他的边境是铜墙铁壁，他对于典及面前的泱泱大国毫无惧意，他是X国军队忠诚的儿子等等。于典拿定主意，待下次会晤黄晓奴不在时，就此事挖苦他几句。于典料定这小子将牢骚一番，说黄晓奴几件荤事，以此报答自己。他还会多少透露出一些这妞儿的上层背景。

比如，她是某将军的太太之类。

黄晓奴始终沉默，如一个念头偎在桌边，颤巍巍并且散发温馨。

边境方面事务很快就交涉完毕，照例达成几项协议。接下来，他们该依照常规，离开会议桌，退到后面的沙发上享用果品和烟茶了。同时也意味着，双方从谈判中的僵硬立场上退却下来，转入轻松风趣的话题。作为相识十几年的边防军人，隐蔽着的理解和友谊那时便无所顾忌地显示出来。于典建议休息，同时看黄晓奴的态度。黄晓奴从桌面上慢慢抽回手，空气顿时为之一动，因为他们都适应了她的手搁在台面上，现在她把手拿开，那墨绿色台面一刹那仿佛死去了。她用汉语清晰地说："刚才，我的战友替我隐瞒了身份。现在我想和你们再认识一下——真正地认识一下。我的真实身份是特种兵参谋；高等指挥学院现代战役学兼职教授；陆军中校。我的专业是研究现代地面战争，尤其是以中国为作战对象的军事战略。我此行目的，是考察十几年前贵我两国之间那场不幸的战争。我想，如果我不说实话，只能遭致你们更大的怀疑。何况，你们迟早也会查出我的背景……"她注视着陈中校问："我这么说话可以吗？"陈中校紧张地点头。她又注视着于典问："您的意见呢？"

于典道："即使你说了实话，我们也照样会调查你的背景。"

于典没料到黄晓奴在正式场合中打破常规使用我国语言说话——那是有失本国尊严的。此举更证明她在X国地位不凡。起码，上面那些刻板规定不能伤害到她。她的汉语讲得比于典的部下们还要好，声色鲜亮音质悦耳，发音吐字标准清晰，只有在我国内地生活学习过多年的X国人才能如此。于典更没有料到这位美女竟是一位强悍的特殊军官：高级参谋、学院教授、研究军事战略，并且专以我国为作战对象。现在,于典面对她时不再窘迫拘谨了,因为她不再是个女人。

黄晓奴说:"为了取得信任,我愿意回答于中校一切问题。啊,我相信于中校不会利用我的话,趁机逼问纯粹的军事机密。对吗?"她笑了。

当然不会,那样做我也太操蛋了。于典按捺不住反击她的欲望,他想知道这女人什么动机并且真诚到什么程度。他说:"随便问两个问题吧,能回答就请说实话。不便回答摇摇头就行了——只要别说假话。第一个问题:黄女士去年就出现在名单上了,什么原因使你推迟了一年才来?"

黄晓奴说:"条件不成熟,边境方面多变的情况我想你能够理解。比如,贵国领导人访问我国首都,不是也推迟了一年多吗?我和贵国领导人的原因差不多。"

于典理解她的意思,却气她趁机把自己和我国领导人比喻在一起。"我再提一个问题,刚才你提到了十几年前的那场战争。我想问问,你胸前那些勋章是不是在那次战争中获得的?干脆说吧,是不是和我们作战得到的?"

黄晓奴低头瞟勋章们一眼,平静地回答:"有一枚是的。我因为英勇作战忠于职守,获得二级英雄勋章。"

"你毙过我们多少人?"于典粗声咆哮着,有些失态。他和陈中校面对面晤谈多年了,从来没因为陈中校曾同我军作过战而愤怒,但是她不行,她是女人!他受不了一个女人既美丽又毙过人。

黄晓奴道:"请相信,我毙的人绝对不会比您多。我并没有为此而恨您,您为什么要因此逼我呢?说实话,那次不幸的战争中,我击毙了一个贵国军人,击伤一个,就这么多。"

陈中校突然恨叫:"她的两个亲人死在你们炮弹片下面,她身上也有你们的子弹!"

黄晓奴用本国语言呵斥陈中校一句,制止他说下去,然后静坐着等待于典回话。

过了很久,于典说:"为什么拒绝和我握手?"他指的是她刚下车时那件事。

黄晓奴脸庞微微泛红,她站起身,把手从桌面下伸出来,有些发抖地一直伸到于典面前。于典反而不自在了,心慌气乱,他也伸过手去,与她相握。他感觉到她的小手如冰匍匐在自己掌中,他轻轻握一下那块冰,她用力握了他的手。两人坐下,心情复杂地看着对方。周围人被这场面弄得有些痴,继之不约而同喟叹。

于典声音喑哑:"你有些什么要求,请说吧。"

黄晓奴道:"十多年前,在这附近进行过一场方山战役。我这次来,主要想调查那次战役的有关情况。时间过去很久了,许多细节开始解密,能够让我们更客观地更清楚地回顾当年战史,从纯军事角度研究双方的正误成败,为后人留下一笔未经歪曲的军事遗产。据我所知,那次战役中,于中校所在部队正是贵军主要作战部队,而于中校所在的连也正是主攻连之一。陈中校所在的K师也是我军主要参战部队,他所在营承担了几次关键性战斗。多有意思,你们曾经面对面在战场上勇敢作战,就像现在一样面对面。你们亲身经历了战役始终,你们知道得太多太多了。我听说,这么多年来,你们两人每月会晤,但是从来不谈当年那场战役的任何情况,我很吃惊,我知道这是多么难于忍受的事,我们头脑中的边界比大地上的边界更深刻更难以跨越。我有个建议:在那次战争前,我们两国是上千年的友邻,那次战争只是历史中的一个片刻罢了。现在让我们看在世代祖辈的份上,以战场老兵的身份回忆一下当年,不带任何政治色彩和感情因素,纯粹从军事科学军事艺术的角度剖析一下方山战役。也许,这对我们双方的国家人民正确看待过去有益;对我们双方的军队建设有益;对人类战争史的研究有益;甚至对我们消除遗痛开创未来也大有益处。哦,我想益处还不止这些,许多潜在的东西现在还没有恰当的言辞说出来。但是,回避它并不是个好办法,回避说明我们无力消化创伤,说明我们心底还埋藏仇恨和互不信任,我们在谈论和平时也没有摆脱敌对心理,我们之间的友谊相对脆弱,甚至友谊也只是一种利害平衡。我是一个女人,我希望那样的战争在我们之间永不发生,但我又是一个军事学者,知道战争是人类伟大遗产并对那场战役抱有极大兴趣。多巧啊,两位参战者都在这,分别属于敌我双方,我们能够比任何单方面都更加全面地看待过去了……"

于典微笑着打断她:"黄女士的中国话说得真好啊。"

全场寂静,如坠空谷。

黄晓奴刚刚提到方山战役,于典就凛凛然如大理石像,端坐不动。那场战役是他军事生涯中唯一亲身经历的战事,他全部荣耀全部自豪都靠它支撑。那次战役后,他连提两级,功勋累累,成为集团军著名英雄,走遍大半个国家作报告,直到现在他一想起那沸腾场面仍然激动不已。可这女人想干什么?她想偷偷地将那场战役篡改成非法行径,她居然以为十几年后回眸一笑可以颠倒乾坤,她把自己的微笑看成原子弹那样了不起。她阴谋叫侦察大队九弟兄的鲜血白流,老于我身上三块弹片也成为性疮那样的丑闻。什么纯科学纯客观角度!于典更恼火的是:这妞儿朝这一坐就居高临下,哪里像当年叫我们打得抬不起头的角色?说的那些话倒也不乏动人之处，但是，这些话要说也该由我们来说，由我们来划一道时代新纪元，决定双方该做些什么。你们没说这话的资格。最起码，也该让个男人来开口，粗野点也行，起点是中将，不是漂漂亮亮的军姐儿。

陈中校沉吟道："我和于中校会面，这一次已经是第四十二次了。我知道你在方山战役中是主要攻击方，我正好是你的主要对手。我多次希望能跟你谈谈那次战役，可是……"他颔首无语。这种支吾，让于典看来反觉得亲切。

于典说："黄中校所要求的超出了边境会谈的范围，我决定不了，必须请示上级。如果得到批准，我愿意和你重上当年战场，回忆回忆往事。打一仗，总结一下，步步提高嘛。我军的传统就是这样。"他努力笑着，双臂大度地挥动。

……

双方会晤人员步入餐厅。按照规定，这只是一道工作餐，丰盛而不奢华。但是于典为了展示他的边防团富足，回回极尽待客之谊，菜肴中总有几道是X国军人难以品尝到的内地精美特产。今天餐桌上便摆上了怪味鸡、八宝海参、铁板烘烤等。他不习惯一道道地上菜，总是叫伙房把所有的菜肴一气做好，并且一股脑儿端上来，摆到桌面上，这才见气势。他认为餐桌跟谈判桌一样重要，吃的好证明我军物力充沛。他们会羡慕咱们，而屈服于一个国家往往就是从羡慕这个国家开始的。前些年，陈中校们曾想在餐桌争取平等与尊严——每次在此享受一顿美味，下次会晤也必丰丰盛盛地筹足一桌美味奉还于典。可是几次之后就露窘了，他们餐桌上毫无优势可言，打开的肉罐头常常是我们出口的。后来他索性认输，入境随缘故作潇洒，开怀吃喝大快朵颐。于典面

183

有得意色，款款地带领他们走向餐厅，斜瞟见他们枯黄的脸庞发光。

黄晓奴半道上止步，不自在地朝两旁望望。于典低头细语："是不是……卫生间？"

黄晓奴感激地微微点头，神情敛然。

于典这里从来没有女性到来，因此没有女卫生间。他走进男厕所，把一个刚刚入内的干部赶出来，看看四周洁白的瓷砖，检视每个角落，估计能给她留下好印象，出来道："里头没有人，你我都是当兵的，委屈一下吧。请，给你一个大单间。"

黄晓奴垂头走去。陈中校急忙到厕所门口，担任守卫，一对虎眼榔头般抨击屋外。于典顺着他的目光望去，见数十个边防站的兵，散立在墙根和树下，手里的活撂下一半，朝这里傻看不已。他们从来没有见过异国女军人，以往偶尔看见自己的女兵时，他们尚有几分持重。现在活脱脱搁着个对方女军人，他们便凶猛地看，几欲看死她才甘心。

于典挥掌作刀朝他们一劈："去去！友军嘛，有什么好看。"

黄晓奴在里面待了很久才出来，似洗过脸，眼睛略见潮湿。她对于典说："我想返回驻地。"

于典道："为什么？工作餐已经准备好了，每次会晤都有这道程序的。"他目视陈中校，意思是让他挽留。陈中校转开眼睛，一言不发。

黄晓奴勉强笑着："我看见午餐了……实在对不起。陈中校他们可以留下，我先返回。"

陈中校说："不行，规定同进同退，我们都返回。"

于典一句也未挽留，沉默着把他们送到吉普车前，彼此握别。黄晓奴说："今天只是个开头，我们还会见面。"她等待片刻，于典不说话,她盈盈地上了车。吉普车驰离后,于典恨恨地盯着车影,继而原地踱步。十分钟后吉普车驰回,分送陈中校三人的礼品以及特意为黄晓奴准备的一只精美小座钟,原封不动地拉回来了。

于典进入餐厅,里面传出他的吼叫:"一个班来一个人,端一盘子菜走。他们不吃我们吃。"

4

阳光大刀阔斧地雕刻山岭沟壑,色彩们在暴动,冲击人的眼睛。

元音被太阳压得抬不起头,山水草木都如同火那样亢奋。他们面前这块铅灰色雾障却沉得要命,从脚下直铺到天际,一动不动。雾障表面,被太阳照到的部分,蒸腾出朦胧巨大的彩晕。一只鹰被上升气流稳稳地顶在天空中,元音猜它正在幸福地打着盹——这全因为有了太阳。阴暗处的草木们散发黏乎乎的臭气,雨水把石头几乎泡烂,一只破钢盔来不及生锈已长满青苔,菌类植物在霉雨期间什么都敢吃,三天后那钢盔就会给它吃尽……但是太阳过来了,被阳光踩到的东西,特别是最初一刹那会发出刺眼的光,继之飘出淡淡芬芳,包括那只破钢盔也冒出烧饼般的香气——这全因为有了太阳。他们面前的无边空间,都被雨水冲洗了几十日,具有极高的清晰度。假如元音愿意,轻轻松松就可以看见两公里外半边岩顶峰上的独立树,看见树上那只蚁巢,看见那只正在树干乱爬的一只工蚁,看见工蚁訇訇乱动的前足——这全因为有了太阳。

可是下面这片欠操的雾障,这堆发了几辈子霉的臭云层,十个太阳穿不透它。它从山谷间源源不断地滋生出来,一层层叠高,蠕动着大群软绵绵的蘑菇头儿，再硬的风也吹不散它，阳光被它光滑表面弹射开，它天生具备地堡的气质，看上去坚硬无比。同时，你又可以把手伸进它肚里去，就跟伸进水里或是伸进炸开的人肚肠里似的，马上你就看不见自己的手了……你再使劲一搅，它冲着你脸泛起一个混浊波浪，你还没顾得上躲就把它吸进肚里了，这时便可以嗅出从雾障底部、大约两千米深的地面上升上来的战场味道。操操操！这雾障表面平平坦坦，好像大胆点就能踩着它直走到天那边去，可它最深处有两千六百三十米，跟半边岩等高。它在这片区域一卧就是三个月，三个月呀。被埋在它下面的人要么半死要么半疯，昨天二连就疯了一个，朝天上乱开枪，把自己右耳打掉了还不知道。方圆几千米的混沌里，每株小破树都像一个人，像人当然首先是像敌人。在雾障下面，兵们军装溃烂，一喊口令胸前的扣子就噼噼啪啪掉。足踝软得像面条，走着走着左脚就绊到右脚上了，这失误就足以使人相信碰到了敌情，你手里要有枪的话肯定走火。通常，走火打人比正式射击还准，你射击时一枪一个蛮不错啦，而走火时一枪能击穿一串前面的战友。阵地整个泡在水面，坑道里的波纹钢防护板能像烂纸那样撕开揩屁股。那棵树——那株被兵们拿来挂水壶用的树，前天还好好的，今天一早你去摘水壶稍不留神竟把手指头插进树心里去了，并且从对面捅下一个大蜗牛来。

　　雾障下面的一切都在萎缩溃烂，冒泡泡。雾障里不老下雨可到处是水滴。一颗水珠可以从从容容地沿着海拔两千米高的山峰往下淌，经过无数石坎草木什么的，一直淌到低于海平面五十三点四米的工事废墟里，那么遥远的旅途它一点也没变小，最后噗地掉进一支斜插在泥中的枪管里去。枪管是合金钢，拒绝溃烂，水珠掉进去时溅出古筝般嗡嗡颤鸣,带出膛线的旋律。

芭蕉树、橡胶林、古藤与无数草莽们,都因水份过度而快要化掉了,它们匍匐在地面,不时沉闷得咔咔作响,那是自身压踏自身的声音。于典说,只要给一点太阳,它们就会像给子弹打中似的猛地跳起来,每个白天长高两寸,再在夜里长一寸。

元音最后望几眼远方的云顶岩,在这几个月里,它也和我们脚下的方山一样,只在雾障上面露出半个山头。对方K师的师部就藏在它腹部。云顶岩从来不放一枪一弹,以免暴露师部位置。我们也基本不向云顶岩上半部开火,以免暴露出我们已经知道他们师部的位置。

我们双方都装得很平淡,竭力不做眉来眼去的事。因为,殊死争斗的军人一般都不大敢承认:一个敌人同时也是大半个情人。要是没了对手,你不得失恋么?你自己不也所剩无几吗?再者,为了不让更棘手的恐怖接替云顶岩K师,你必须保养好面前这份小小的恐怖,别把它弄丢失喽。

一株青紫色毛竹高高耸立在元音面前,高约五丈,孤零零的,竹身稍稍向东倾斜。即使隔着厚厚的雾障,它也伸向太阳的方向。毛竹尖上戴着一只绿色钢盔,摇摇欲坠又始终不坠。细看它一会儿才判断出来,钢盔上有个弹洞,竹尖恰好插在弹洞里,毛竹才能把它顶那么高。那钢盔是三团八连连长的,去年攻打这座山,八连连长牺牲在这条小径上,钢盔掉进草丛。几个月后,钢盔下面的一株嫩竹钻出泥土,把钢盔越顶越高。每天每天,人们都以为它要掉下来了,但是它一直不肯坠落。那竹子戴着咱们上尉的钢盔,站在战场上,固执地表达不朽。钢盔檐儿下面,也就人脸部位那儿,恰好有一对叶儿比真眼睛还晶亮,死盯着每一个路人。

经过钢盔下方时,于典摘下军帽向它摇摇,再戴上。他告诉元音,这是阵地传统,上支部队遗留下来的。每个兵路过这里都得脱帽,否则你就不能活着走下阵地。老穆那次就忘了脱帽,结果叫人抬下去的。

元音说,我不脱。

于典说,当然我也有点害臊,这种迷信事当着战士时不能干,心里跟它解释一两句就算了。但今天我预感不好,你那弹头是不祥之兆。脱帽吧伙计。这儿就我们两人。

不脱。元音仰头盯着半空中的钢盔,又换个角度再看它,说,八连连长的眼睛也挂在那呢,真像。我看你们是害怕它才向它致敬。

于典说下面一段路最危险,妈的八百四十米,我们叫它蛇肠,草丛里经常有伏敌。

元音无声无息地滑下肩上的微型冲锋枪,右臂稍微一动,枪柄已贴在掌中,右手食指也恰好卡进扳机环里,这一连串动作利索至极。然后,随着呼吸,那枪口闪电一样瞄准了钢盔⋯⋯于典扑过去按住枪身,说你不脱就算了,别打掉它。

元音慢慢将微型冲锋枪归位。和刚才动作相反,他进入射击状态极快,退出射击状态时却极慢极慢。于典吃惊地看着老战友,不敢相信这个"老大老二"都受过伤的家伙居然还有这么敏捷的身手。他们静静地整收装束,重新披挂,检查武器。当一切停当之后,他们无论奔跑或者爬行,身上装备都不会发出一点声音。

他们商定:进入蛇肠后,于典在前面元音走后面,双方不要走出视野以外。一旦有情况,于典靠左元音靠右,这样才不会妨碍发挥火力。蛇肠最窄处不到一米,两边草丛里都有反步兵雷。不到万不得已,谁也不要脱离蛇肠去追击。下山时两人就不要说话,草丛中的伏敌将不能从语言来判断我们是友是敌……交代完毕,于典做个手势,他们的枪都滑至腰间。这时,一缕风也没有,一丝动静也没有,但是竹尖上那只钢盔突然下坠,噗地掉在他们面前,然后一扭一扭地,弯弯曲曲地滚进腐叶堆里,在那儿停留一下,再顺着山脊往下滚。从传递过来的响声中你可以听出,它滚过了石板、罐头盒、反步兵雷、火器残骸……这钢盔已成了一个到处呐喊的念头。

于典认得蛇肠两旁许多细节,比如丛林的形状、树干的伤痕、蛛网的大小……它们在于他,都跟镂在手上的掌纹一样明白。伏敌总不免破坏这些细节,一下子就能被他认出蹊跷。这些细节没进蛇肠前他什么也想不起来,一进去就自动扑入他眼帘。细节与细节之间神秘地响应着,每个细节都是一份敌踪暗示。因此他走在蛇肠实际上是走在一大堆暗示中。他对自己这种能力又自豪又不满。自豪的是:它证明自己天生是个猎手;不满的是:既然自己对于不屑之物颇具天才,从反面说明自己只是个战术型的军人而永远成不了战略型的将军。

元音单手握定微型冲锋枪,踢踢踏踏地走,惹得于典好几次瞪眼,那蹄子动静太大了。元音朝他笑笑,还是踢踢踏踏地走。他被弹片削掉一个脚趾头,从此后他的本事就不在于走而在于爬。他匍匐运行时速度惊人,能撵上发疯的蛇。匍匐前进全靠两条胳膊肘儿用劲。

四周渐渐热起来。从山顶下到山谷,等于从隆冬到盛夏。酷热使得人听觉都迟钝了。他们走走停停,感觉着丛林背后的东西。在谷底,雾障越发浑厚,三米外就已混沌不清。再过一会儿,视线已不比胳膊肘儿伸得更远。他们透过隐隐晃动的浓雾徒劳地瞪着眼。这时候,天空响起一阵啸音,一股猛烈的穿谷风把面前雾障扯开,竟然掉下好大一片银闪闪的阳光,刺得他们目眩。这是从来没有过的事,雾障中出现一个通天的洞,他们竟然在洞里看见了蓝天!这时他们看见左前方有个石潭,一个女人和一个半大娃儿在水里洗浴,两人都赤裸全身。那女人头足手黝黑,但胸腹未被太阳晒过的地方却雪白如玉。那娃儿则浑如黑炭。他们距元音仅几步远。一刹那,双方都呆住了,一动不动。

几秒钟后,浓雾涌来,又将双方隔开,谁也看不见谁了。元音听见丛林有窜动声,一个黑乎乎的东西掷天,他和于典连忙卧倒,两支枪同时射击,朝石潭处打出一个金光闪闪的扇面。几根灌木被击断,石潭处再无动静。那个黑乎乎的东西没爆炸,细看,竟是原先竹尖上挂着的钢盔。久久观察石潭方向之后,元音和于典谨慎地逼过去,在水边发现一些衣物,稍远处还有血迹。打中了,娘们把我们当敌人了,元音对于典说。

你看见那娘们两条大腿了吗?你知道她从腿裆间摸出什么来了吗?妈的枪。这娘们把枪藏在水里,身上一切都脱光了,枪不丢。于典说,现在我相信老穆是叫娘们打中的了。连我也差点。

元音把一只急救包扔在地上,他们还会回来拿衣服的。他并没有看见那女的从大腿之间抽出枪来,当时那大腿使他眼花没法多看,他直佩服于典既看清大腿又看见枪。

有一个疑问:那女的既然把枪拔出来了,为什么没开火?

5

L-98狙击步枪组装完毕,元音将它放在众多侦察狙击手之间,让所有人都能看清它。L-98是德制新型武器,据说只在北约特种部队中装备。它之所以能够到达这里,那是出自一个默契:北约某些军界首脑很想知道这种新型武器在丛林的实战效能,而目前丛林战最热门的就是咱们这了。因此他们暗中赠予几副L-98全套枪弹,所提出的唯一要求是:使用者要将L-98的全部实战资料报告他们,以供改进。他们用金钱买缺点,表现得谦逊而自信。另外,一件超时代的武器往异国(从纯军事角度看,任何异国都是潜在的敌国)眼前一搁就不止是武器了,仅宣传价值就比实战价值大三倍——咱们还没算心理讹诈的价值。

L-98卧在地上的姿势并不怎么出色,可是你把它往身上一挎,它的恐怖便叫你挎出来了,它天生就是人的一条肢体。把它搁地上反而是侮辱它,就像地上躺着一条劈下来的人胳膊叫你不忍正视。它配有两套枪管:八十毫米的狙击枪管和三十五毫米的常规枪管,当然还有三种可调射速和一只消声器。瞄准具上的光学瞄准镜玲珑得要命,从未见过这么小的东西能把物体拽得这么近,你可以就着它轻松地阅读百米外那小子手上的一封情书,无聊时再把信上的荤话背给众人听,把那小子唬傻掉,以为自个老婆成了军用品配发半个连的情人。L-98的握把几乎是照着你的手形设计的,你的食指一挨上去就忍不住要扣扳机,你身心内部潜藏的射杀欲望被它刺激得受不了。它那短短的枪身踏实地温暖着你的肚子,一直暖到生殖器那儿。枪身通体温润却不反光,弹仓是新型螺旋式的,将一百发子弹装在以前二十五发子弹的空间里。使用三十五毫米枪管打一个连射,二百米处的靶标只留一个拳头大的蜂巢。使用八十毫米枪管打一个连射,五百米处靶标上只落下一朵象征性梅花。装上瞄准镜打狙击,你可以击中视野里所能看清的、任何一封情书上的任何一个逗点。加装消声器后,射击时只有接吻那么点动静,神不知鬼不晓的,因此使用狙击枪去战斗仿佛是去偷情,快活则是偷情的两倍。兵们谁也不知道它能打多远,不知道限度的事也就是无限的事,那子弹就能打到兵们想象力的尽头。兵们说:让我告诉你个大概,你扣动扳机后点上支烟,那烟烧完后子弹才刚刚落地,打在二十年以外你爷爷坟头上,就这么远。假如你还有奶奶,弹丸顺便从你爷爷坟头上跳起来再落到你奶奶坟头上。不会偏袒了谁。

一个枪到了这份上还能叫枪吗?

但是不叫枪叫它什么呢?

L-98被叫作枪,是缩小了它的含意委屈了它的生命的无可奈何的叫法。

它真名叫"我操",兵们就是这么叫。

一个女人应该浑身性感,一支好枪也应通体是枪感。兵们抓到手时忍不住叫:"我操!"真正的名字不是谁起的而是大伙儿叫出来的。

元音抱着膀子望众人,他站的姿势很配那枪的气势,说:我要是那些西方军界,就给云顶岩也送去几套L-98,让我们两边对打,这才能得出最他妈棒的资料。弟兄们,连我都想到的事北约的头头们绝不会想不到,所以弟兄们,边界线那边肯定也有L-98。我站这都闻得到他们枪油味儿。

于典兴奋地直叫你妈的你妈的,然后再首长似的批评元音:严肃点你。枪虽然一样,但胜败取决于它操在谁手里,还取决于谁他妈操谁!这支L-98,我操,宣布配备给元音同志了。不光我,上面也有这个意思,这枪除了战斗还捎带点国际科研。元音同志今后是我连第一射手。现在，首先让我亲自表演几发处女射给大家看看。兵们轰轰笑。

L-98目前还是支贞洁的狙击枪，一弹未发。于典得把它的贞操先奖赏给自己。

元音替于典装好全套配件，推上子弹，一切都安置好了，只剩下扣扳机的活儿留给于典干。他弓一弓腰，做了个请的手势离开了，那手势活像撵鸭。

于典待他组装完毕，指着地上的枪说：看见啦？这就是L-98射击状态。然后冲元音说，替我照原样拆下来。元音又不得不一件件拆卸，完毕后。于典又说：看见啦？现在是L-98的行军状态。他轻轻松松地，片言之间就把元音的成果掠夺到手。抖擞出的权威就跟L-98一样耀眼。

于典冲着帆布上的那摊枪械看了片刻，吸足一口气扑上去，卧姿侧身，刷刷地将它组装完毕。刚才，元音只操作了一遍，他就全部看清，并且复制无误。元音忍不住叫声好，于典得意地斥道：安静点！然后据枪贴腮，调匀呼吸，尽可能地卧低些，两脚尖在地上咔咔一磕，就插入土里去了，全身稳如三角锚，血肉之躯已成为L-98的底座，以承受击发时的后坐力……元音对这些细微精妙处忍不住暗暗赞叹：于典这小子老辣得紧！于典瞄准山谷间那座废弃了的小镇，瞄准小镇中间的政府楼，楼上竖着一根高高的电杆，木杆上立着一串瓷瓶……

大约三年前，前山镇还是方圆几十里内最热门的集镇，有一道宽十米的街，两旁是民间建筑。溪上一座小拱桥，这半边聚集扎头巾的男子，那半边偎着竹笠掩面的少女，彼此唱斗不休，然后散入丛林做爱。此时前山镇渺无人迹，楼房里和街道上都长出高大的阔叶木,整座镇已被惊人生长的热带丛林湮没了。那片废墟恰是中间地带,双方军事人员谨守默契都不进入。有时,后方远程火炮拿这堆废墟做试射点——也就是炮靶子,随便给它几炮,待射击诸元高速精确后,再将弹道转入对军事目标的效力射。从元音这里望去,墨绿色丛林顶端,政府楼露出一块三角形的白。那根笔直的电杆儿是显著的方位物,即使它被雾障遮没,元音也知道它戳在哪儿。此时能见度约二百米,四周潮气下降,物体清晰。于典瞄定最顶端那个高压瓷瓶,扣动扳机。

枪声低微,脆。后坐力将他肩胛极舒适地推上了一下,醉。……

于典抬头看了看,那只瓷瓶竟然还待在电杆上,没被击中。他脸色愠然,操蛋!又连射几枪,仍然一弹未中。众人都可怕地沉默着。于典朝元音咆哮:你小子搞什么鬼?

元音在吸烟。他懒洋洋地道,你没有高速瞄准具,弹道一概低于目标二十厘米。

兵们压抑着笑,好半天才偷偷吐出来。那笑因为压抑得太久,吐出来像个叹息。

于典重新调整好瞄准具,瞄向电杆。兵们骤然屏息,一片炯炯目光能将瓷瓶瞪下来。于典在击发状态中保持很久,力求一发必中。突然,那电杆顶上的那个瓷瓶像被子弹击中似的碎裂了。紧接着,第二个瓷瓶也碎裂。然后由上往下,瓷瓶一个接一个地碎裂,直到所有的瓷瓶一个接一个地碎裂,直到所有的瓷瓶都消失。

于典并没有射出一弹。兵们也没听到丛林里的射击声。元音高叫:"狙击枪。"于典立刻反应过来,他们正处在另外一支L-98射界底下。他喝令:散开散开,准备战斗。兵们刷地四散隐蔽,各自找到藏身处,持枪观察。枪口有的朝东有的朝西,都很自信。

元音却疯狂地朝前奔,朝敌枪方向奔,他知道自己速度越快那敌人越打不中自己。他奔到抵近山岬的一堆空油桶后面,拨开面前芭蕉叶,朝对面丛林观看。他判断:那小子藏身的位置肯定能同时看见两处,电杆的位置和他们试射的位置。从那两个位置各拉一条延伸线出去,那小子应当在这大三角形的顶端,在对面山坡居高临下的地方。对面山坡上正有片褐色丛林,丛林距元音不足百米,枝梢上贴着片片薄雾,叶尖闪烁,竹节闪烁,锐石闪烁,罐头盒闪烁……

元音相信其中有一种闪烁正是射手的眼睛,可他无法捕捉住。那小子肯定已经观察了很久,他看到我们围着一支崭新的 L-98 朝电杆试射,笨得老是脱靶。他再也忍不住射击欲望,便举起手里的 L-98,替我们击碎电杆上的瓷瓶。他一气打碎了八个瓷瓶,而我们刚才正是八个人。他用枪弹语言说:你们的脑壳总比瓷瓶大点吧,只要我愿意,你们脑壳早击碎了……

他说的并不错,如果我们像瓷瓶那样待在电杆上的话,当然跑不掉被击碎。元音有点后悔给于典射击时下绊子,让大家吃这小子的侮辱。这小子的枪法没得说,尤其是连续射击时,稳定性极好。他之所以不向我们射击是遵守双方另一个默契:在战场休眠期间,只进行纵深侦察,不到万不得已不杀人,以免引起对方报复,导致战争升级。元音目光看定那块区域,他相信自己已捕捉住那小子概略位置,只是暂时看不见他。他肯定那小子没走,正缩成一只蚜虫贴在叶片背后暗笑,等着看我们的反应,他的兴趣还没完。他的眼力大概十八岁,他的枪法足有四十岁;他身穿短袖热带丛林迷彩服,足蹬军用胶鞋,头戴钢盔,口里嚼着一个槟榔,他全靠着这个槟榔忍受瘴气和蚊虫;除了一个槟榔,他还有一壶水和一个发霉的饭团,饭团里裹着半寸咸肉,这是他们侦察兵的一日供给,他将留在返回路上吃;他是个知识分子,会一点法语或者英语,恪守某些信念,相信他们必胜;八个瓷瓶是刱优的得意之笔,闪耀出节制者的勇猛尤其是节制;子弹对于他首先是语言其次才是枪弹;他投入了战争,却没有变成杀人疯子,只远远地朝咱们这群职业同伙递过来一缕亲切的不屑;返回营地后,他不会将此事报告上面那些老粗们,免得受他们训斥,免得把这事弄脏;但是今夜他将把此事写信告诉在后方上学的女友。要是他还没有女友,那他就会将此事写成一首小诗或者散文,寄到报上发表;为此他也不能马上就走,他得留下看一看这小诗的结尾部分。叶片可靠地偎护着他,他与每一片岩石都有私情;这次他又是只身出动,他喜爱孤独,信任雾障和丛林超过信任战友;他远离敌我,钻到敌我之间致命的空白里来,一个人卧在那里;他只有一个缺点,偶尔忍不住炫耀自己,这缺点终有一天会要他的命……

　　时间过去许久。元音透过丛林,历历在目地看见他。他舍不得杀死他,只想活捉他。

　　一丛蕉叶晃动,紧跟着右边竹丛也晃动,然后几米外的蒿草弯下去了。一连串迹象显示出:丛林内有人从左往右运动。于典低叱着一个暗号,让兵们准备好。于是,兵们的枪口生动起来,瞄准那串迹象的尽头,等待着。一头小牛犊钻出来,圆滚滚身躯贴着两三片草叶,它蹦几下,朝身旁啃一口,两眼朝这里看。接着,它多余地跳老高,跃过什么障碍,扑向一个地方。落地时,它的左前足踏到了反步兵雷,炸出一丛白光。爆炸声并不响,猛烈气浪啃掉那只触雷的前足。牛犊儿腾空跃起,在半空中迸发嚎叫,声音跟狼一样凶狂。它趔趄了一下,缩着那只前足狂奔,比四条腿时跑得还要快。它冲出几十米,僵住,狂喘,浑身乱抖,口中冲出大股热气。少顷,有什么东西惊了它,它再次狂奔,一头猛撞在岩石上。它那脆嫩头壳霎时瘪掉,圆滚滚身躯还站了好久好久,才轰然倒地,仰天竖着三只蹄子。

牛犊死了,山坡们顿时寂静,一派铁青色。雾障压得更低,令人透不过气。从来没有因为什么东西仅仅是死了,能给山坡、丛林、天空和兵们造成这么大片的死寂,从来没有。即使一个人的死也不能产生如此大的惊愕。兵们已经习惯各种各样的死亡,中弹、爆炸、格斗等等。在那些死亡中能找着道理,使之便于接受,使之"死了就死了呗"。但是牛犊的死太冷峻太生硬了,叫人实在不好受。它没有带来兵们习惯的剧痛,而是带来绵绵不绝的隐痛。此刻是下午两三点钟光景,雾障后面的阳光,从我方一侧照向敌方一侧,因此清晰度是单方面的,即我们看他们清楚些,而他们看我们更加迷蒙。兵们和那小子都没有任何动静,有那么一刻,双方忘记了面前生死对抗,二班长领头站起来,朝那山坡探望。接着兵们都从隐身处现身,朝前奔几步,提着枪,呆呆地看翻倒在草丛中的牛犊。于典忘了下令,也许他认为战斗结束了,听任兵们完全暴露在射击区域里。

一头老牛钻出丛林——想不到那里竟能藏住如此巨物。它不急不忙走到牛犊尸体跟前,默默低头舔它,没有一声哀叫,只是舔个不休,眼内有大团泪光。接着,丛林走出一个少女,身穿深色短衣,腰肢苗条,双腿修长。元音认出她就是水潭边那少女,此刻她没带少年男子,也没带枪。她小心翼翼地走到牛犊跟前,看了看,又抬头望兵们,相信不会有人射杀她,就在草丛里扯出一根长长的老藤,一头套在牛犊脖子上,一头套在老牛脖子上。

驱赶着，向山坡顶部走去。她舍不得让牛犊弃在这，大约是想拖回去剥皮取肉，与家人吃了它。

老牛顺从地拖着自己的犊儿，粗实的脖子牵着纤细的脖子。老牛仅仅拧过头来低噜一下就蹒跚地拖拽，它拖拽自己儿子像拖拽一张犁。牛犊的尸体压倒很宽一片草，草们再站起来时哗啦哗啦响。兵们昂起脖子看，渐渐将胸脯暴露无遗，忘了可能有子弹击来。有人咒骂那娘们好狠，恨不得立马毙了她，最好操了她之后再毙了她。突然，牛犊的尸体动弹几下，挣扎着要站起来。那娘们看犊儿一眼，却全然不顾，驱赶着老牛疾走。牛犊惨叫，老牛刚刚回头就挨了那娘们一鞭。二班长朝那里大骂："臭娘们，它还活着哩！"一颗子弹悄无声息飞来，击中二班长胸部。二班长仰天吼叫着"宰了她！宰了她！"摔倒在地。那颗子弹显然是L-98加装消音器射出来的。看来丛林里除了那娘们外，还藏着另外一人。最少一人。

于典叫道：目标在山头。话音刚落，一梭子弹打去。兵们迅速操枪，对准于典批示的大致方向射击。子弹击打山头丛林里，打得树叶纷纷飘落。枪声在潮湿空气中发闷，竟没有往日那种使人热血大振的响亮。于是兵们就拼命打，弹啸声鼓舞肝胆，打得越多对敌仇恨就越大。半响，却不见敌人还击。

两个侦察兵把二班长抱下去，用绷带拼命替他包扎伤口，那颗子弹贯穿了身躯，胸前和背后各有一个洞，他俩弄得双手血淋淋的，血脉仍堵不住。于典爬过来，把耳朵贴到二班长鼻前听听，沉痛地说：明庆同志不行了，你们把他放平整，别再折腾了。于典抽出一条手帕，盖在二班长脸庞上。两个兵突然害怕起来——那块肮脏的小手绢将人脸一盖，这人即使是亲人也当即变得无比恐怖。他们的手使劲在地面上擦，想擦去掌上的血迹。于典瞪一眼他们的手，他们马上不敢再擦了。一个赶紧叫着：咱们要为二班长报仇，老子非冲上去杀光他们不可。另一个也愤然跃起。

于典说：先撤。

前面的兵们交替掩护着，顺序往下撤。待撤到二班长遗体这儿，看见脸上那方手帕，猛地一呆，**都吓住了**，不相信这个能呱呱地讲荤腥故事并且胆大包天的英雄说死就死了。兵们远远围着那具遗体，彼此偎着，静默无言寒气沉沉。几个人脸上，泪水淌出了小泥沟。今天下午一枪未打，**先折损个人**。那娘们肯定是狙击手的老婆，放出来麻痹咱们的。二班长刚一叫，狙击手就抢先开火了。咱们还是太善良太窝囊，女人绝对信不得，又是女人又是敌人就更危险。于典想和元音商量一下对策，左右看看，却发现元音不见了，地上那支 L-98 也无影无踪。他气得跺足大骂，对这个擅自行动的家伙的愤怒超出敌人。然后，他骂骂咧咧挑选四个精干些的兵，摸到山脚下接应元音。

元音在兵们枪响的那一刹那扑进了丛林。原本严密封闭着的丛林，在他身体投入的那一瞬间张开个小口子接纳了他，他一进去那个小口子又自动合上了，宛如大海容纳一水滴那样不露声色。他闻到温熟的、霉乎乎的植物气息，这常人厌恶的气息却在他心里泛起甜蜜。他的眼睛立刻适应了黑暗。他的肢体如藤缠附在草棵间，腹部与泥亲切厮磨。他的身子化入地心一半，另一半替草棵们稍稍昂起并且替它们探看。他鼻子从一片腐叶上抬开并且避着它，那刚才因为二班长之死没掉的眼泪此刻突然掉下来了。他透过泪水观察黑暗，看到比在云层上面更多的光线和更大的清晰度。光线们穿透丛林钻下，被树梢蹭得污浊不堪，满期是土黄色的战场色彩，一根一根就立在他面前。每根里都有可爱的浮游物，最细的已成为一根蛛丝嘘之便动。竹根、烂石、树皮、污水的气息有条有理地进入他的鼻腔，一些些也不会乱，他分辨得出谁是谁的味道。一股隐秘气流悄悄浸他一下，他还没看就知道左前方有个沟坎，气流就是从那儿滑来的。L-98在他跑动时已经上了膛，是一边跑一边将枪靠着大腿一蹭就蹭上的，这种不正经的上膛法比正经拉栓上膛快多啦，并且快活多啦。操法则纪律们的烂×。他让枪身贴着自个臂膀匍匐前进，两手沿地面划动，每一划都无声地把地面上浮物拨开。果然，一颗颗反步兵雷被他翻出来了，散落在两边。他相信敌人没有离去，那小子正等待自己。他此去是与情人共赴一个约会。

面前有个浅坑，一摊血迹，淡淡的酸味，是高纯度硝化物炸药的遗址与遗留气息。每枚反步兵雷内部都装有十二克这种硝化物。这种雷妙极了，塑料压制的，只有擦脸油盒那么点大，十公斤力量就能压发爆炸。爆炸时不产生任何金属碎片，全靠瞬间的强大气浪噬掉人的足踝。兵们管踩上它的伙伴叫失足青年，它只要你一只脚多一点都不要。元音在兵器课上，手指间捏着一枚雷给兵们讲述现代战争的特性。他问：是击毙一个敌人好呢还是击伤一个敌人好？兵们说：毙了他。他说你们错了，重伤一个敌人更好。比如对方一个班，你把班副打死了，他们的同伴会为他报仇，从而激发出更大的战斗力。比多一个班副更厉害。假如你只要班副一只脚呢？结果就妙极了，丢掉脚的家伙哭天喊地，弄得同伴心乱如麻，他自己打不了仗不说还得由两弟兄抬他下去，一下子就减员三人——这就是伤敌比毙敌好的原因。对于对方来讲，打发一个烈士五百元抚恤金就够了，但是要抚养一个伤残军人半辈子的生活，非得几万元不可。不仅如此，这个丢了腿的家伙每天在街上走来走去，尿尿都站不直，成为战场失败的生动广告，对百姓心理冲击无法估计，这才叫以最小的代价给对方造成最大的损失，才叫现代战争。……元音用一具新型布雷器将两百枚反步兵雷轰上天，让兵们亲眼看见雷体雨点般落下，钻进丛林石缝沟坎里，然后让他们小心寻找，兵们一个也找不到。他告诉兵们这种雷隐蔽性极佳，不怕日晒雨淋，有效期十年三千六百五十天。比一般当代夫妻厮守的时间更长。即使藏在地面以下二十厘米处，它也能感受到土层上面的压力，超过十公斤就照炸不误。于典在旁边赞叹着，我以为我够坏了，你比我三个摞一块还坏。

元音说你真迟钝，这么明显的问题，你怎么才发现。

元音循着死牛踪迹往上爬，相信在某一处会出现狙击手的痕迹，那女人跟射杀二班长的家伙肯定有关系。人不慎一脚踏入泥沟，拔出腿来时，上面粘着六个反步兵雷。他把腿肚子上的雷一个个摘下来，将雷体侧着插入泥里，这样它们就能抗住人的重压不再爆炸，回去时也不再妨碍他。他从地势的变化中感觉距敌越来越近。他悄悄旋下腰间手雷也就是被兵们叫作"光荣弹"的引信盖，准备接敌作战。上面严格规定任何人不准被俘，"光荣弹"就是与敌同归于尽用的。即使在双手被制的情况下，胳膊肘轻轻一碰它也炸。据说K师特务营也是每人腰悬一颗。这办法很有效，迄今为止双方都没发生过侦察兵被俘的事。假如他能抓回一个敌方侦察兵，那将是历史性战果。

此刻，他处于脱离战友又脱离敌人的致命空白中，内心亢奋不已。他如刻如锲地想起那些战友的目光：他是男是女；以及故作惊诧的问询；以及于典阳光下的粗壮鸡巴；以及操春天的雄心；以及……

他是带着对这些战友的恨意去杀死亲爱的敌人的,他杀死敌人的同时等于部分地杀死了战友等于为自己雪耻解恨。他撞破了一扇硕大的蛛网,蛛丝居然是热的并缠绕于颊间。回去时这扇蛛网又会重新被织出来,在他的关照下每只蜘蛛都不朽了都生生不息。假如他不能活捉那家伙,那他就要割下他的一样东西带回去作证。割什么他已经想好了。一架枪机加一样东西。

每个人生命中都暗藏一个敌人。

一串脚印出现在他面前,距鼻间只有几寸。是那个女人的脚印,清晰完整,每个脚趾都不少,浅浅的脚窝儿,边缘弯曲沉醉在湿润泥土中,一根细草正在脚心处昂起颈子来……他伏在脚印上窥探,隔着厚厚的草木什么也没看见,只是每下心跳都碰到了厚厚草木后面的那女人的腿,腿边有一杆枪。打掉他睾丸的是一个女人,击毙老穆的又是一个女人,对此他从来都是将信将疑。此刻他忽然深信不疑,下腹那儿跳出久违了的亢奋。

于典最担心元音被俘,被俘是比阵亡更可怕的事情。那样一来,他们侦察大队,他们的连,他们这群军中骄子在前线就臭名远扬了,歼灭多少敌人也难以消除这种耻辱。上期作战部队有一个新兵失踪十六小时,连长一口咬定他阵亡了并报告上去。几天后,这个新兵的声音从对方前线大喇叭里出现,原来是被俘了,对方大肆夸耀。接下来的事情不堪回首。连长被降为排长,连队整整十个月抬不起头来,直到攻克大巴山隘口之后才得以雪耻。被降职的连长战死在距隘口七米处,他任职副营长的命令已经下达,就装在师长口袋里,准备拿下大巴山就宣布。可惜,他的新职务只能镌在墓碑上。他的命运对前线所有基层指挥员震动太大了。"前指"再三严令一线人员特别是干部不准单独行动,就怕叫对方摸了去。元音胆敢犯令,只身涉险,这小子不知是勇敢还是狂妄。于典仔细想了想,元音身上有无暴露身份的文件、字纸、标志等物？他记得没有,他记得元音出动时跟一个普通士兵一样:迷彩服、狙击枪、急救包和一枚"光荣弹"。这稍好些,即使他阵亡,敌人将弄不清他的身份。于典希望元音万不得已时有决心撞响"光荣弹",为自己赢得一世英名,绝不能被俘,伤重被俘也是被俘,这方面任何解释都没用。于典已经从今日仓促交战中嗅出越来越多的圈套气息,那杆隐蔽的L-98狙击枪究竟藏于何处？既然隐蔽好了为什么又轻易暴露火力？为什么不射击人而给瓷瓶点名？对方特工很可能在山窝里设伏,拿那个牛女作饵,诱我们分散搜寻……他们什么花招都耍得出来。他们属于K师特务营,侦察大队天生的死对头。拿今天的事说,别的敌军从来不敢摸到距我军阵地这么近的地方,他们竟摸来了。他们是一支新增援的部队,势头正盛,未受重创,瞧不起周围友军,却忘了我们也是善战之邦,我们打垮洋鬼子的年头比你们早一个世纪。于典决心战役发起前抓三个以上的活口,其中两个必须是K师特务营的。正如被俘是一种弥天大辱那样,生俘强敌也是不世之功,抓一个活口比击毙十个都他妈叫人自豪。

于典带着四个他最信任的老兵。

在开战前的临战训练中,这四人的视觉、听觉、反应、耐力均属一流;擒拿、格斗、射击、抗打击力,以及逃离现场的本事也无人可比。上战场以后,这四人就住在一个坑道里。在那种狭小空间内,四人昼夜都得半裸体挎着枪,吃喝拉撒睡谁也无法回避谁,一个手榴弹丢进来大家全完蛋,所有人生存作战全挤作一团,生死只在片刻间,你一举一动一呼一吸旁人全知道……结果,一个坑道的兵就会养成蛇穴也似的群体生命感。外头掉下一个小土疙瘩，所有的蛇都会昂头吐信。他们四人无需语言，凭借下意识，任何时候任何人都会立刻理解你要干什么。稍有异常，他们片刻都会望定同一个地方，枪也指向同一个方向。这便是丛林中最可怕的战斗力。此外，于典相信他们关键时刻敢于同敌饮弹共亡，宁死也不会被俘。

于典率领他们，排成三角形匍匐前进，尖兵小心翼翼地排除我军布下的反步兵雷，每有风起，便弓起身趱行几步，风一停，大家随即卧定。这样，他们上方的枝梢不会胡乱摆动，前进速度也比单纯地匍匐运行快许多。所幸，时近傍晚，风头一阵紧似一阵，他们野狸般摸上了山脊。于典在一条泥沟里发现元音取出的反步兵雷，大致判定那小子的方向：元音已越过战线，竟然钻进敌方区域里去了，这使他大吃一惊。

几声枪响。少顷，枪弹更急。射手似藏在左前方，而此人所射击的目标似在右侧一带。射击状态不像是元音，他不会打得如此匆忙。那么，只能是对方在追杀他了。于典带着兵扑向右侧搜寻，在没见人之前不准开火。他打开了野战通话器，"前指"的值班炮群正在通话器内保持着战场网络，那嗡嗡的蜂鸣声告诉他，几公里外作战中心仪器上一只红灯亮了，只要他报出规定暗语并呼唤火力，155口径的炮弹就会呼啸而至，炸在他指定的位置上，炸点中心四十米内都将被死亡控制，所有的丛林灌木都会在人腰那个高度被弹片削断。如果于典救回元音，他们撤退时就需要火炮掩护；如果元音被敌抓获不可能救回了，他就要用155炮弹把那伙敌人，还有元音统统都……

而且，在弹片进飞人形莫辨的那个瞬间，他还要率领四个老兵冲近些，用五支冲锋枪朝炸点猛扫，确保目标区无一活口……

6

吃过那顿恼火的午饭，于典团长朝前山镇踱去。警卫员不远不近地尾随在后，不让他的首长脱离视线以外，同时也不妨碍首长独行。

前山镇废墟三年前还埋没在莽林中，后来两国和好，这个镇子立刻就被边民们开掘出来了。于典率领边防团官兵参加重建前山镇的浩大工程，连 X 国方面也出资出人帮助建设。当时他感慨良多，我们两家把它打烂了，我们两家建。过五百年看，纯粹两个孩子。

前山镇被丛林吃得非常透彻。

老街道上长出成片草木，颜色和形体都跟山野里的大异。那味儿正如城市女子与乡下女子之不同。人们曾在这城里生活和践踏了几代之久，留下无数人体碎屑和各种排泄物，统统叫树们汲了去。在炮弹击来以前，镇政府办公桌上搁着几个硕大的菠萝蜜，后来那楼里便蹿出几株高大的菠萝蜜树，把没被炮弹击垮的外墙挤崩了。大自然对城市侵噬比战争更彻底，只是方式上比战争可爱。这儿的边民很固执，他们要把城镇恢复成原样，原先是影院的地方还造影院，原先是公厕则还造公厕，只是影院与公厕都更为现代些罢了。那次于典试射 L-98 用的电杆，如今已进步成电视地面站的天线塔。不过，于典团属炮营仍拿它做射向标定，因它在瞄准手眼里仍是最理想的方位物。和以往的区别是他们不再发射实弹了。镇上到处是水泥、油漆、箩筐、吆喝与叫卖，外人从百姓们衣着上看不出国籍，于典大致能判定出。这镇上万余居民，基本是几大姓氏衍生出来的，于典已将他们看了二十余年，将他们老底子看透。对于熟悉的面孔，他视若无睹，常常还叫不上名来。

但要冒出个生人，他意识中就会被那人硌一下。于典沿街走去，方圆几百里都是他的兵呀。餐馆、美发厅、种类小店主们都热烈地唤他，渴望他进去坐坐，随便用点什么……

于典像往常那样允诺着，笑盈盈地走开去。不知何时，后头警卫员手里已多出一串烤肉，边走边啃，口袋里鼓鼓囊囊。要在正规野战军，如此操蛋的兵早关禁闭了。而在边防部队，偏偏这种屌兵能打仗。于典走到了镇西，站在一片巨大废墟前。

这里原是镇上唯一的一幢四层高楼，战役发起之日，对方第一弹群就把它轰垮。一块有半个篮球场大的钢筋水泥预制件坍塌了，吊在半空中，只剩一根手指头那么粗的钢筋拽着它，上面是倾斜的高楼构架。多年来，半空中如有座山崖，随时可能下坠，却又坚持着不坠。睹之险极莫测，令人惊叹不已。稍硬点的风就吹得它微晃，风停后又沉稳如初。重建前山镇时，当地政府方面要炸掉它，于典说，留个纪念吧，叫人知道点战争。于典的话比政府还大些，这残迹便留下了，为着安全，围起了铁刺网。未曾想前山镇一旦对外开放，这残迹竟成了旅游胜迹，游客们都爱越过铁刺网，钻到险极了的临空巨壁下头，只手托着几十吨重的它留影拍照。它的魅力就在于随时可能坠下将人砸成肉酱。巨壁下已有三五行游人题咏，大抵是抚今追昔、人生诡险如斯之类。游客拿它抒情拿它怀旧，不拿它当战争纪念品看。政府顺其势，安置了一位残疾人在此管理收费。那人似斜非斜地一站，其造型与气质倒也颇入废墟意境。

再过去是前山公园。公园的北角是陵园。一片大理石墓碑露出地表，式样整齐划一，占地两亩半。寂静的阵容，横平竖直。站在第一个墓碑望去，直至最后一个墓碑，每座都矗立在一条直线上，如被一声口令锁定在这里。一等功以上者，墓碑上镶四寸烈士遗照。于典踱至其中一座，幽幽地想，好久不来喽……那座墓原先已滋生青绿色石苔，菌茸爬到半截，将锲文都已遮没。于典扯下好大一片石苔，于是碑上显露出湿漉漉的"元音"两个魏碑体字儿。把石苔抛开时，看见平整整的苔根上也生出了"元音"两字，字形却是反的。

那苔根儿在太阳底下晒了一会儿，便见凝缩蠕动，字印儿渐渐消失。

碑上的湿润也不舍地褪去，大理石开始发热，一丝细微裂纹在石中若隐若现、若飘若游。这块石料上有许多羽状石斑，杂呈褐色、赭色、青色的斑点，冻在石质里头。墓碑中间是长方形凹槽，嵌着玻璃。玻璃里面是元音照片。是上战场前部队统一照的免冠标准相。大部分人的照片都能用得上，不在军史团史等各种史册里，就在各种立功证上。只有少数人的照片镶上墓碑。那次战役的极少数资料工作做得很到家，有关方面在战前已预料到胜利规模和伤亡代价，照片是和棺木石碑一起预制好的。元音这幅渗入些水汽，照片泛黄。看来当时就不该镶上照片，因人儿总不能像石头搁那么久不腐不坏。现在这幅照片反而损坏墓碑的庄严。

于典注视四寸的他，暗想：要是你当年没跟我说假话，那你说的那人……可能就是黄晓奴。她又来了，说不定还会来看看你。

7

枪弹似乎没有明确目标，弹着点散布太大，不像训练有素的射手。于典和四个老兵伏身观察。老兵们捕捉射手的位置，于典用肉眼扫视弹着点处有无异常动静。后来枪声止息，和骤响时一样突然。他们视野所及处仍无人员运动的迹象。于典执拗地等待了二十分钟,估计他们没有被敌人发现,又朝前匍匐前进几米。他听见灌木后面有爬动的声音,立刻屏息瞄准,枪口指向晃动的灌木底部。一个浑身乱草的人钻出来,咻咻地喘着,惊愕地望他们。正是元音。事后元音庆幸道,老子突然冒出来,你们几人没一个开火,真他妈有素质。

返回路上,于典满面杀气,一声不出。其余人也沉默着,手足动静比来时要响。

二班长的遗体已经运往后方火化。

于典趴到弹药箱上写战斗报告,写得心里很苦。元音躺在炮弹箱垒起来的床上吸烟,光着膀子,L-98挂在岩石上,下面是个石槽,槽内堆着几十枚手雷。他顶上是波纹钢板,再上面是厚厚的土石、圆木,再一层厚厚的土石。能抗得住一枚大口径炮弹直接命中。胸墙上深深钉着隔水漆帆布。每一枚钉子都是十七毫米高射机枪子弹。漆帆布上又用步枪子弹当钉子,钉着内地中学赠送的几幅锦旗。卧床很窄,元音一翻身就会往下掉。他和于典单独住一个隐蔽部,大约五平方米空间。床下挤着电话机、成箱的军用罐头和其他兵器军械。唯一的一盏电池灯很亮,光源被局限在于典的报告纸上,闪射锥形的椭圆光柱。元音原本不会抽烟,上战场后每天也要抽掉一盒红塔山。抽烟能防潮抗病驱除蚊虫,还有其他许多说不尽的必要性。

写完没有?写完后建议喝酒。元音说。

别烦我。于典用一个动作说。

你把我擅自行动的事也写进去了吧?

当然写进去了。没夸大也没缩小。你发现的情况也在上头,但我认为你看到的不确实。

我没说完。元音说：告诉你，我把她干了……

你毙了那娘们？于典惊讶地看他，说你还有点战果嘛。

我没毙她。我和她干了。我忍不住，实在忍不住……

于典终于听懂他的意思，他是说他和那娘们那个了。于典恶狠狠盯着元音，半晌，轻轻笑了。说吹牛。你受过伤，医生说你这辈子干不成那事。我看你是脑子有毛病，想干那事想疯了。你回来以后我就发现神经不对头，你当时大概摸到她裤裆边了——你潜伏本领还是有一套的，她没发现你。你独自把她看了好久，差点没烧着。你自以为干了，越想越以为是真的，其实你是犯妄想症。咱们连出过类似人，一点点战场综合征。没什么大不了的，适应适应就好了。元音说：我和她干了，妈的她也挺主动的，啊……元音喘息。

于典大吼，你他妈给我坐起来。元音乖乖坐起来了。于典问，你小子到底操没操？元音点下头。于典恶叫着，好好好！你完了。你犯了战时纪律，等着上军事法庭吧。

她不是民女，是特工，屁股后面有手枪套。

那你就应该杀了她，为二班长报仇。妈的你真让我恶心，只顾干臭事，敌我不分。狗！……

元音突然眼睛火亮，说，别跟我来这套。你还记得你怎么跟我说的？那边广播喇叭一响，你就说，到时候老子非操了她不可，情愿给撤职也要痛痛快快操她一顿，操够了再宰了她。我干的是你想干而没机会干的事。

元音指的是X国战场广播台的女播音员。每逢夜深风顺，那柔嫩的嗓音就在月亮边上响起来，对我军开展心战。兵们听到那娘们的声音，都拣最解恨同时也最解馋的话说。谁说得准，谁就赢得战友一阵狂笑。踩躏敌人不是什么错误，也不犯军法，只是个兴趣，你最多只能说他是低级兴趣，没什么大不了的。于典叫着，我跟你不一样，我说那话是对敌仇恨。

元音笑一下，没说话。

于典原地走一走，沉吟道：还有个问题，你必须老老实实回答我。我问你，为什么把这事说出来？……元音无言。于典得意地重复一遍。元音还是无言。于典一脸深刻表情。

胸墙上的防潮漆帆布哗地掉下来。于典扫它一眼，不动。元音从石槽里摸出几枚粗长的高射机枪子弹，匕首般握在手里，猛地扎上墙，再用手雷当锤子咚咚敲，把掉下来的漆帆布钉回去。那手雷外皮有48瓣龟背状凹凸，如果有一道棱角正好击在弹壳底火上，子弹就会炸开，弹壳激射出来伤人。元音若无其事地敲，敲进一枚又敲一枚。于典视若无睹。方山那边，一股柔嫩女声用标准的华语开始广播，她先念了一段什么文章，又读了一封杜撰的我军士兵家信，接着播送我国民歌《在那遥远的地方》……

于典躺在床上，伸直了腿，叫声操蛋。点上支烟，长吁一气，说怎么还不开战啊，憋得人难受。又说，我得好好考虑考虑怎么处置你。这样吧，你先给我把事实经过交代出来，从头到尾源源本本地交代，态度要老实，细节一点别漏。这种事你蒙不了我，我一听就知道你是真干了还是胡编乱造。说吧说吧……我儿子都二十八斤半了。

8

吉普车超过边卡进入对方领土，驰上一条碎石道。两边林木能够严实隐蔽路上的车辆。

如果单从外表看,他们的军营和我们的军营没什么区别,武器和装备也大致相同。于典发现,今天陈中校的营区打扫得格外干净,他想:不是他们的节日啊,恐怕来了工作组或者什么首长。他更加注意观察了。

陈中校和黄晓奴在营门口等候。于典下车,双方敬礼握手,进入那幢会晤专用的阔大平房。屋里一侧,搁置着一台 $4m \times 2m$ 的沙盘,历次来此都没有这东西。于典远远一望便知,是两国边境接壤地区的地貌模型,以方山为中心,相当于实地百余平方公里面积。当年方山战役就在这一区域内实施的。主人没有邀请他看时,他不便多看,略瞟一眼就过去了,内心扑动片刻。那儿毕竟是他有生以来最重要的战场,他的勇敢与才华在那次战役中被军长发现。

照例先进行边境事务会谈,双方各发言两个轮次,在一些小问题上稍稍争议几下之后,会谈实质已经结束了,没有像样的摩擦。双方在会谈记录上签字。会谈过程中黄晓奴始终一言未发,这时她站起来,亲自替于典及他的助手泡茶,笑盈盈地:"我们上次谈的事情,于团长请求过上级了吗?"

于典得到的批示有两条:1. 摸清楚他们到底想干什么? 2. 已经解密的情况可以说,未公开的情况不准泄露。于典颔首笑道:"请问我们现在是什么关系呢?"

于典没有回答问题,却以尖刻的问题使黄晓奴语塞。陈中校昂着岩石般的脸,既不看于典也不看黄晓奴。黄晓奴摇头:"我不知道。我只想和您就已经过去的事交谈交谈。"

这是一句实话。于典没有再为难她。他有个奇怪预感,觉得面前这两个人不尽相同。黄晓奴想了解过去，而陈中校似乎并不愿意这么做。而于典自己，有点喜欢黄晓奴但又深知此人十分危险，那种喜欢中包含着渴望能除掉她的心情。他讨厌陈中校，但又颇为理解他的心情，他也是那次战役中的成名人物，他不愿意别人改写历史。这方面于典和他相通。于典说："我得到了指示。我们愿意像战前那样尽力帮助你们。你们到底想知道什么呀？"黄晓奴当即道："不是帮助是互助，我们的对话对我们双方都有好处。"

"看看，"于典摊着手，"战场还没有冷却，我们谈的是危险的话题，双方都得克制点。这样吧，你提一个问题，我提一个问题，公平合理。双方都有不回答问题的自由。但是，一旦回答就必须说实话。"

黄晓奴美丽地笑了："完全同意。请您到这边来。"于典等人走到大沙盘前，他看见了沙盘上各种标志，它们表明方山战役双方交战部队、时间、位置等情况。待于典看一阵后，黄晓奴问："这些资料正确吗？"

于典道："啊……我办公室里也有一套。你想问什么，请吧。"

"清凉山战役——对不起，你们叫它方山战役，您可以继续那么叫。我们各用各的名称。清凉山战役是当年我们双方进行的最大战役之一。我第一个问题是：它为什么被你们提前了二十多天？雨季还没有过去，你们就开始了。这是为什么，是我们的战役企图暴露了吗？"

这个问题恰恰是于典不能回答的，然而他的才华就在于总能把不能回答的问题回答得点水不漏。"兵法云，敌动我动。我们嘛，是根据你们的变化而做出的决定。"

黄晓奴失望的样子："我们先放一放这个问题，以后再讨论。

您可以提您的问题了。"

于典根本没有准备什么问题,他认为这种讨论太荒唐,他从根本上不信任她。于典脱口而出:"你们的广播站在什么位置?"

陈中校和黄晓奴愕然,没想到于典放下那么多作战部署方面的问题不问,竟然问及一只小小的前沿广播喇叭。黄晓奴思索片刻,将纤纤玉指伸向方山前沿207高地:"这里。"

于典看看她指的地方,是高地南面的山凹部。当年,他和元音潜行过那里。就在那座山的我方一侧,曾经有一头牛被反步兵雷炸死。他死盯着黄晓奴,低低道:"哦,你就是菜豆!"

黄晓奴不解:"菜豆是什么?谁是菜豆?"

于典转开视线,看着别处说:"对不起。原先我总奇怪,你的汉语怎么会说得这么好。"

黄晓奴听懂了,霎时神情异常,她冷冷地回答:"我年轻时候,曾经在贵国一所民族学院里学习过三年。……于团长,您还没有回答我,为什么把我们那位播音员叫作菜豆?"

于典仍然不作回答。

9

由于不知道她的名字,兵们曾经给那股深夜飘来的清嫩嗓音取过许多代号:黑妞、夜来香、半个月亮、101(即阵地厕所)、穿甲弹……有了名骂起来才上口,口头操一操也基本过瘾。兵们深入分析过:这娘们大概是哪一级官员的老婆,自己大概有多大官,长什么样?他们听说嗓子好的女人相貌一般都丑,就比如四连宋副连长找对象——他先从电话里听见前指通讯站九号话务员的声音,感觉美好得几乎晕倒,便到处求人作介绍。待见了真人一看,硬说人家不是九号!回来跟连里馋得慌的兵说:大家清醒点吧,以后你们谁犯了错误,我看用不着关禁闭,罚你们正视她三分钟就行。月亮边上飘来的那股嗓音,把许多兵营逸闻,许多男性情调,许多仇怀与乡情,许多惆怅与想象都调动起来。一日,吃菜豆罐头。阵地上久缺蔬菜,那一粒粒青青绿绿的小滑头咬在嘴里口感极好,在舌齿间还乱动。烹制方面又不知大后方怎么弄的,酸酸脆脆,半辣半甜,叫人且吃不够,想形容也无法形容。慨叹中便有人想到了她:菜豆!所有兵们都认为这名字起到家了。就定了。给她正名,叫她菜豆。

　　有情报说,菜豆是K师女特务排的。她们白天干活,晚上陪作战勇敢的军官睡觉,以鼓舞士气。菜豆本人打枪打得准,二班长其实就是她打死的,那天她扮作放牛的……又有情报说,在对方前沿,每个火力支撑点上都由一对夫妻守卫,这是对方新发明的作战方式,把夫妻编作一对战友,配备一挺高机和一门平射炮,负责一处要塞,将工事变成他们的家。打仗时候就打仗,不打仗的时候就生活。枪一响,要塞就成为绝境。夫妻之间的感情在战场上最彻底,彼此最信任。丈夫战死了妻子也不能独存,要活一块活要死一块死,被逼出双倍的勇猛来,彼此都会为了对方的生存而殊死作战。只要两人还他妈爱着,肯定焕发出骇人听闻的战斗力……兵们说,女人啊,比男人更狠。男人要消灭你,给你一枪就算了。女人不止,那些女人不让你白白地死,要把你倒吊起来,用刀子剜你老二……因此,兵们被激奋着被鼓舞着,理直气壮地诅咒菜豆以及菜豆们,从口头蹂躏中预支出一份快活。

　　又有情报说:菜豆实际上不是女人,是一个变性的男人。南亚某某国度老有类似的恶心事,让男孩从小服药,渐渐地嗓音就变成女人样,胡子也不生,有的相貌比真女人还好看,这种人叫人妖。菜豆就是一个人妖,她的声音是男人身体里憋出来的。当时,兵们呆了,将带来这情报的通讯员集体仇视半天。接着一个老兵率先骂他,你狗屁,那菜豆百分之百是女人!兵们也纷纷骂他,菜豆百分之百是女人,她身上跟你新娘一样保险。

方山战役确实提前了二十多天,使K师不得不仓促应战。于典所率侦察连担任穿插,在方山侧翼击溃敌主力炮群,并且造成敌人对我方攻击方向的错误判断,使主攻部队得以在正面战场闪击成功……黄晓奴为什么要问这个问题呢?她到底是不是菜豆?是不是那个牧牛女娃?……如果是,她怎么能够活到今天?于典清晰地记得,元音刚来那天,他和元音两人通过蛇肠,撞见在石潭里洗浴的女子,干干瘦瘦,带着一个残疾男孩。那女子倒是挺像牧牛的,却无论如何不像今天的黄晓奴。今天的黄晓奴声音倒有些像深夜里的菜豆。不过这也只是极模糊的感觉罢了。那声音从几千米外飘来,擦着月亮边儿过来,沾满雾气、露水与草腥味,湿漉漉的,轻轻脆脆的,丛林呓语一般的,触之即化,叫每个人听来,都像是单独对自己一个人说话。她讲些什么并不重要也根本听不真切,重要的只是那声音。它是一种与枪炮声、爆炸声、命令声、呻吟声、怒骂声、单调的雨水声、无息无止的电话铃声……完全不同的声音,一个女人的声音。一个试图让我们动摇因而愈加清幽缠绵、接近于情人的声音。因此这声音是一片雌性抚摸、一缕柔情荡漾的呼吸。

元音忽然灿烂起来了。以前他不敢。

他大白天站在汽油桶里洗澡,赤裸裸的,把水泼得哗哗响,咚咚擂着胸膛。兵们要看他伤痕，他随便让人看——过去他不敢，过去他不但不敢还愤怒。而现在，伤痕成了勋章，光芒藏在眼睛里。他骄傲地述说子弹打在身上一瞬间的感觉，把那种感觉说得神秘万分，为了那感觉完全值得挨一枪试试。他对于典说话时，语气宽容大度，甚至有点上级机关的派头。他不嚷嚷开战但是深深渴望开战，老是主动跟于典商量出击方面的细节，指出一些缺陷。坦率地说，于典不喜欢他这样。他更喜欢元音刚来时，用高傲掩藏自卑，跟女人似的包裹着身体，明亮的眼睛，久久窥视战场，窥视外界一切……使得元音明确感到自己比他强悍，比他完整，他不能不听自己的。现在，元音又成为军事学院时的公鸡了。他跟你微笑的时候，内心其实是在居高临下。于典不喜欢。在不喜欢之上又摞上一层不喜欢。

他真的干过那娘们没有？……狗！

于典不准备向上汇报。要汇报让元音自个去汇报，省得自己嘴臭，表现得好像妒忌他的战功。传出去，首先自己就容易遭人歪曲。再说吧，自己手里没有攥着事实。又再说，当时元音不是把自己当连长而是当朋友肝胆相照的。当时他一面现丑一面炫耀，老二明显在胯下支个账篷——事后于典才回味出当时的细节。很希望他再拿手雷敲高机子弹时，手雷炸掉。

于典跟元音说，如果你这次战死了，报上把你吹得昏天黑地，到那时我非给你正正名不可，将你的丑事大白于天下。元音嘿嘿笑，你把报纸拿我坟前烧一烧，两份都拿来，我最喜欢被别人争议了。于典说，从今以后，不准你单独行动。

几天后，元音随第二侦察小组出发。妈的运气好，在207高地南面，击毙一个特工，又俘虏一个。前指通令嘉奖下来，元音赢得了率队潜伏的资格。

10

黄晓奴追问"菜豆是什么,谁是菜豆"时,于典猛烈地想:他爱她吗?爱过没有?即使是一点点?他干过那种事以后,还能像过去那样一个人待工事里吗,那工事像子弹匣,人挨着人塞进去,白昼无尽长夜不眠,元音一颗心往哪儿搁?……十几年来,于典没想过这问题。妈的,胡乱一操竟然可能操出点爱情来。

那次,关于方山战役的回顾,在第一个问题上就卡住了,第二个问题上又卡住了,第三个问题再次卡住。双方不欢而散,勉强约定下次会晤再谈。如同于典所预料的那样,黄晓奴的意图行不通,这种对话太幼稚,不现实,而且充满危险。但是真正叫于典不快的,是一直没弄清黄晓奴的真实意图。这意味着自己已和对方交火了,却没弄清对方意图,妈的窝囊。

下一次会晤,黄晓奴没有来,X方的会谈阵容又恢复成从前那样:陈中校,两个助手,一名翻译。陈中校显得比以往任何时候都愉快。于典不能问他黄晓奴为什么不来,稍许有点惆怅。会晤毕,于典安排了比往日更丰盛的午餐。陈中校等人,可能连续被黄晓奴压抑了几次,口腹寡淡已久,这回便大快朵颐,来者不拒,吃得连军装扣子都解开了。泸州老窖后劲极足,陈中校不识险,在大意兼快意之中一路饮去,醉成一根红萝卜。他主动谈起当初那场恶战,说连长死后,他率半个排守某某隘口,苦战四天,伤亡……于典当即夸赞,那隘口我亲自攻打过,你们战术位置确实不错,隐蔽在火炮曲线以下,炮弹不管用,我们只好用人硬攻……

陈中校听到当年对手的夸赞，激动得满眼泪光，拍打着于典肩膀沙哑地叫，汉语中夹杂X国语，于典大概听懂了：你们火焰喷射器厉害，兵也厉害。那一仗我差点丢命，在医院躺了两个月。要是咱们两国军队联合起来，全世界都打不过我们……于典又问当年没弄清的X方几处兵力部署，连于典也产生了与战友恶战归来的感觉，他有些朦胧了，摇晃着巨大身躯说：黄、黄晓奴漂亮啊……真他妈漂亮啊，你说是不是？陈中校一下子膨胀了，哈哈笑，说了两句于典听不懂的话，从面部表情看是下流话。因为全世界的下流话都写在脸上。于典说，她有什么功劳，凭什么和你一样，也挂中校衔？她肯定靠丈夫升上去的。陈中校说出X方某军区司令部的名字，伸手比划着：和你差不多高……这个头在X国就是少见的高个了。于典在敌情通报上见过此人的名字，但没想到他就是黄晓奴的丈夫。黄晓奴此次前来，名义上是研究战史，实际上是为了……于典赶紧举杯，这是重要情报啊。

　　于典忽然难受，没想到黄晓奴也是这等女人。于典心里一阵苦痛。黄晓奴和他讨论方山战役时，他虽然不信任她，但对她的追求隐怀敬佩，甚至有些妒忌。现在，那追求竟是假的，他愤怒地喝酒。元音，元音，他妈的元音啊……

　　陈中校的两个助手频频试图制止陈中校暴饮，都叫陈中校短粗的胳膊撞开了。陈中校终于大醉，被扶上吉普车。那个翻译，席间一直坐立不安的家伙，此时朝于典冷笑了一下。

11

　　牧牛女又出现了，戴着一顶竹叶斗笠，身旁不远处，两头水牛在咀嚼。

于典顿时警觉，圈套。前天夜里，他和元音潜伏成功，查明了6号地区敌军工事，临撤退时暴露出声响，不得不击毙追敌两人，才得以撤回。他估计，敌人早晚会报复。兵们都进入堑壕，枪管从疏疏落落的丛林底部伸出。于典觉得自己仅仅疏忽了几秒种，再盯向元音的藏身位置时，他人已经消失。……

元音穿越那片致命的丛林，摸到207高地顶部。山下，于典已率兵和对方接火，他谛听着，也许是想听到那女人的声音。然而他却听到了L-98加消声器的轻微射击声，如同一颗颗水珠击打在岩石上，确切地说是感觉到的而不是听到的。他朝那声音匍匐过去，贴着水沟底部，爬了十几米，爬到那声音的后面，露出两眼观察：一个孩子藏在汽油桶改制的掩体内，正在操作那长长的L-98狙击枪。他大约十二三岁，穿着过大的夏季军装，缺了半条腿，是个残疾。元音想起来，那天在石潭，站在沐浴女子身边的就是这个男孩，他是她的弟弟吗？他明白了，打死老穆的就是他，打死二班长的也是他。他熟练地据枪、瞄准、射击。那支比他身体还长一截的L-98在怀里优美地伸缩着。他打了几枪，抬起头朝前方看看，摸出一块木薯咬几口，放在一排手雷旁边，再据枪瞄准。他呼吸停定在枪托上，身心与乌黑的枪管融为一体，合成射击纵向，并且从枪口处无限延伸开。他瘦弱肩胛一动——吸收了后坐力，再恢复成原样。一只褐色草蝶老想落到他肩上，每次后坐力一动，草蝶就飞开，在肩胛上空盘旋，过会再固执地落上去，重复了好几次。元音听过这种少年是战壕里长大的，也许一声炸弹爆炸把他从母亲子宫里震了出来。他在一只木柄手榴弹箱里长到六个月，再换到一只122炮弹箱里长到三岁，他差点没发育成长方形，也差点发育成长方形。他刚刚出世就习惯于轰炸与死亡，各种轻武器是他童年玩具，早已没有正常的恐惧，甚至没有恐惧，就像没有幼儿园和星期天那样……元音透过瞄准镜清晰地看见他脸上疤痕却没有看见任何表情，看见他用虫牙咬生木薯，乳白色浆汁挂到嘴边。他瞄准那孩子左颅，射出一个点射，三发子弹匀称地击碎这少年的头颅，弹丸余势仍击穿了汽油桶，钻入土里。那孩子头朝右一歪，手指头还套在扳机环里。元音听到一声嘶叫，牧牛女蹿上山头。在她两边，以卧姿、蹲姿、立姿出现许多敌兵，黑洞洞的枪口指向他。

12

又是边境会晤的日子，于典来到 X 方边防站。迎接他的人是陈中校和黄晓奴。于典亲切地问候黄晓奴："你好……"黄晓奴显得很高兴，竟俏笑一下，是真正的女人在男人面前的那种笑。

又是常规性谈判。陈中校表情有些紧张，因此进行得很慢。黄晓奴仍然在边上坐着，平静地等候。

午餐前，黄晓奴对于典说："可以请你出去走走吗？"那意思显然是单独走走，于典有点惶然。他随黄晓奴来到会晤站外面的花园里，控制着自己的呼吸，听到了她的呼吸。

黄晓奴微笑，道："请看那座石碑。清凉山战役牺牲者的合葬墓。"

于典望望远处那座半米多高墓石，它立于小河边，面向南方。不注意看，不会觉察到它的内涵。他说："自古打仗，哪能不死人，我们也有一座。"

"你们有没有出现过咱这事,把对方的遗体也错埋进去了?……一部分遗体。"

于典盯着她看。她继续说:"我知道你永远不会信任我,我理解。我也知道,战场上的事永远不可能都搞清楚,任何一场战争留下的疑问,都像死者一样多。除非他们活过来,否则我们只好猜测。于典上校——我刚注意过您的新军衔,我只想问一个问题,这个问题应该不属于机密。如果我问您的话,您能够告诉我真实情况吗?我恳求您。"

于典沉默着,微微颔首。

黄晓奴低语:"7月13日,你们向207高地开炮没有?"

"开了。是我呼唤的火力。"

"哦……我一直认为是我们炮群开的炮,原来你们也同样开火了!战役提前二十多天。"

13

那一天正是7月13日。

于典发现对方火力突然减弱,便率四个老兵摸上山去。其余兵们,留作掩护,并吸引正面敌人火力。他们沿一条险径攀登到毗邻207的另一座山上,从那里可以看见207并用火力控制207。他在望远镜中看见当时景象:元音被敌人包围了,一步步逼近他。他从他们步态中清楚地知道,他们不想杀死他,成心抓活的,换了他,他也不会错过这种捕俘良机,也要抓活的。他心里大叫,狗操的,拉"光荣弹"啊,你他妈怕死了?……元音没动,似乎望着谁。顺着他视线看,于典看见那牧牛女。敌人距元音越来越近。

于典朝通话器喊出一连串暗语：代号、坐标、目标性质、万万火急。四十秒钟左右，他听到空中传来鸟鸣一般的气流声，他猛地直起腰："跟我冲！"直扑207。

他知道，待对方发现他们时，炮弹正好落地，因此发现也晚了。他跑出几步，忽然站定，忍不住再次用望远镜望去。155弹群狂浪地爆炸开，白炽色爆光刺人眼目，他似乎看见元音朝前面那女人扑去，把她压到身子底下……

于典冲到207，炮火已经延伸。空气中弥漫焦臭，山头上散布尸骸，肚肠挂到丛林梢上，血浆如泼，在岩石表面半凝半淌。元音死去了，未见那牧牛女尸体。他头晕目眩。敌人枪弹打来，他下意识地卧倒战斗。炮火又重新转向这里，分不清是对方炮火还是我方炮火。一声巨响，他几乎失去知觉，弹片与石砾同时击中他身体。他摔倒在丛林里，面前是一只巨大的蜘蛛网，它也被弹片刮走一大块。几颗血滴挂在残余的网上，不知是自己的血还是别人的血。血滴顺着细细的蛛丝朝下淌，如同珍珠串在银丝上。蜘蛛是彩色的，肚皮金黄。它兴奋地追逐着淌动的血滴，在网上一跳一跳。它追上一颗，很快吮尽，再扑向下一颗。在血滴淌走之前，全部吮尽了。他把头转开，喘息着。蓦然大惊，无声无息之中，雾障消失了。长达三个月近百天的雾障消失了。阳光如子弹般击下来，再从树干、石崖、枪械、血污……一切物体上跳开，万物忽然获得了骇人的清晰度。

于典又看了一眼蜘蛛网。那么短的时间里，蜘蛛已将网全部补好，隐蔽到看不见的地方，等候着新血滴。蜘蛛网闪闪发光。

方山战役由此开始。

孤独的炮手

1

太行山脉奔腾到这里忽然消失，宛如一群巨龙潜入地下，面前留下一大片沉积平原。这片平原，从太行山最后一只余脉牛头岭开始，一直延伸到黄海海边，纵横数千公里，而起伏高低不足二十米。偌大一片原野只有如此微小的起伏，在地形学角度看来，它已经和擀面板儿那么平了。牛头岭山顶上有一块方圆十数米的花岗岩石，石上筑一五角小亭，名为：仙弈亭。站在亭内向东一望，大地无边，直达天际。假如天空晴朗，万物俱有极高的清晰度，而此时你正巧又站在山头上，整个人就会像阳光下的植物那样伸张开，神清心逸，目力精微，刹时看出天与地相接处那奇妙无比的吻合：大地与高天正如同两片口唇贴在一起，把人的目光深深地拽过去，拽向那无边的深邃。现在，你可以看出地球是圆的，你的目光正沿着地球弧状表面延伸着，一直延伸到看不见的地球背面……

山脉与平原在这里高度典型化了。

牛头岭及其周围山峰还保持着远古时期地壳的喷射状，极像凝固在哪里的山头。而它们脚下的平原，则呈现出梦一般的平静。只要在牛头山顶尖处搁一个石砾，它就会顺着山脊往下滚，沿途上千公里都不会遇阻，一直滚到海边。这就是山脉和平原。

仔细考察一下山脉在何处中止，以及平原在何处开始，是很惊人的。

牛头岭宛如壁立，断刃千尺，山体和平原几乎形成一个直角。在底部，山脚刚刚触土的一刹那，山便断然消失，在地心深处形成山根，牛头岭像棵巨树笔直地戳立与此。在它的顶部，仙弈亭几近临空，倘有人舍身一跃，他就会飘摇如叶，在空中下落很久——他起跳于太行山脉，而身碎殉命的地点，竟是亚洲东部大平原。仅仅由于这里的险境具备一种诗意，千百年来不断有丧家亡国的仁人志士，专挑了此处来跳崖自尽。在临空一跃之前，他们先饱览一下大地高天，内心赞叹脚下这片世间无比的绝境，此刻，常不免有平生最杰出的一行诗句涌上心头——但一般都不镌于山石间，只是自我感受一下，就纵身下崖。现在仙弈亭周围镌刻的种种绝笔，多是后人度死士情怀而仿制的。尽管走笔时壮怀激烈，意境奇凸，词句如焚，颇令后世传咏不止。但他们忘了，真正求死者在死前那一瞬，是不留笔墨于人间的。只有以死相酬、以死全身者，因为死犹不甘，才留两样未泯之志供后人念他。所以，这里不仅是著名的死地，也是著名的对"死"的审美之处。

太行山于亚东大平原的相接处，就凝缩在牛头山脚下。准确说就在那一块赭色岩石和褐色土壤相交的地方。山脉在这里戛然而止，大平原在这里悄悄发端。这里仿佛窝藏着一个神秘念头，这念头正如弯曲到极致的弓，在山根那儿死死收缩着，其势直指东方——当我们的目光从这里转开，转向东方时，那如弯弓般收缩着的念头便猛然弹开了，霎时炸出一片数千平方公里的大平原！

牛头岭东面两千多公里，一直没有任何山坡甚至没有任何像样的高地，彻底的一马平川。偏偏到了海边，突然冒出一座标高二百点七五米的孤独小山，因此处盛产凤尾菇，这山便被人叫作：凤尾山。

凤尾山面临大海，但它的山势却背向大海。凤尾山的形成年代与太行山脉完全相同，山腹间花岗岩的岩性、纹理、微金属含量和水文资料等等，竟也和牛头岭完全相同。这种神秘对应令世人大惑不解，牛头岭与凤尾山相隔两千多公里，而地质情况似乎在证明：太行山在西面两千公里外入土，在这里又钻出来了！

2

凤尾山炮台伫立于山的顶部。当年，为了修筑这座巨大的炮台，而不得不将凤尾山削去十二米，裸露出山体中的岩心，再将炮台灌注在岩心上，与整座凤尾山合为一体。然后，再在炮塔顶部修筑钢筋混凝土掩体，掩体顶部再覆以巨石，增强其抗爆能力。同时，也使凤尾山的标高恢复到原先数据水平。随着时光流逝，岩心、炮台、掩体、巨石……都已如水乳交融般生长到一块了，呈现出天然地壳那样的强度。即使是世上最大口径的炮弹击中它——即使是由这种炮弹组成的弹群覆盖它，也跟跳蚤叮石头一样，丝毫无损于它。

周围的人们很少进入炮塔内部，更少目睹那一尊455口径的——堪称当今世上最大的巨炮。它一直卧伏在凤尾山深处，每年当中，只有两次，仲春与仲秋时节，需要给火炮更换各种润滑油剂了，巨炮才被推出掩体，彻底地保养一下。那时，巨炮黑黝黝的钢铁身姿，便出现在高高的天际，人们在数十里之外也可以看见。而平时，巨炮深藏不露，只从射口探出半截墨绿身管，也就是俗称为：炮管。仅那半截身管，也有水牛腹部那么粗，长近十米，像一个横放着的大烟囱。这是它的二级战备状态。也即：常备状态。

哦，巨炮半遮半掩，便勾引起人们无穷的想象那半截身管就已如此惊人了，隐藏在内部的炮身更将是何等惊人？！……假如完全看不见炮，凤尾山也就是一座秀丽的孤山罢了。半遮半掩——就使得巨炮和孤山的魅力双双翻倍。那魅力又正高悬于天际。曾经有无数人在山下驻足流连，翘首眺望不止。公海海面上的过往商船、游轮，在驶抵凤尾山正东方最近点时，也常常放慢航速，鸣一声短笛，历来有不同的理解。一说是友好的致意；一说是示警式的抗议。因为，一尊世所无匹的巨大炮管正笔直地瞄向他们，叫人看了，无论如何是不舒服的。

凤尾山中部，驻扎着警备区某部一支海岸炮兵连。他们的标准装备是六门最新式的130海岸炮：俱是轨道运行，雷达测控，电子击发，射速极快，并可以在掩体内做一百八十度射向选择。由于这种火炮属于高度机密装备，所以整座凤尾山十几年来一直被封锁为军事禁区。从山脚下开始，准确说距山脚还有半里路，大道上一侧就出现了金属告示牌，上面用英日汉三种文字镌刻着：军事重地，游人止步。到了山脚，路面上就设置了红白相间的木挡，金属告示牌又出现一个。到了山脚那儿，就有哨兵查证，没有特备的军事通行证的话，任何人都进不去了。

四百五十五毫米巨炮并不是机密装备，它在半个世纪前就已过时淘汰了，如今它只有兵器史方面的价值。但因为巨炮正处于阵地核心部位，所以一直与世隔绝。情况就如此幽默：巨炮本身可供人观赏，而且也有无数人渴望观赏，但它周围的东西不能给人看，所以它也不能给人看了。又由于130现代海岸炮高度机密状态，外人便以为巨炮是机密中的机密，更加渴望看它一眼了。曾有人不顾警告潜上山来，被哨兵一枪击毙。

3

炮连连长李天如上尉，头戴一顶轻便钢盔，伏在观察所图板上阅读一份传真电报。

电报是警备区司令部发来的，命令他：一、明晨零时整，撤出凤尾山下一切岗哨，清除路面障碍，恢复正常交通；二、明晨6时15分，将巨炮运行至露天炮台，并保持一级战备状态；三、当以上两项完成后，所有军事人员撤离露天炮台，仅留一名身着礼服的军士长担任引导员……

李天如上尉将命令仔细阅读两遍，直至每个字都锲入脑中，便合上电报夹，拿着它步出观察所，沿着深深的隧道走出掩体，走到凤尾山顶黄色的夕阳中，站在那儿看大海。

命令的意义他在数月前就已明确，此刻仅仅是以文字方式形成命令——保持一种可供存留的档案程序罢了。但是，这项命令对于凤尾山炮台来讲，意味着一个时代的结束。

"明晨6时15分……"也就是海面上的阳光刚刚抵达凤尾山顶的那一刻，巨炮将被推出掩体，在露天炮台就位。日出时分经过精确勘测，毫秒不误。凤尾山顶是绵延千里海岸上阳光登陆的最先滩头！大约半小时里山脚下面都还是一片黑暗，唯独凤尾山跟金冠那样闪耀。明天，就是特意选择的黄金时刻，巨炮将占据那千里海岸的独一无二的位置，占据那独一无二的阳光。巨炮以其钢铁身躯，几乎代替掉古老的凤尾山顶。而所有居住在地平线百里方圆地域内的人们，对凤尾山的身姿早已烂熟，但明晨6时15分，他们乍一开窗，就会大吃一惊：凤尾山不见了，而巨炮正在半空中闪闪发光！

他们还没有看到太阳，就已经看见了它。

这是有意设置的场面。现代炮兵对于时间高度执着，又出于对宏大场面的酷爱，十分巧妙的设置了它。如果用军事术语说一句，那效果就是：瞬间爆炸。

无声的爆炸。用猛烈的光炸开人们的心。

你们不是都想看吗？那就请尽情的看吧。它那么显眼那么触目。现在，你们不想看也不行。它几乎是逼迫人看它呢？

李天如望着大海沉思：为什么他们总想看我们不想让人看的东西？巨炮是上一个时代遗留的最后一点遗产了，它是全体军人的隐私。隐私能够那么随便给人看么？

警备区司令部的命令，其实是一个时代的挽辞。它意味着，从明天开始，这里就不再是军事禁区了，凤尾山将被划为东湾景区的一部分，今后它将成为一处旅游胜地供人游览。而那尊巨炮，也将成为一个著名的军事文物供人观赏。人们可以随意抚摸它摆弄它，甚至可以钻进炮管里去吆喝几声，听自己的回音，那是十分美妙的。还可站在炮管上照一张相——那粗大炮管上足可以站三十几人呢。李天如所率的这支海岸炮兵连，也将成为一支开放分队,他们将像仿古武士那样,操练着巨炮,让游客们花钱买一次战争恐吓,过一次杀戮的瘾——哦,战争的本质特征在这里又一次得到再现:它是一种惊险游戏。一纸命令使凤尾山还原为游戏场。李天如曾经极力抵制这个做法,提出大堆反对意见:

一、130海岸炮仍然是海防重点军备,不应对外开放;

二、军事区域仍应保持一定的神秘性,与外界隔绝。消弱这种神秘性,最终将消弱军人尊严,消弱职业军人本该具有的孤独感(及其与之相关的卓而不凡的气质),各种代价将始料不及。

三、巨炮是近代珍贵的历史武器,它已成为凤尾山军人精神气节的一部分。如果降为观赏品,是对它、对凤尾山军人的亵渎。

四、巨炮如果非公之于世不可,应移入军事博物馆存放。在与之相配的兵器群体中,得到与之相配的位置。目前这种展示方法,等同于山下的石人石马。

五、请慎重考虑:一旦将凤尾山解禁,岸炮连的生存性质将彻底改变。请允许我辞职。

……

那天,李天如在黑暗的指挥所内,拿着一支照明笔慢慢地写下他的报告。照明笔的优越性在于它的光源非常隐蔽,只在面前口令纸上打出鹅蛋那点光亮,除了他自己外,谁也看不出他在写什么。每当有一些最深沉的念头时,李天如总来到这山腹洞穴中。并且总用它来书写。实际上,他在写它的时候,已经感到事情无可挽回。他在勉力做着一件绝望的事。他边做边体味着类似自杀的痛苦。果然,几天后,他的报告被驳回。从回电的语言风格上,他认出是司令员亲自口授:

我们别无选择。

仅此一行字。至于李天如提出的辞职，将军根本不予回答，像是没有辞职那回事似的，因为那太确定无疑了，不回答的意思就是：你休想！

作为对李天如的理解，将军随后答应了李天如两件事：

因为不得不开放，我们当谋求一次最壮观的开放；

因为巨炮无价，我们对所有观赏它的游人，不收取一分钱。

李天如精心设置了巨炮出世的场面，让它和太阳一同升起。他还草拟了给自己的命令，上报警备区司令部，再由司令部发回来，居然一字不易。这在军事史上也是前所未有的事了，由自己拟好命令发给上级，再由上级下达给自己执行。这等于说，你自己在指挥自己。将军将一个空前的荣誉给予李天如。其方式，与李天如的巨炮出世，可谓各尽奇妙。

4

李天如没有看表，海面上的太阳提醒他，应该晚点名了。看太阳比看手表要动人得多，当夕阳触到那块孤礁时，他心里会"铛"的响一下。

李天如朝集合地走去，同时注视着区域内的士兵们身影，看他们是不是已做好集结准备。两个军士驾着一辆吉普车驶上山来，车上载着铁丝网、告示牌、木障等物。李天如挥了一下手。军士将车停下。李天如走近细看，那些东西还沾着新鲜土末，看得出刚刚从土中拔出，而上面镌刻的文字，都已经非常故旧了。李天如盯着它们，仿佛在不经意地问："那女人是谁？"

一个少妇正沿着环山通路走来，衣饰素雅但也很名贵，走路的样子怪好看。李天如在她刚从拐角处出现时，就已经注意到她，心内很诧异。这种地方这种时候，不该有女人出现，尤其不该有这种女人出现。

军士报告说："上尉，我们在撤出警戒物时，她一直在边上看。我们撤一道，她就迈过一道。而我们没有撤收的地方，她也不迈过去。她好像知道我们正在解禁，就那么跟来了，她没有违法。"

"有没有说过什么？"

"除了笑一笑，她什么话也没说。"军士怪遗憾的样子。

"把这些东西送到军备库封存，去吧。"

李天如站在那儿看少妇缓缓走近，第一次意识到自己无权阻止任何人入内了。但是，他想看看，这第一个入内的人是如何进入他的防区的。少妇在水泥路顶头站下了，她的面前已无任何阻碍，只是她的上方还亮着一块红色警戒灯。少妇站在灯下朝李天如微笑，伸出纤纤小手，指指头上的灯："可以吗？"

李天如示意哨兵关掉灯。少妇慢慢走进这数世纪以来、严禁平民进入的古炮台，然后定定地望着天边。李天如顺着她的目光望去，不禁心动。她在望夕阳。他原以为，她进来后会急匆匆地到处看火炮，没有想到她那么从容地进禁区之后（这已经很不容易了），竟入神地看那轮即将入海的夕阳。她好像有一种天性，直觉到这才是凤尾山炮台最美的东西。

李天如对她说："你是第一个进入这里的人。"

她点点头说："啊，谢谢你。我喜欢做第一个，而且……"她停顿了一下，转脸正视着李天如，"我们已经等了很久了。"

李天如朝远处看，四处并没任何人。那么，她说的"我们"还指谁呢？

李天如沉默地转身离去，感觉到她的目光贴在自己背后。当然，那也可能是夕阳的光芒所致。他走出好远了，刹然想起她非常美丽。她不是本地人，那种美貌的韵致颇有异境，本地不出产这种特征的美。他突然站下，转过头看她——说实在的，他以为她仍在暗中盯着他，他想迅速和她目光相碰，可以借机和她交流一下情意。但是，她专心地望着夕阳，面颊上流淌晶莹的泪光。李天如一怔，喃喃低语："她还是个孩子嘛，这么容易感动。"

5

李天如走到凤尾山主炮场，岸炮连全体官兵已经整齐地列成一个方阵。纵横相齐，宛如铁铸。每人钢盔上的统一位置，都闪耀着一个滴溜溜的夕阳。每人的脚尖，都踩在同一条无形的线上。只要任何一人的上半身歪斜了，脚尖就会错落不平。所以在一个方阵里，任何人都会被这一气势死死绑住，从而情不自禁，站得跟枪通条一样直。

如今，除了军队，世上任何职业的人们都不会以方阵的形式聚集起来了。就连军人们自己，也常常误以为方阵是一种阅兵队列，是站给人瞧的。但方阵却是一种最古老的战斗队形，是战场上短兵相接、贴身肉搏的序列。李天如曾看过一幅纪元前两千九百年的石碑拓片：一群斗士正在格杀，纵横各为九人，每个斗士都手持短剑与盾牌，那短剑几乎抵在自己战友的后背上，人人都被迫拼死前扑，其斗志已达到疯狂之势。而他们的对手，也站成了相同阵形。当时，李天如已经身临其境，每一条神经都感到方阵的扑跃。只有在那样一个阵形里，全部生命都收缩到千钧一发，因而益发勇猛！每个人的处境又都那么简单明了——身前是敌身后是友。李天如还看出纪念碑暗藏的意义：这种阵形竟是一种死地。每个斗士都因有战友的剑尖在身后抵着，因此无法后退，只有争先死战，甚至是被迫死战……它真是精妙的绝境！

因此，李天如每次面临自己炮连组成的方阵，都能透过它，看到数千年前斗士们的身影。斗士本就是死士，方阵本就是绝境。他们从数千年前厮杀过来，如今凝缩在这里。变成一种象征意义凝缩在这里。

军士长向他报告：全连集结完毕。然后退回发令员位置。李天如朝队列瞥一眼，没有看出丝毫沮丧气息，反倒看出一点莫名其妙的兴奋。他明白了，这是他们预感到每天将是一个全新的日子，他们正在为每天有许许多多人从世界各地涌来看他们，而提前高兴起来了。他们已经从空气中嗅到，那惊惊乍乍的少男少女们的气味了。李天如无法让他们理解：明天，是我们大家的末日。

最大的灾难，是伪装成幸福的灾难。

李天如跑至与队列成等腰三角形的指挥位置，低吼一声："晚点！"全体官兵刷地立正。"稍息。"李天如打开花名册，但是并不看它，凭借记忆，他就可以按照各炮顺序呼点出全体炮手炮长们的姓名。不但不错一人，而且连所有人员之间的顺序也不会搞错。

"李天如！"他喊出第一人的姓名，接着自己立正，高声回答："到！"

"宁小林。"

"王国强。"

"张正方。"

……

队列中依次响起回答，立正的人越来越多。最后，李天如喊出一个名字："亚鲁玛纳！"方阵抽搐似的，全体官兵猛然爆发出一声巨吼："到！"

"稍息。"全体人员稍息了。李天如讲诉每天的任务及其注意事项，一边讲一边看官兵们的眼睛。他发现他们的眼睛越来越亮，虽然对着自己，实际上又不是看自己，而是痴痴地看自己身后的某样东西。李天如不用回头，便已猜到他们在看什么。"那女人。"他恨恨地想，"跑到场地边上来了，夺走了他们的注意力。"他有点悲伤，因为她比他有力量。他控制他们的身体，但他们的心神已朝她飞去。

"解散。"李天如下令。队列不动，他们竟没有听到，在往常，这可是最叫人喜欢的口令了。他再吼："解散！"队列才轰然炸开。他站在原地不动，直到每一个人都被他目光驱赶开了，他才回头注视那女人。

"李天如……"她轻轻重复他的名字，微笑着走近他，"我叫白霖。"

"你怎么能到这里来？"

"突然间整个山头空无一人，我有点儿害怕。听到这儿传出回响声，我就过来了。你们刚才在干什么？集合点名吗？真没想到点名也有这么好看，我都看呆了……"

李天如很是惬意。晚点只不过是军营中一桩小动作，就让这位女士着迷。他面无表情，说："建议你马上离开这里，就要天黑了。"

白霖道："真抱歉，我迷路了。"

"我送你出营区，请跟我来。"李天如率先走在前面。白霖跟在他后头。脚下的软靴发出轻巧足音，煞是好听。拐过一个弯，大海豁然扑面。"啊……"白霖似掉下悬崖般地惊叫一声。李天如猛地回身，看见白霖怔怔地望海景。夕阳已经半边入海，呈现出一天中最后的辉煌。夕阳在此时大得惊人，细看还一跳一跳的，由于水汽作用，光辉万分生动，几乎可以用手拽住它的光缕。大海像一堆宝石乱滚，越往水深处看，竟越发看出不同的光谱。这使人感到，太阳正窝藏在水下，并从深渊里照耀着海天……李天如得意地道："你不是第一个惊叫的人，曾经有无数人在此惊叫过，其中有两个家伙，没叫完就掉下去了。"

"实在太美了。"白霖站着不动。

"我提醒你一下，走路不看景，看景不走路，要不会发生危险。另外，你真的该走了。"李天如又率先走开。到前面宽敞地方才放慢脚步。他有个又甜蜜又不安的感觉：这位女士正在拖延和他相处的时间。

白霖赶上来，有点累的样子。李天如想起她是从山脚下一步步走上来，而通常他们自己都是乘吉普车上下山的。他有点敬佩她了："你住在哪里？"

"珍珠大酒店。"

"太远了。等会儿用吉普车送送你。"

"啊，谢谢你开车送我。"白霖动人地笑了。

"不是我送，是一位军士长送你去。"李天如停片刻，补充道，"我不能离开凤尾山炮台……"

白霖接口道："要不你就可以亲自送我了，是吧？"李天如不语。白霖说，"可以问个问题吗？"

李天如霎时脸热,颔首不语。

"为什么点到亚鲁玛纳的名字时,全体人员都高喊'到'?"

李天如松口气:"他是一个死去的英雄。"

"不像是你们国家人的名字?"

"你们国家……难道,你不是我们国家的人?"

白霖笑一下:"我是外籍侨胞。当然,我很愿意做你们的国人。你还没有回答我呢,亚鲁玛纳到底是谁呀,为什么你们喊'到'?"

李天如正在考虑她能不能理解这一切,要不要把缘故告诉她。白霖已经在幽幽地嗔怪了:"看来,我还不是第一个问这个问题的人……"

6

本世纪初年,西太平洋爆发一场多国战争,主战场就在这里的近海海域。凤尾山下的小镇上,有一所海军学院,主要训练陆战队官兵。其中有一位外籍学员,名叫亚鲁玛纳,当年十六岁,授衔下士。开战之初,学院就奉命将尚未毕业的学员分配到各舰参战,他们都欢天喜地地去了,因为在他们那个年龄,对战争的看法还十分浪漫,正好可以实习一下他们的才干。外籍学员被召集起来,在一夜之中全部登船,驶往中立国一个港口,在那里被遣返归国。当船开出十几海里之后,亚鲁玛纳跳下海,朝大陆游来。他整整游了一夜,天明时昏倒在海滩,身上已被鲨鱼咬烂了。亚鲁玛纳要求留下来参战,为此不惜改换国籍和宗教,他的行为感动了统帅部,将他作为"国际主义战士"报给全体官兵。亚鲁玛纳被派往凤尾山岸炮连任职,晋衔少尉。当他去赴任时,我国学员们将他抬到肩上欢呼,送出十余里地。

到达凤尾山,亚鲁玛纳满心以为他可投身于战场了。不料他竟被当作珍禽一样保护起来,每次行动,总有两个卫士跟随着。而且,他永远也去不了敌炮射程以内的任何区域。他身上挂着好几枚勋章,可是他连一次仗也没打过。他总在集会和宴会中出现,反反复复地谈他对我国的感情,谈他对这场战争的理解,谈他是如何游过了十几海里海域……但他就是始终被摆在战争边上,跟一个花瓶似的。

亚鲁玛纳很快明白当局的用心:他被人当作政治动物使用着,当一个绝妙的宣传品。而他是一个战士呵,是为了参战才冒死留下的呵。他痛苦得快要发狂,终于有一天,他扒掉身上的全部勋章,从崖边跳下大海,想重新死在海里。他被人救上来了,这才真正获得了战士的权利。

几天后,凤尾山炮台迎来一场恶战,战事是夜里发生的。敌方舰炮极为凶猛,我方的滩头阵地已经局部崩溃。炮台指挥员战死了,炮手也死伤过半。亚鲁玛纳粗野地咒骂着,扑到指挥台上,指挥各炮射击……

战斗天明方才中止。亚鲁玛纳在观察镜里看到了舰旗,红白绿三色,竟是他们国家海军的旗帜。原来,他们国家虽然没有和我国正式宣战,却组成一支雇佣军租赁给敌国参战了。

电台里传来统帅部命令:剥夺亚鲁玛纳军衔,撤职关押……他不再被信任了。

但是,凤尾山炮台的剩余官兵却仍然拥戴他,他的指挥才能已经赢得了他们的心。官兵们根本不理睬上面派来的新上尉,在炮台上咣咣敲打着钢盔和炮弹壳儿,用破烂不堪的嗓子,整齐地、一遍遍地吼叫:"亚鲁玛纳!亚鲁玛纳!……"

亚鲁玛纳仍然望着海面上的三色旗发呆。一枚巨炮弹射来,弹丸在他身边轰然爆炸,巨大的震动,使他突然之间恢复了一个斗士的原始心智和感觉。他正处在被人打击,正处在被人歼灭的状态中呵!这种状态下,他变得无比单纯。他看不到国家与军旗了,也看不到熟悉的舰影与亲人的肤色了。他要活下去,只有战斗!呵,在天空与大海之间,军人拥有一个共同的战场。

亚鲁玛纳重新戴上钢盔,背叛了他们国家海军,继续指挥作战。除了口令,他不再说一句话。炮台打出了有史以来最高射速。到这一天日落时,所有的炮管都打报废了……

战争结束时,统帅部开来一列高级车队来迎接亚鲁玛纳。从首车的车牌号上可以看出,它是最高统帅的座车。他们要把亚鲁玛纳接到首都去。但是人们找不到亚鲁玛纳了,有人亲眼看见,亚鲁玛纳在身上绑了两只大口径火炮的弹壳,从他上次跳海未死成的地方,再次纵身下海。这一次,他永远不会浮上来了。

也许,胜利之后,他才开始对国人负疚!也许,战争消逝之后,战士的本能也就随之而去!他害怕即将来临的荣誉,也许,他更加害怕的是重新作为一个政治珍禽被人使用。他痛痛快快地死去了。这样,他可以平静地去和本国的亡灵们在海底相会。

上将到崖头脱帽致哀,久久不语,但脸上竟没有什么悲恸。数十年后,上将临终前发表了一部回忆录,谈到他当时的感受:"实际上,我乘车朝凤尾山进发时,真盼望他已经战死,这样无论我们给他什么,他都没法拒绝了。他活着,正逐渐成为一个麻烦,该国已把他当作罪犯向我国要人,而他却是我们的英雄。这个英雄危害着我们两国正在发展着的健康关系。到了那儿,我忽然听说这小子已经死了。我心里顿时感激不尽。这小子真他妈伟大!我不是说他活得有什么非凡表现——我的任何一个士兵都可以干得跟他一样棒,我是说他死得伟大。我站在崖头,摘下那该死的帽子望着海水。我心想:他要是我儿子该多好!我爱他。是的,我这一辈子只爱过两个人。一个是联邦海军的雷顿将军,他打败过我两次,而该死的我只打败过他一次。另一个就是这个叫作'玛鲁'还是'亚鲁'的小子。此外,我把剩下的一点爱,献给我的妻子,感谢她为我生下一个小少尉……"

凤尾山官兵们要打捞亚鲁玛纳的遗体,上将不许。叫道:"让他待在那儿吧!捞上一把骨头,人家跟咱们要,怎么办?"

于是,就在贴近海水的地方,为亚鲁玛纳修筑了一座没有遗骸的墓,墓前耸立一面巨碑,每当涨潮时海水都要淹掉它,而退潮时,墓碑便立于海平面。人们说不清楚,它究竟是站在海上还是站在陆上。这可是两种不同的境界,两种都大得没边儿。

7

李天如走到崖边,凭栏而立,将那墓址指给白霖看。此时,正是退潮,墓碑被夕阳烧得火红,海水平静地托举它。白霖凝望片刻,惊奇地问:"它的造型为什么那样奇怪?"

"看出来没有?墓碑实际上是一枚火炮的巨型弹丸,完全是金属铸造的,只不过放大了几十倍。它和真正的弹丸一样,上面也有弹带、弹种符号、弹重标志等等。唯一不同的是,弹体上半部镌刻着他的名字。"李天如笑一下说,"亚鲁玛纳和我同兵种,都是炮兵。我们对他,比对别人有更多的理解。那一天,他是抱着弹壳跳海的，不是弹头，因为弹头已经打完了，阵地上只剩下堆积如山的炮弹壳。我想，所以他们才在他的墓碑上安一个大弹头，因为这才使他完整。假如他当年是抱着弹头跳海的，那么，他们就该给他墓上安一个大弹壳。弹壳的造型可远不如弹丸那么好看。弹丸在造型方面是一个典型的流体，跟念头一样美丽。而弹壳是静态的，看上去么——说好听点，是庄严；说难听点，傻极了！"

"你们真幽默。"白霖吃吃地笑。

"我们一点也不幽默！"李天如回答她，"相反，我们总是太认真了。"

最后一句话，李天如是在说他自己。

几年前，李天如从炮兵学院进修回来，分配到凤尾山炮台任上尉连长。他在学院研读战史时，发现了亚鲁玛纳其人其事，为之激动不已。一旦到任，他立刻去看亚鲁玛纳墓碑，在那里伫立了很久。大海呼呼涨潮，淹没了墓碑的一半，他自己半截身子也站在海水里，与他的异邦战友默默相认……晚点名的时候，他问了问炮手们，竟然有一大半不知道亚鲁玛纳是哪一年战死的，还有些炮手以为"亚鲁"是一个人，"玛纳"是他的夫人。他大为惊诧，人们的遗忘太快啦，而误解要比遗忘来得更快。他难受至极，忽然想到，应该让亚鲁玛纳复活，让他的生命被传递下去。

李天如一直固执地认为：亚鲁玛纳身上有一种军人独有的单纯品格，有一种最深厚、最愚昧、最悠久的精神特征，那就是把战争视作自己的特权。相隔千里之遥，一旦听到战场上的呼唤，便掷下一切扑上去，甚至祖国在身后喊他，亲人在边上拽他，他也义无反顾。他没有家乡没有祖国，独独归属于战争。这种单纯品格，从远古时的方阵一直遗传到今天，现在就葬在一枚弹丸下面。

李天如要让亚鲁玛纳成为炮台一员,永远不再失散。既不让炮台失去他,也不让他失去炮台。于是,他要求每天晚点名时,都点到亚鲁玛纳,全连齐声高呼:"到!"

警备区司令部得知此事,立刻责令他停止。我们自己不缺乏英雄,不需要将一个外籍人士置于我们之上,这太过分了,会使人想到许多不该想到的东西。还有人雄赳赳地质问:背叛祖国的人还要授予他荣誉么?虽然他不是我国叛徒,却是别国叛徒。当我们肯定别国的叛徒时,也意味着容许这种行径,奖励这种行径。人们就会为了背叛找出各种各样理由,背叛也就成了光明磊落的事了……

恰巧,亚鲁玛纳所在国的总统到我国访问。凤尾山是沿海著名胜地和古战场,访问安排中的一项,就是观赏炮台。那一天,李天如率全体炮手进行操炮表演,末了,全连聚成方阵,开始点名。当点到"亚鲁玛纳"时,全连震天响吼出:"到!"……总统激动得发颤,高举手杖哇哇地叫。而他夫人则背过脸去,不顾国宾身份,抽抽噎噎地哭了。总统和夫人站在夕阳中,望定大海,直到日落。他们没有想到,一个数千年泱泱大国,竟然将他们弹丸岛国中的一人,置于那么高的地位,给予那么高的尊重。

访问结束。在签约时,总统作出了使我方意外的让步。大家都明白是什么原因,但是大家都不触及它。

李天如的行为,也就被默许了,成为凤尾山炮台每天必行的铁律。

李天如自己知道,假如不是总统光临,亚鲁玛纳将会继续被遗忘。只是由于政治利益上的需要,他的行为才侥幸保持下去。而他的本意,与他们的用心,与那一纸协议,甚至与总统的激动,都完全无关！……

"这才是真正的幽默，"李天如说，"我们都在高喊亚鲁玛纳，可是各自处于不同目的。我不否认，就连我的炮手里，也有些人是傻喊一气，就像喊立正稍息一样……后来，我把那声长呼——亚鲁玛纳，只看作是我个人的心声，就像喊我的名字！你能够理解吧？"

白霖点点头："我能理解你……"她动情地注视李天如，神情跟她刚才看夕阳时一样，"我也能理解那位总统。"

"差点忘了。你知道总统阁下为什么那样激动吗？我查过他的履历，他反对他们国家那场租赁出去的战争。而且，他当过兵，也是炮手。"

"我再补充一点吧，"白霖温存地，"你们组成方阵屹立在海滩，背后就是浩瀚无边的大海。夕阳照耀着你们，你们和大海重叠在一块，你们头上的钢盔跟夕阳一样高，一样亮。你们的口令声在海面上跳跃，每一个小伙子站得都那么棒！……呵，真是美极了。你们身处其境，感觉不到那种美，而刚刚到这的人，一下子就会被迷住。"

"可是，那群笨蛋却在呆呆地看你。"

"就连你的口令，也没能把他们目光镇缩回去。"白霖得意地笑了。少顷，低声说，"只有你拿背影冲着我……"当时，白霖用一个个念头去扳他的身子，也没把他扳转过来。

山下已是一片黑暗，只有凤尾山顶金光闪耀。夕阳从海平面下照耀着它，但光芒正一寸寸地缩小。现在看山下，已经和大海一同融进黑暗中了。李天如与白霖犹如站立在一个飘浮在半空中的、光的小岛上。

"山下已经入夜。"李天如说。

"我看到了。我该走了。"白霖却站着不动。明显的,是在期待着什么。缓缓垂首,合目,身子有点不稳。李天如伸出大手扶住她,不安地:"白霖……我们是在阵地。"

"你可以叫我'夫人'!"白霖略含羞怒,将丝巾缠紧脖颈,跺一下足,扭头而去。

李天如跟上她,两人保持几尺距离走到营门前。白霖叹道:"说心里话,真想看看那门巨炮,只看一眼就走。"

"今天不行,请你明天来吧,我给你留一个最好的位置。"

"今天真的不行么?"

"不行!"

"用一个消息来换取你的同意,也不行么?"

"什么消息?"

"亚鲁玛纳的消息。"

李天如惊愕地看着她,现在才知道她不是一个平凡的女子,也不是一个普通游客。她似乎深藏着某些用意,并为此而来。"你在说什么?"

"我和我爷爷三个月前就来到珍珠大酒店了,我们这次观光,简单地说,就是为了亲眼看一看巨炮,还有亚鲁玛纳。你们凤尾山炮台要开放,海外报纸早有报道,报纸至今还抓在爷爷手上。他认识亚鲁玛纳……"

"他为什么没来?"

"他可不像我这么冲动。他苦等了几十年的事,已经有足够的耐性了。他也跟你们一样,有自己的原则。他愿意等到明天,坦坦荡荡地走上山来。我想,他今夜会通宵不眠,坐守天明。而我不行,我没他那份耐性,我想抢在爷爷前头,看一看那门巨炮。看看它是什么样儿,为什么爷爷如此着迷。可惜,我忘了来的目的,被其他东西迷住了。"

"你爷爷……真了不起。他的等待,很像我们的炮手,在等待开炮的口令,心里急得要命,又固执得要命,就是不能提前发射。我很想让你第一个看见巨炮,很想让你一个人单独看它。要知道,站在人群中看,和单独一人看,感受是大不相同的。不过,我们还是等你爷爷吧。明天太阳一出海,你们就来。"

白霖登上吉普车离去,李天如望着车尾红灯,直到它融进山下密如蛛网的灯火里。接着,他掉转头,走进巨大的天穹般的炮库,巨炮就在里面。他要一个人去看看它。明天,它就不属于他了。在半道上,他朝亚鲁玛纳墓址望一眼,它正深陷于黑暗。只有从海水击打金属弹体的声音里,他听出它正发出乐器一样的回响。仿佛黑暗中隐藏一架古琴。

"亚鲁玛纳,明天要有人来看你了。可能是你的老战友。"李天如低声说。

8

数十位岸炮连士兵,叉腿背手分立于大道两旁。人流从他们当中通过,涌入凤尾山炮台的营门。士兵们面无表情,既不像是欢迎,也不像是警卫,但他们目光炯炯。顿时,人流在他们目光压迫下,变得规矩了,嘈杂声顿失,步子也变得小心翼翼。太阳还没有从海面上升起,主炮台周围已经围满了人。黑暗中,只见他们的眼球、丝巾,还有镀铬的相机机身,微微闪动。

李天如站在主炮台中央,两脚之间,有一只小小的铜球,被铸在钢骨水泥地里,只露出小半截,它就是定炮点。即将出现的巨炮,炮身中心要准确地置于铜球之上。铜球具有精密的经纬度,它在二十世纪就埋在这里了。四周太黑了,李天如没有从人群中看到白霖和她爷爷,他知道:他们俩肯定在某处看自己。他想他们不露面,可真沉得住气。

东方出现金红色光晕,像融化的铁水沿着海面倾泻过来,朝阳喷薄欲出,天空已呈半透明状。六时整,凤尾山上的照明灯一盏盏熄灭,给即将来临的阳光让路。山头想起嘹亮的集合号。号声刚止,李天如大吼一声:"各就各位!"

四面八方传出奔跑的脚步声,紧接着是远近不一的报"好"。李天如盯着海面,心中替那轮藏在水下的太阳数秒。片刻,他抬起头大吼:"起炮!"

山腹深处传出轰隆隆闷响,巨大而沉重的金属门墙朝两边分开,露出里面天穹状炮库。

"进炮!"

一阵警铃骤响,巨炮微颤一下,沿着两条钢轨缓缓地驶出洞穴,地面也随之抖动。最先出现的是黑洞洞的炮口,它直径四百五十五毫米,加上身管厚度,看上去它就是一尊横置的巨型烟囱,而越往根部便越粗。它像火车那样轰轰驶出,大约半分多钟,巨炮才完全进入炮台。随着李天如一声高叫:"好。"它稳稳地停住,炮身的底座中心,恰好重叠在小铜球之上。而炮管前半截,已经伸展到大海上空。

这时太阳跳出海面,第一缕阳光响亮地打在炮身上,巨炮骤然闪亮,人群海潮般沸腾了。

巨炮闪耀着墨绿色的光，海风将新鲜炮油味到处吹拂，炮身各个部件都已彻底裸露，显得那么粗野、厚重、霸道，它就如同一尊金属恐龙，半卧半起，昂起欲扑，看上去令人目眩口呆。一股猛烈的海风从山头吹过，于是，炮口传来低低的、鸣鸣共鸣声……

凤尾山巨炮是当今世上仅存的最大口径的地面火炮。一个多世纪以来，它一直完好地养护在这里。它的炮位所在，又是整个亚洲东海岸最理想的炮台，射界开阔，居高临下，同时也是著名风景区。由于这一切，更由于它将近半个世纪以来深藏不露，全世界的兵器家、战史家、军界首脑、富豪巨商……都对它怀有极大兴趣，更不要说各种各样游客了。巨炮全重二百二十五点四吨，全长二十二点五米。在它粗大的炮管上面，可以肩并肩、从容地站下四十个士兵（大英博物馆保存着一幅历史照片，四十个皇家海军陆战队士兵并排站在巨炮身管上，以纪念他们攻占凤尾山炮台。准确数去，是四十一个，因为最后一个家伙正坐在炮膛里，从炮口探出半个身子）。巨炮的每一发炮弹，都比一个中年汉子还要高，重一吨半。它一旦发射，弹丸将飞出五十公里，也就是飞到海平面的另一面去了。它的爆炸力强大得不可思议，在十公里以内，它可以击穿一米厚的钢甲。在二十公里处，它可以击穿五百毫米厚的钢甲。即使在射程末端，弹丸自行下落时，还可以击穿三百毫米厚的钢甲……然后它才爆炸。它每发弹丸的破击力是一万零五百公尺吨，也就是能在一瞬间将一艘大型战舰举起一米高！在二十世纪里，大概有三十年之久的时间，世界上任何国家的战舰舰长，都在脑子里牢牢记住它，轻易不将战舰驶入它的射程。

当然，这并不意味着舰长们怕它。有时，这反而意味着尊重。

李天如高叫着："用炮！"

孤独的炮手

十三位炮手扑上前去，占据各处的炮位，用半个世纪前的操炮动作，解固、开架、摇升高低机、固定炮轮……他们都头戴钢盔，身着当年炮手服，裸露肩膀和大腿，像古代武士那样精干。每当他们用力时，身上就鼓突出大块肌肉，同时粗豪地吼叫着，以便协调动作。当年的炮手不像今天这样精致，身上没有那么多背带与装备，一个个都是贴身短靠，以便充分施展四肢。后来火炮进步了，操纵越来越灵便，炮手身上的附件才越来越多，以至于炮手本身，几乎也成了火炮的一个附件，配属给火炮了。而当年的炮台，更像一座斗兽场。当年的炮台上，除了钢铁，就是血肉！巨大的火炮，裸露的肌肉，粗豪的声音，炮手们的身躯时时贴到了炮身上，脱离时咻一声轻响，金属部件铿铿锵锵……这一切，使周围人目眩神迷。李天如注视着炮手操炮，突然道："暂停！"全体炮手都同时凝固在某一个动作中。

"现在，我想请来客中的一位长者，为巨炮开栓。"

李天如朝人群望去，他早已看到，白霖和一位老头被禁锢在乱糟糟的人潮里，几乎站不住脚。白霖一直在用祈求、抱怨的眼光看他。他那句话一出口，人群霎时寂静。李天如在无数双眼睛注视下，径直走到她面前，望着她身边的老头说："白老先生，如果您愿意的话，我就请您为这尊巨炮开栓！"

人群轰然惊叹，都朝老头看去。两个炮手走上前，帮助老头分开前面的人墙。这时，人们才看见，老头是站在一直废弃的炮弹箱子上，他个子太矮了，站在炮弹箱上才勉强从人群中露出头来。当炮手替他分开人墙时，他正拄着拐杖，在瑟瑟发抖。身边人忍不住嗤嗤笑他，连李天如也为他这副可怜模样感到意外。白老猛然挺一下胸膛，扔掉那支黄杨木拐杖，一步迈下炮弹箱，昂首阔步朝炮位走来。他大约八十多岁，白发稀疏，瘦骨伶仃，步态都有点颤悠。他这样的老头，三个拧一块，也可以绰绰有余地塞进炮膛里打出去……但是他走到炮位后，刷地立定，靠足挺胸屏息待命，隐隐有老炮手之势。李天如道声"请"，正要为他指示炮栓位置，白老已伸出青筋暴露的手臂，准确地握住了那支黄铜栓柄。紧接着，压把、回臂、开栓，一气呵成，每个动作都一次到位。嵌在炮尾的、数吨重的栓体朝两旁分开，落入栓槽。这一瞬间，巨大的炮膛，像一只巨大的香槟酒被拔去了塞子，发出轰然回响，音韵美妙无比。

开栓是一门火炮完成射击准备的最后一道程序，那声轰然回响，也是一首乐曲的最后一个音符。至此，巨炮完全展开，每一个细节都彻底呈现在世人面前。

白老仍然站在炮位上，他被一束浑圆的光罩住了，那是一束从炮膛射出来的阳光，那阳光通过长约二十米、密密膛群线的折返，浪头般罩住了他，仿佛丝丝缕缕都在曲动。白老微微欠身，观察炮膛，他是在"验炮"——开栓之后的必行程序。他通过炮膛深处看，海面上的太阳，正精确地衔在炮口中心（李天如要的就是这个效果）。阳光挤进炮膛，一百零八根手指那么粗的膛线，每根都如同烧红的铁条，旋转着朝太阳撞去，一圈圈永无止境。它们造成一股强大韵力，几乎把白老变成一枚弹丸拽向太阳。每一阵海风从炮口掠过，都使炮膛深处产生嗡嗡共鸣，声音令人感到：这门沉寂了半个世纪的巨炮正在渴望、渴望、渴望……

它渴望发射！

白老呆在那里，直到太阳缓缓脱离炮口。然后，他那一双潮湿的老眼盯住李天如，对这位给了他巨大幸福的上尉，轻轻点一下头，无言离去。